*Für Olinda und Luiz
und Dalva mit Familie*

INHALT

PROLOG

Arm in Arm schlendern wir kreuz und quer durch die Straßen und Gassen, an den armseligen Häusern und Plätzen meiner Kindheit vorbei. Aber sie spiegeln diese frühen Jahre nicht wider. Es ist, als ob sie die Sicht eines inzwischen erwachsenen jungen Mannes auf seine Jugend reflektieren.

Versonnen wandern meine Gedanken zurück. Für einen Augenblick bin ich wieder der zehnjährige Junge aus der Favela, dem seine Leidenschaft für die Musik hilft, immer wieder Hoffnungsschimmer in seinem von Armut geprägten Leben zu entdecken, mit einem kleinen Kolibri als Weggefährten, der ihm Zaubermelodien ins Ohr singt. Ein Crescendo voller Farben strahlt durch meine Lebenspartitur und fließt in stimmungsvollen Bildern und lautmalerischen Szenen wie ein Film durch meinen Kopf und mein Herz. Und immer wieder waren es Menschen, die mir Lichtblicke gezeigt und Räume für mich geöffnet haben, die mit Liebe und Herzensbildung Spuren legen und eine leuchtende Glut in mir entfachen konnten.

Plötzlich löst sich Marcia aus meinem Arm und bleibt vor mir stehen. Liebevoll streicht sie ein paar Locken zurück, die mir der Wind auf die Stirn geweht hat, und gleitet mit ihren Fingerspitzen zärtlich über mein Gesicht. Ich versuche, ihren Zeigefinger mit meinen Lippen zu fangen. Ihr inniger Blick dringt bis in mein Herz. »Leon, du musst deine Geschichte erzählen!

Dein Leben spannt sich wie eine grandiose Klangbrücke über mehr als zwei Jahrzehnte. Führe die Menschen über diese Brücke, lass sie teilhaben an deinem eindrucksvollen Leben, erzähl ihnen von all den Irrungen und Wirrungen, die du durchdrungen hast. Nimm sie mit auf deinen außergewöhnlichen Lebensweg – von damals bis heute, vom Kind bis zum Erwachsenen.«

MORGENRÖTE

Ich heiße Leon und bin zehn Jahre alt. Jeden Morgen stehe ich früh um fünf auf. Leise schlüpfe ich aus dem Bett, das ich mir mit meinen beiden kleinen Geschwistern teile. Ich will sie nicht aufwecken. Mama wird sicherlich nicht aufstehen, bevor die Sonne hoch am Himmel steht. Ihre schmale Schlafliege ist auf der anderen Seite des Raumes an die Wand gerückt. Wir haben nur diesen einen Raum. Aber unsere Hütte ist ziemlich stabil. Nur bei sehr starkem Regen müssen wir ein paar Plastikschüsseln aufstellen. Papa hat diese Hütte gebaut, damals, als er noch bei uns war. Er hat sie auf Pfähle gesetzt, damit sie in der Regenzeit vom Schlamm nicht weggespült wird, so wie viele andere Hütten hier in der Favela, und er hat unser kleines Zuhause ziemlich weit oben gebaut, dort, wo die Hütten nicht so eng nebeneinander stehen.

Bretter, Blechkanister, Palmwedel waren das erste, was wir hier oben zwischen den Müllbergen vorgefunden haben. Papa hat aber auch viele Steine und Holzteile angeschleppt und Material zum Mauern. Das Holz hat er mühsam zersägt, geleimt, geschliffen und geschmirgelt und zum Schluss mit einer Paste bestrichen, so, wie er es früher als Fischer beim Bootebauen gemacht hat. Sogar zwei kleine Fenster hat unsere Hütte.

»Sieh mal, von hier aus kannst du über den Müllberg hinweg in die Ferne schauen.« Wehmütig klingt seine Stimme und sehnsuchtsvoll. Papa hat mich auf einen Schemel gestellt und seinen Arm um meine Schultern gelegt. Ich fühle mich geborgen in diesem Stückchen Glück. Wie lange das schon her ist …

Quer durch den Raum hat Mama eine Wäscheleine gespannt. Dort hängt sie Wäsche auf, unsere Handtücher und ihr silberfarbenes Kleid, in das sie sich abends immer hineinzwängt, bevor sie zur Arbeit geht. Es glitzert und funkelt wie die Sterne am Himmel. Doch oft schimpft sie:»Nun sind schon wieder so viele Pailletten abgegangen, ich komme mit dem Ausbessern gar nicht hinterher.«

Auf Zehenspitzen schleiche ich zu ihrer Liege. Wie ein Kätzchen hat sie sich zusammengerollt. Meine liebe Mama! Ihre Haut ist immer noch samtig und weich. Ich berühre mit einem Finger ganz zart ihre Schulter. Schade, dass diese weiche Haut schon seit einer ganzen Weile schlechte Gerüche verströmt: nach Zigaretten, nach aufdringlich süßlichem Parfüm, nach Schweiß, der früher ganz anders roch. Ihr Atem riecht nach Schnaps. Ich habe Sehnsucht nach meiner Mama von früher. Eine Ewigkeit ist das schon her. Damals roch ihre Haut nach Kokosmilch und Honig, sie hat mich in den Armen geschaukelt und Lieder gesungen, und ihre Augen haben gestrahlt. Damals, als wir noch glücklich mit Papa zusammen in einem kleinen Haus am Meer gewohnt haben. Mama hatte eine Bambushütte als Strandbar eingerichtet, wo sie frisches Obst für Säfte auspresste und ihre leckeren Teigtaschen zubereitete. Das roch so gut, und die Leute standen Schlange. Papa fuhr schon ganz früh morgens aufs Meer zum Fischen. Manchmal durfte ich mit. In der Saison jobbte er in den Hotels und brachte oft Kuchen mit. Er war immer gut gelaunt und hat den ganzen Tag fröhlich vor sich hin gepfiffen.

Das ist nun schon sechs Jahre her. Mama lacht kaum noch, ihre Augen blicken so müde und haben keinen Glanz. Aber sie liebt uns, mich und die beiden Kleinen. Sie möchte nicht, dass ihre Kinder arbeiten müssen, so wie viele Kinder hier aus der

Favela, die zum Betteln und Geldverdienen in die Stadt geschickt werden. Mich unterstützt sie, wo sie kann. Deshalb arbeitet sie nachts. Ich muss zwar kein Schulgeld zahlen und bekomme dort jeden Tag eine warme Mahlzeit, aber irgendwas muss immer angeschafft werden. Auf keinen Fall möchte sie, dass ihre Kinder hungern.

Auf dem Tisch liegt eine halb geöffnete Schachtel mit einer Pizza. Mit Ketchup ist ein Gesicht auf die Pizza gemalt, was aber ziemlich komisch aussieht, weil Mama sich eine große Ecke davon abgebrochen hat. Soll wohl unser Frühstück sein. Ich schließe die Schachtel sorgfältig, sonst machen sich die Fliegen darüber her. Ich wische ein paar Krümel weg. Der große braune Fleck auf der Wachstuchdecke geht natürlich nicht ab. Neulich hat Mama den heißen Topf auf dem Tisch abgesetzt und vergessen, das dicke Holzbrett darunter zu stellen. Da hat sie mit sich selbst geschimpft. Das Blumenmuster auf der Tischdecke ist schon ganz verblasst vom vielen Reiben.

Pedro, mein viereinhalbjähriger Bruder, hat mal wieder seine Anziehsachen herumfliegen lassen. Hose, Shorts, T-Shirt, Jacke, Unterhose sind verstreut im ganzen Raum. Ich lege sie ordentlich auf die Truhe, neben unserem Bett. Acht Flip-Flops, meine, Mamas, die von Pedro und die winzigen von Fee, die wie bunte Farbkleckse auf dem Boden liegen, sammle ich nur auf und lege sie zu einem lustigen Knäuel mitten in den Raum. Den Spaß erlaube ich mir. Wenn die beiden Kleinen nachher aufstehen, haben sie etwas zum Spielen und Sortieren. Mamas rote Stöckelschuhe packe ich vorsichtshalber in die Truhe. Neulich, als Mama noch schlief, ist Fee hineingeschlüpft und wollte damit draußen herumlaufen. Sie ist schon auf den drei Stufen, die von unserer Tür hinunter gehen, gestolpert. Keine große Verletzung, aber ihr Knie hat geblutet und Fee hat gebrüllt, wie am Spieß, sodass die Nachbarsfrauen erschreckt angelaufen kamen, um sie zu trösten.

So leise wie möglich koche ich dann, wie jeden Morgen, den Maisbrei für meine Geschwister. Dafür rühre ich das Maismehl mit Wasser an, manchmal mit Milch, wenn ich welche finde, und streue ein wenig Zucker darüber oder Karamell-Sirup.

Seit einiger Zeit haben wir eine Stromanbindung. Das heißt, wir können auf Herdplatten kochen. Das geht prima. Unsere Kochnische grenzt direkt an die Tür nach draußen, und so können Dampf und Kochdünste gut abziehen. Trotzdem kocht Mama lieber draußen, vor der Hütte. Natürlich nur in der Trockenzeit. Papa hat damals eine tolle Feuerstelle gemauert. Da backen sogar die Frauen aus der Nachbarschaft gern ihre Maisfladen. Manchmal kocht Mama dort einen großen Topf mit Fejoada. Das ist ein leckeres Gericht aus schwarzen Bohnen und mit allerlei Gewürzen. Ab und zu können die Nachbarsfrauen ein Stück Speck und eine geräucherte Wurst beisteuern. Eine andere Nachbarin kocht Reis und irgendjemand bringt Orangen mit. Aber leider sind das sehr seltene Festtage.

Seitdem wir Strom haben, pendelt auch eine Glühlampe von der Decke, die aber nur Mama anknipst, abends, bevor sie sich zurechtmacht für die Arbeit. »Endlich haben wir Licht«, sagt sie dann. Mir ist das egal. Ich übe gern Geige im Dunkeln und kann im Dunkeln gut über alles nachdenken oder träumen. Damals, als Papa noch nicht krank war, hat er zu mir gesagt: »Leon, wenn du kein Licht von außen erkennen kannst, dann musst du ein inneres Licht anzünden.« Dabei hat er sich auf seine Brust getippt. Natürlich habe ich damals nicht verstanden, was er damit gemeint hat. Aber beeindruckt hat es mich schon, und ich habe seine Worte nicht vergessen.

14

Der Maisbrei ist gut geworden. Ich stecke meinen Zeigefinger kurz hinein und probiere. Das wird ihnen schmecken. Sogar Fee, mit ihren zweieinhalb Jahren, wird sich meinen Maisbrei mit Vergnügen in ihren Mund stopfen. Zum Glück bin ich nicht dabei. Sie kann natürlich noch nicht mit dem Löffel essen und trifft mit ihren kleinen Händen nicht nur ihren geöffneten Mund. Bei diesem Anblick muss sogar Mama lachen.

Fee hat eine hellere Haut als Pedro und ich, und sie hat auch nicht so krauses schwarzes Haar. Auf ihrem Kopf kringeln sich Kupferfarbene Löckchen. Und blaue Augen hat sie, wie das Meer, anstatt braune, wie wir alle. Fee ist das einzige Mädchen in der näheren Nachbarschaft, und alle mögen sie, weil sie viel lacht. »Wie niedlich sie doch ist«, sagen die Nachbarinnen und verwöhnen sie öfter mal mit kleinen Geschenken.

Pedro ist ein wilder Junge. Er tobt am liebsten mit den anderen Kindern herum. Oder er will unbedingt mit den großen Jungen Fußball spielen. Aber die schicken ihn oft weg. Mama hat ihm einen eigenen Ball gekauft, den er unter seinen Arm klemmt, um stolz wie Pelé damit herumzulaufen. Aber die großen Jungen wollen trotzdem nicht mit ihm spielen. Wütend tritt er den Ball gegen die Wellblechverkleidung vom Kiosk, weil das so schön scheppert. So lange, bis der Kiosk-Besitzer genervt ist und ihn verscheucht. Dann zieht Pedro schmollend einen alten Autoreifen hinter sich her, setzt sich hinein und schliddert damit den Müllberg hinunter. Das ist nicht ungefährlich, und er bringt oft Beulen und Schrammen mit nach Hause.

Ich esse nichts, obwohl mir nachher auf dem Schulweg der Magen knurren wird. Aber in der Schule gibt es in der ersten Pause Kakao, und das Essen mittags wird in solch großen Portionen ausgeteilt, dass es für den ganzen Tag reicht. Meistens kann ich etwas davon abzweigen und nachmittags mit nach Hause nehmen. Ich darf nachher nicht vergessen, die Plastikdose zusammen mit meinen Schulsachen im Rucksack zu verstauen.

Wasser brauchen wir auch wieder. Der Kanister ist fast leer, aber für heute ist noch genug da zum Waschen und Zähneputzen. Ich kippe den Rest in die Waschschüssel, stelle sie für die Kleinen auf den Hocker und lege ein Handtuch dazu. Der Brunnen mit der Wasserpumpe ist zum Glück nicht weit von unserer Hütte entfernt. Trotzdem ist es immer eine elende Schlepperei. Wird wieder an mir hängen bleiben, heute Nachmittag.

Hier oben auf dem Berg soll bald eine Wasserleitung verlegt werden. Das hat man uns wenigstens versprochen. Weiter unten hat's schon funktioniert. Da wurde sogar ein Waschhaus gebaut. Ein Treffpunkt für die Frauen aus der Favela, die aus allen Richtungen mit prall gefüllten Plastiksäcken und bunten Schüsseln angelaufen kommen. So müssen sie nicht mehr den steilen Weg auf der anderen Bergseite hinunter zum Fluss gehen, um ihre Wäsche zu waschen.

Meine Schulsachen habe ich gestern schon vor dem Schlafengehen gepackt. Jetzt kommt aber das Wichtigste von allem. Dazu muss ich auf einen Stuhl steigen und mich hoch recken. Oben auf dem Schrank liegt das Wertvollste, was ich je besessen habe: meine Geige. Behutsam hole ich den Kasten herunter, vergewissere mich, ob sie noch friedlich im Kasten liegt. Natürlich tut sie das! Zärtlich streiche ich über die feine Holzmaserung und wickle sie nochmals neu ein in das bunte weiche Seidentuch, das mir meine Lehrerin geschenkt hat. »Du musst gut auf sie aufpassen und sie gut pflegen«, hat sie mich ermahnt. Aber eigentlich hätte sie mir das nicht sagen müssen.

An den Schrank dürfen nur Mama und ich. Der Schlüssel dazu liegt oben neben meinem Geigenkasten. Im Schrank befinden sich alle wichtigen Dinge und Sachen, die geschont werden müssen. Meine Schulkleidung, frisch gewaschene Wäsche, Schulbücher, Notenhefte, Handtücher, Seife und ein zweites glänzendes Kleid von Mama. Im obersten Fach steht ein angeschlagener Tonbecher. Dort hat Mama ein paar kleine Scheine und Münzen hineingelegt. »Wenn du etwas Geld brauchst für Schule oder Essen, musst du mich nicht unbedingt wecken.«

Die blauen Müllsäcke kann ich heute zuhause lassen. Wir haben November, es ist Frühsommer, schon recht warm und regnen wird es in nächster Zeit auf keinen Fall. Zum Schutz stülpe ich mir dann immer einen großen Müllsack über den Kopf. Er bedeckt auch den Rucksack und reicht bis unter meine Knie. In einen zweiten blauen Sack packe ich bei Regen meinen Geigenkasten. Die Gummistiefel brauche ich jetzt natürlich auch nicht. Ob sie mir in drei Monaten noch passen, ist fraglich. Mama hat mir neulich Sandalen gekauft, mit Klettverschluss und einer dicken Sohle, und hat dabei gestöhnt: »Deine Füße wachsen schneller, als man gucken kann.« Schlimm ist das aber nicht, Pedro kann sie später ja weiter tragen.

Als ich den Vorhang und das Fliegengitter an der Tür zur Seite ziehe, sehe ich, wie der Tag draußen erwacht. Die Sonne schiebt sich wie ein prall gefüllter, glutroter Ball den Horizont hinauf in den Himmel, färbt ihn in tausend Rottöne, bläht sich auf und scheint die ganze Welt umarmen zu wollen. Ich bleibe einen Augenblick stehen und lasse dieses Bild in mich hineinfließen, bevor ich den Weg, kreuz und quer an den anderen Hütten vorbei, den Berg hinunterlaufe.

Zum Glück sind die Wege nicht mehr matschig. Aber der Gestank, der mir entgegen kommt, ist grässlich. Ich nähere mich dem Kiosk. Es ist nicht der Kiosk, der so stinkt, der hat noch geschlossen, die Rollläden sind heruntergefahren. Die bunten Kritzeleien auf dem schäbigen Gebäude schauen mich an wie Fratzen. Abends ist dort immer was los. Spektakel, Gekreische, schräge Musik aus dem Radio, die oft bis zu den obersten Hütten hinaufplärrt, und Lärm aus dem weit und breit einzigen Fernseher, dazu betrunkene Männer und Frauen. Der Gestank kommt vom Klo-Verschlag direkt neben dem Kiosk. Man hat es gut gemeint, damit die ganze Sauerei nicht auf dem Weg drum herum landet. Doch die Leute, wenn sie betrunken sind, pinkeln trotzdem daneben und das Klo ist jede Nacht und den ganzen Morgen total verdreckt. Der Wind schlägt die Tür gegen die Hütte. Ein unheimliches Geräusch. Mittags spritzt der Kiosk-Besitzer mit einem langen Schlauch, den er weiter unten am Waschhaus anschließt, Unmengen von Wasser rund um seinen Kiosk. Ein bisschen Sauberkeit für eine kurze Zeit. Das sehen nicht alle Leute gern, weil Wasser so knapp ist, aber verstehen kann man den Mann vom Kiosk schon.

Etwas fehlt noch auf meinem Weg. Doch ich muss nicht lange warten. Tirili, Tirili, mein kleiner bunter Kolibri. Er fliegt mir entgegen, umschwirrt meinen Kopf, setzt sich auf meine Schulter und tiriliert Zaubermelodien in mein Ohr. Wie immer erinnert mich das an früher.

Sonnenaufgang am Meer. Ich bin ein kleiner Junge von vier Jahren, laufe mit nackten Füßen auf kühlem Sand an den Strand, heiter und sorgenfrei schnupper ich die frische salzhaltige Luft und laufe Papa entgegen, der mit seinem Boot vom Fischen heimkommt. »Soo einen großen Fisch habe ich gefangen.« Er breitet seine beiden Arme weit aus, bevor er mich hoch in die Luft wirft und jauchzend wieder auffängt. »Ich brauche gleich deine Hilfe«, ruft Mama, »die Kokosnüsse müssen ein Loch haben, damit man daraus trinken kann. Ich habe sie alle in der Bar aufgeschichtet.« Mama schleppt einen großen Korb mit Orangen zu ihrer Strandbar, die andere Hand umfasst ein Bündel bunter Strohhalme. Sie setzt den Korb ab, dreht sich in einem angedeuteten Tanz, der Wind spielt mit ihrer schwarzen Lockenmähne und ihr glockenhelles Lachen schallt weit bis ans Meer.

Schwarze Raben kommen mir entgegen geflogen. Sie stürzen sich auf den Müllberg hinter mir. Sie kreischen und krächzen furchterregend. Sie machen mir Angst. »Mein kleiner Kolibri, wo bist du?« Es ist tiefschwarze Nacht. Kein Stern leuchtet am Himmel. Der Wind heult, die Palmen biegen sich ächzend, grollender Donner, das Meer braust und kommt immer näher. Wie ein Ungetüm türmen sich meterhohe Wellen. Papa wirft mich auf seine Schultern, ich kralle mich an seinen Haaren fest, er packt Mama am Handgelenk und wir rennen, stolpern, raffen uns auf, klettern den riesigen Müllberg hinauf bis zu den Favelas, wo die Wellblechhütten sich an Schmutz und Geröll festklammern. Papa und Mama keuchen, japsen nach Luft. Wir sind bis auf die Haut nass. Papa und Mama stehen knöcheltief im Schlamm. Ich bin ganz still, wage kaum zu atmen. »Hier wollten wir nie hinkommen, doch hier oben sind wir in Sicherheit und wir leben«, sagt Papa. Wir schauen nach unten und müssen mit ansehen, wie das Meer den Strand, Mamas Strandbar und unser kleines Haus verschluckt.

»Mein kleiner Kolibri, bitte komm zurück und verscheuch mir die Gespenster!«

Ich gehe schneller, bald bin ich unten an der Straße angelangt. Die Hütten sind hier etwas komfortabler gebaut als bei uns oben auf dem Berg, aber schmuddeliger. Sie sind ganz aus Mauerstein gefertigt, aber unter dickem Schmutz ahnt man nur den roten, gelben oder grünen Anstrich der Hauswände. Grelles Neonlicht ist von der Nacht übrig geblieben. Es flackert grell und erbarmungslos im klaren Morgenlicht. Meine Augen schmerzen. Es herrscht gespenstische Stille. Alles schläft. Auch die Hunde liegen mit ausgestreckten Gliedern auf dem Boden.

Ich mache immer einen großen Bogen um diese Häuser. Erinnerungen an meine schlimmsten Zeiten schnüren mir die Kehle zu, züngeln wie eine giftige Schlange durch meinen Körper. Junge Männer, breitbeinig, grinsend, mit hektischen Blicken, speckigen Haaren. Sie schnipsen mit den Fingern, lauern, wollen mich fangen, verführen. Zwischen ihren rot verfärbten Zähnen Coca-Blätter oder glimmende Zigaretten.

»Mein Kolibri, mein kleiner Kolibri, singe mir deine Melodien!«

Der Lärm einer erwachenden Stadt empfängt mich. Ich laufe die Asphaltstraße entlang. Rechts und links wachsen die Bäume beinahe in den Himmel. Ihre grünen Blätter, von der Sonne beschienen, wehen silbrig glänzend im Wind. Wie die Lurex-Fäden von Mamas Kleid, und hoch oben in den Wipfeln jubiliert mein Kolibri. Er ist mir nur vorausgeflogen.

Autos fahren an mir vorbei, laut hupend, oft mit quietschenden Bremsen. Einmal glaubte ich, auf der anderen Straßenseite Papa zu sehen, aber er war es nicht. Die Sonne ist nun ganz aufgegangen, sie leuchtet orange und kitzelt meine Nase. Ich muss lachen. Ich spüre meine Geige, so sehr presse ich den Kasten an meinen Körper. Ich freue mich auf die Schule, ich freue mich aufs Geige Üben. Neugierige Erwartung durch-

20

strömt mich, und ganz tief in meinem Herzen spüre ich eine Sehnsucht, die ich nicht erklären kann.

Es ist sieben Uhr. Die Schule ist noch still und leer, doch erfüllt von Helligkeit und frischer Morgenluft. Der Hausmeister hat alle Fenster und Türen weit geöffnet. Das Üben geht prima voran. Meine Geige jubelt in wunderschönen Tönen. Es ist meine erste eigene Geige. Ich habe sie noch nicht so lange. »Du brauchst ein größeres Instrument«, hatte meine Geigenlehrerin gesagt. »Du hast jetzt drei Jahre fleißig geübt und große Fortschritte gemacht. Diese neue, größere Geige kommt aus Deutschland, zusammen mit dem Stipendium für deinen Unterricht, und soll dir zur Verfügung stehen. Sie ist ein wertvolles Stück, sie bleibt so lange in deinem Besitz, bis du dir als Erwachsener, vielleicht als Musiker, eine noch bessere Geige kaufen kannst.« Diese Geige ist mein allergrößter Schatz. Ich bin glücklich und stolz zugleich.

Wenn ich nachts nicht schlafen kann, muss ich oft an Papa denken. Wie er so traurig wurde, nachdem er für uns eine stabile Hütte hier oben gebaut hatte. Wie Mama mit ihm schimpft: »Du musst dir Arbeit suchen. So kann es nicht weitergehen.« Wie er einmal einen ganzen Tag und eine ganze Nacht weggeblieben ist und mit den traurigsten Augen der Welt und hängenden Schultern stumm im Türrahmen stand. Er hat mir nur kurz über den Kopf gestreichelt und über mich hinweg gesehen. Unter dem Vordach, von einem Holzpflock zum anderen, hat er sich die Hängematte gespannt, sich hinein gelegt und wollte gar nicht mehr aufstehen, außer zum Essen.

»Was soll ich bloß machen?« Mamas Gesicht ist rot vor Zorn geworden und ihre Stimme so laut, dass ich mir die Ohren zugehalten habe. »Du liegst den ganzen Tag herum. Tu endlich irgendetwas! Ich habe jetzt schon die dritte Putzstelle angenommen. Wie soll ich das alles hier alleine schaffen?«»Hat Papa uns nicht mehr lieb?«, frage ich. Mama dreht ihren Kopf zur Seite. Ich soll nicht sehen, dass sie mit den Tränen kämpft. »Papa ist krank.«»Aber wo tut es ihm denn weh? Ist er verletzt? Ich kann nichts sehen.« Ich bin verzweifelt. Mama hat geseufzt und ihre Hand auf die Brust gelegt. »Hier drinnen, Leon, hier drinnen, da ist Dunkelheit. Die macht Papas Seele krank. Das kann man von außen nicht sehen.« Ich gehe zu Papas Hängematte, stelle mich auf Zehenspitzen, tippe ihm mit meinem Zeigefinger auf seine Brust und flüstere: »Papa, kannst du denn da drinnen gar kein Licht anzünden?«

Er hat mit geschlossenen Augen dagelegen, tief geatmet, aber nichts gesagt.

Eines Tages, nachdem ich aufgewacht war, sah ich, dass seine Hängematte leer war. Ich erinnere mich noch genau an den fürchterlichen Streit in der Nacht. Selbst Kissen und Decken, die ich über meinen Kopf gezogen hatte, konnten den Krach nicht mildern. »Wo ist Papa?«, schrie ich, »Papa ist verschwunden!«»Papa ist in die Stadt gegangen, um Arbeit zu suchen. Wenn er welche gefunden hat, kommt er zurück und holt uns. Dann wird alles wieder gut, so wie früher.« Mamas Stimme klang traurig und matt. Sie zuckte ein paar Mal mit den Schultern und drehte sich dann zur Wand um. Ich fühlte mich sehr allein, ich war erst fünf Jahre alt.

IRRLICHTER IN DER DUNKELHEIT

»Wir müssen Papa suchen«, rufe ich ungeduldig, »er ist schon so lange weg.«

Ich bin Mama entgegengelaufen. Mit schleppenden Schritten kommt sie den Berg herauf. Zwei Einkaufstüten hängen schwer an ihren Armen. Ihre Haare hat sie mit einem bunten Tuch straff zurückgebunden. Es ist heiß und die Luft drückend und schwül. In ihren Mundwinkeln kann ich aber ein kleines Lächeln entdecken, als sie mich sieht.

Es beginnt zu dämmern. Für mich war der Tag auch lang. Er hat sich regelrecht gedehnt. Morgens habe ich den Maisbrei gegessen, den Mama vorgekocht hatte. Dann bin ich herumgestromert. Den anderen Kindern war es auch zu heiß zum Spielen. Eine Nachbarin hat mir eine Banane geschenkt, und dann habe ich den Topf mit dem Maisbrei ausgekratzt, sogar das braun Angesetzte am Boden. Danach bin ich zum Fluss runtergelaufen und habe im Schatten unter den Bäumen mit Steinchen gespielt, die am Ufer des Flusses verstreut liegen. Papa hat sie früher über das Wasser hopsen lassen. Drei, vier, fünf Mal sprangen sie lustig über die Wasseroberfläche. Mir gelingt das nicht, obwohl ich es immer wieder probiere. Aber man kann die Steine auch einfach so ins Wasser plumpsen lassen. Das platscht und floppt und zieht Kreise auf der Oberfläche.

»Nun lass mich erst einmal reinkommen«, sagt Mama, stellt die Tüten auf den Tisch, streift ihre Schuhe ab und lässt sich auf einen Stuhl fallen. Sie nimmt sich einen Hocker und legt ihre Füße darauf. Sie zieht ihr Kopftuch ab und ich sehe, wie sie schwitzt. Ihre Haare sind ganz feucht. »Das war heute sehr anstrengend mit der Putzerei, zwei Häuser an einem Tag …«

Ich setze mich zu ihr an den Tisch, unschlüssig baumle ich mit den Beinen. »Darf ich die Tüten auspacken?« Mama nickt stumm. Meine Augen strahlen. Sie hat eine große Flasche Limonade mitgebracht und Karamell-Sirup. Für sich eine Flasche Cola, sonst das Übliche: Milch, eine Tüte Maismehl, Süßkartoffeln, Bananen. In der anderen Tüte sind ein großes Paket Waschpulver und ihre Kittelschürze.

»Morgen komme ich früher nach Hause. Ich muss nur ein Haus putzen. Mal sehen, ob das Geld für eine Pizza reicht.« Ich beschließe, meine Frage nach Papa auf morgen zu verschieben.

Am nächsten Tag ist es zum Glück etwas kühler. Ein leichter Wind weht, ich könnte zum Fluss gehen und Schiffchen schwimmen lassen. Vielleicht hat Marco Lust, mit mir zu kommen. Die anderen Jungen spielen viel lieber Fußball. Mir macht das keinen Spaß, und Marcos eine Bein ist kürzer als das andere. Das hat er schon seit seiner Geburt und kann deshalb nicht so schnell laufen oder Fußballspielen. Wir nehmen kleine Holzstöckchen, binden sie mit Schilfhalmen zusammen und basteln daraus ein Floß. So hat Papa es mir gezeigt, bevor er krank wurde. Leider ist Mama auch am nächsten Tag, am übernächsten und all die Tage danach zu müde, um mir meine Frage nach Papa zu beantworten – oder die Füße tun ihr weh, oder es wird bald dunkel. »Papa wird schon kommen, wenn er Arbeit gefunden hat«, ist das Einzige, was ich erfahre. Aber er kommt nicht. Vielleicht hat er uns sogar vergessen? Ich bin sehr traurig.

Heute ist die Zeit mal wieder endlos. Ich sitze auf den Eingangsstufen unserer Hütte. Langsam wird es dunkel. Mama ist noch nicht nach Hause gekommen. Ich schlendere ziellos durch die Gegend. Rico sitzt vor seiner Hütte. Rico ist 12 Jahre alt und spielt auch nicht so gern Fußball. Er raucht Zigaretten, die er sich aus Zigarettenkippen dreht, und er trinkt sogar schon Bier.

»Hallo Leon, möchtest du ein Kaugummi? Wenn du willst, kannst du mir helfen.« Ich trotte hinter ihm her bis zum Kiosk.

»Gehst du mal rein und suchst für mich nach Kippen? Auf dem Boden liegen die meisten, manche im Aschenbecher auf den Tischen. Du bist klein und dich kennt man hier nicht so wie mich.«

»Klar, mach' ich das. Das ist nicht schwer, und Klauen ist das auch nicht. Wird ja später doch alles weggefegt.«

Als ich den Plastikvorhang zur Seite schiebe und durch die Tür schlüpfe, kommt mir erst einmal eine Riesenwolke von Zigarettenqualm entgegen. Ich kriege kaum Luft. Ich ducke mich zwischen Männer- und Frauenbeinen herum und tatsächlich finde ich auf dem Fußboden ein paar Kippen. Plötzlich ein Lachen, ein Frauenlachen. Mir stockt der Atem. Es ist ein Lachen, das ich kenne, obwohl es hier anders klingt. Lauter, schriller. Ich drücke mich in eine Nische. Es ist Mama, die auf einem Barhocker sitzt, eine Flasche Bier in der einen Hand hält und in der anderen qualmt eine Zigarette. Auf ihrem Knie liegt eine Hand von einem fremden Mann. Zuerst bin ich starr vor Schreck. Doch dann mache ich mich ganz klein, und blitzartig bin ich wieder draußen. Rico grinst. Ich werfe ihm die Zigarettenkippen zu und renne ohne anzuhalten nach Hause.

Ich schmeiße mich auf meine Liege und heule. Irgendwann kommt auch Mama. Sie drückt mir einen Kuss auf den Hals, will mich umarmen.

»Tut mir Leid, Leon, dass es heute so spät geworden ist. Das

Haus, das ich heute putzen musste, war ganz schrecklich dreckig. Aber ich habe uns Pizza mitgebracht.«

Ich sage nichts und presse mein Gesicht in das Kissen. Obwohl mein Magen knurrt, werde ich kein Stück Pizza runterkriegen.

»Was ist mit dir, Leon, du wirst doch hoffentlich nicht krank?«

Ich kann nicht einschlafen, Alpträume plagen mich die ganze Nacht. Als ich aufwache, scheint die Sonne schon hoch am Himmel zu stehen. Sie wirft keinen Strahl mehr durchs Fenster. Ich bin total verschwitzt. Mama ist schon fort. Auf dem Tisch steht ein Topf mit Maisbrei, den sie für mich gekocht hat. Die Flasche mit Karamell-Sirup hat sie daneben gestellt. Das heißt, ich kann so viel davon nehmen, wie ich will. Ihre Kittelschürze hat sie vergessen, sie hängt über der Wäscheleine. Ich presse eine große Portion Karamell-Sirup auf den Maisbrei und schlinge ihn hinunter. Ich kratze und schabe, bis der Topfboden zu sehen ist. Ich schnappe mir eine Plastikschüssel, laufe zur Wasserpumpe, fülle die Schüssel bis zum Rand und kippe mir das Wasser mit einem Schwall über Kopf und Körper. Die nassen Shorts lege ich auf die Treppenstufen zum Trocknen und hole mir eine neue von der Wäscheleine. Ich laufe zum Fluss, kühle meine Füße am Uferrand und schleudere alle Steine, die ich finden kann, ins Wasser, bis mir die Puste ausgeht. Ich lege mein Gesicht auf das warme Moos und schlafe ein. Es wird schon dunkel, als ich aufwache und nach Hause gehe.

Rico kommt mir entgegen. »Komm, ich zeige dir was.« Wir klettern den Müllberg hinauf, bis ganz nach oben. Mein Blick wird magisch angezogen von einer Lichterflut, die mit einzelnen Scheinwerfern auf uns zu zielen scheint. Grell in allen

Farben blitzen und funkeln sie, zerplatzen, fügen sich neu, wie eine nicht enden wollende Explosion.

»Das ist ein Feuerwerk, unten in der Stadt. Alle Menschen feiern. Müssten wir eigentlich hin«, sagt Rico. Ich schüttle den Kopf. »Morgen, vielleicht.« In meinem Kopf schwirren tausende von Glühwürmchen.

Mama sitzt auf der Eingangstreppe und isst eine Mango. Der Saft quillt zischen ihren Fingern hervor.

»Leon, da bist du ja endlich. Ich warte schon eine ganze Weile auf dich. Soll ich dir eine Mango schälen?« Ich setze mich neben Mama, und wir schlürfen und schmatzen um die Wette. Der Saft läuft mir am Kinn herunter, Mama wischt ihn mir zärtlich weg. Beinahe ist alles so wie früher. Trotzdem traue ich mich nicht, nach Papa zu fragen.

»Ich habe dir etwas mitgebracht.« Mamas Stimme klingt geheimnisvoll. Sie verschwindet kurz in der Hütte, und – Simsalabim – balanciert sie zwei glänzende Schokoladentört-chen in den Händen. Beim Reinbeißen quillt Schoko-Pudding heraus. Wir stopfen und mampfen, bis unsere Münder rund herum mit Schokolade verschmiert sind. Wir lecken uns die Finger und müssen lachen. Wir lachen, bis uns die Tränen übers Gesicht kullern. »Leon, ich muss nicht mehr so viele Häuser putzen, ich habe eine andere Arbeit gefunden, wenigs-tens für ab und zu. Das ist ein kleines Geheimnis«, flüstert sie mir zu und umschlingt mich mit beiden Armen. Zum ersten Mal seit langer Zeit schlafe ich ruhig und friedlich.

Die Tage gehen vorbei wie alle Tage. Aber wenn Mama am frühen Abend nach Hause kommt, hat sie meist bessere Laune. Allerdings riecht sie nach Zigarettenqualm und Bier.

Manchmal treffe ich Rico, er schenkt mir Kaugummi,

dieses bunte, süße Zeug, das man stundenlang im Mund haben kann. Rico zeigt mir, wie man Blasen damit pustet, je größer, desto besser, bis sie platzen. Oder wir spucken um die Wette. Rico kann das toll, bei mir bleibt der Kaugummi meistens am Mund kleben. Er ist gar nicht böse, dass ich keine Lust mehr habe, Zigarettenkippen für ihn zu sammeln. »Hier, probiere mal einen Schluck.« Rico reicht mir seine Bierflasche. Ich verziehe das Gesicht. Ist mir zu bitter. Rico lacht.

Mama ist schon zu Hause. Ich höre von weitem ihr Lachen. Aber es klingt wieder so schrill, so wie neulich im Kiosk, und nicht so lustig wie beim Schokoladentörtchen essen. Mamas Lachen dröhnt mir in den Ohren, und ich denke sofort an die fremde Hand auf Mamas Knie, an den fremden Mann neulich im Kiosk.

»Das ist José. Er wohnt jetzt bei uns, er hat kein Zuhause. Wenn ich arbeite, passt er auf dich auf.« Misstrauisch schaue ich nach oben. Mein Blick fällt auf einen großen, stämmigen Mann mit einem feisten Gesicht und im Unterhemd. Sein breites Grinsen reicht von einem Ohr bis zum anderen und zeigt große gelbe Zähne. Seine Augen blicken finster und furchteinflößend. Seine Pranke fällt hart auf meine Schulter.

»Hol uns mal ein paar Flaschen Bier vom Kiosk, Leon. Hier hast du Geld. Brauchst dich nicht beeilen. Vom Wechselgeld kannst du dir eine Limo kaufen.« Er haut meiner Mama aufs Hinterteil und lacht sein fieses Lachen. Ich bleibe stur. Ich will nicht, dass dieser Mann hier wohnt, in Papas Bett zusammen mit Mama schläft. Das ist so unvorstellbar, dass sich mein Magen zusammenzieht bis er kneift. Mir wird schlecht. »Nun geh' schon, worauf wartest du?« Mama steht daneben und nickt mir aufmunternd zu.

Langsam gehe ich zum Kiosk. Ich fühle mich elend und muss

mich übergeben. Als ich zurückkomme, hat Mama ein Bettlaken über die Wäscheleine gehängt, daneben ihr Kleid und ihre Unterwäsche. Ich stelle die Bierflaschen auf den Tisch, lege das Wechselgeld dazu und setze mich draußen auf die Treppenstufen. Ein Stöhnen kommt aus der Hütte, ein Rumpeln, quietschendes Lachen, Ächzen. Ich halte mir die Ohren zu. Viel später schleiche ich zu meiner Liege, wickle mich in die Decke und versuche zu schlafen. Es will nicht gelingen. Die Gedanken tosen wie tausend grelle Lichter durch meinen Kopf. Sie pieken und stechen und wollen nicht verschwinden.

Am nächsten Tag laufe ich zu Rico. »Ein fremder Mann ist bei uns eingezogen«, schluchze ich.

»Ach Leon, das ist doch nicht schlimm. Sieh das mal so: Deine Mama hat bessere Laune, wenn sie einen Kerl zu Hause hat.«

»Ich suche Marco. Ich will mit ihm spielen, finde ihn aber nicht.«

»Ich habe gesehen, wie sein Papa ihn heute Morgen Huckepack getragen hat, mit einer Blechdose in der Hand, Richtung Stadt. Sein normales Bein hatte einen Verband; er ist in Scherben getreten und hat sich böse verletzt. Ich glaube, sein Vater setzt ihn unten in eine Häuser-Nische und holt ihn später wieder ab.« Meinem fragenden Blick begegnet Rico ungeduldig. »Nun ja, zum Betteln eben. Sieht doch mitleiderregend aus, so ein Verband und das kurze Bein. Da sitzen die Münzen bei den Menschen lockerer.«

Mama ist jetzt meistens da, wenn ich vom Spielen nach Hause komme. Der Mann wohnt immer noch bei uns. Er ist laut und grob. Mama hatte neulich mehrere blaue Flecke auf ihrem Arm und mir hat er, keine Ahnung warum, eine Kopfnuss verpasst, dass ich quer durch den Raum getaumelt bin.

Sehr glücklich sieht Mama nicht aus.

»José hat noch was zu erledigen, er kommt später.« Es ist Nacht, als José kommt, polternd und betrunken. Er umfasst Mamas Hüften und will sie küssen. Sie dreht den Kopf zur Seite.

»Nun sei mal nicht so zimperlich.« Und zu mir sagt er mit einem fiesen Unterton: »Du lungerst den ganzen Tag hier faul herum. Der feine Herr ist sich wohl zu schade zum Betteln oder Geld verdienen. Lässt seine Mutter alleine schuften, damit er was zu essen kriegt.«

»Lass ihn doch in Ruhe, José«, sagt Mama leise.

»Kannst zum Kiosk gehen, fünf Flaschen Bier holen. Vom Wechselgeld will ich aber jeden einzelnen Real zurück. Komm ja nicht auf die Idee, mich zu betrügen.« Drohend und böse klingt seine Stimme. Als ich nicht sofort reagiere, gibt er mir einen Schups, dass ich hinfalle und brüllt: »Soll ich dir Beine machen?«

Der Kiosk-Besitzer packt mir die Flaschen in eine Tüte. »So kannst du sie besser tragen.« Das Wechselgeld legt er auf den Tresen. Als ich mich bücke, um die Tüte mit den Flaschen hochzuheben, ist das Wechselgeld verschwunden. Ich sehe gerade noch, wie ein Junge durch den Plastik-Vorhang am Eingang verschwindet. »Das Geld«, rufe ich, »der Junge hat mein Geld gestohlen!« Ich schluchze und kann mir schon denken, dass José wütend auf mich sein wird. Aber dass er so ausrastet, habe ich nicht vermutet. Er prügelt auf mich ein, schlägt mir ins Gesicht, gibt mir einen Tritt, dass ich bis an das andere Ende unserer Hütte fliege.

»Hör auf, José, hör sofort damit auf!« Mamas Stimme ist laut und energisch. Sie stellt sich breitbeinig vor mich hin. Aber sie umarmt mich nicht, sondern hält ihre Hände schützend vor ihren Bauch. José schlägt ihr ins Gesicht. Mama weint. Ich raffe mich auf. Ich fühle mich elend, spüre aber kaum Schmerzen, wie taub sind meine Glieder. Blind vor Tränen humple ich fort.

Die Zigarette von Rico sehe ich schon von weitem glimmen. Ein Fluchtpunkt für mich in diesem Moment. Rico legt tröstend seinen Arm um meine Schultern und schenkt mir ein Kaugummi. »Komm mit, ich zeige dir was.« Rico umfasst mein Handgelenk und zieht mich auf verschlungenen Wegen, am Kiosk vorbei, nach unten, bis an den Rand der Favela. Funkelndes Licht blitzt uns entgegen. Hier sind die Hütten ganz aus Stein gemauert. Es muss schon sehr lange her sein, dass sie einen farbigen Anstrich bekommen haben: Rot, Gelb oder Grün. Inzwischen haben der Schmutz und das Wetter seine Spuren hinterlassen. Verwahrlost wirken sie. Aber die bunten Lichter, die über den Fenstern, über den Türen und selbst auf dem Dach flimmern, lenken davon ab. Rico stellt eine Holzkiste unter ein Fenster. »Kannst reinschauen. Hast du bestimmt noch nicht gesehen.«

Magisch werde ich angezogen von einem roten Licht, das innen auf der Fensterbank steht. Ich sehe eine riesige Deckenlampe mit unzähligen Glastropfen, in denen sich das Licht spiegelt. Auf einem roten Sofa haben sich Männer und Frauen ausgestreckt, sie lachen und jauchzen, rauchen und trinken und sind alle ziemlich fein angezogen. Das heißt, die Frauen sind weniger bekleidet. Auf dem Tisch stehen jede Menge Bier- und Schnaps-Flaschen und Platten mit Grill-Hähnchen und Pommes. »Warst du da schon mal drin?« Stumm vor Staunen kriege ich meinen Mund nicht mehr zu. »Klar, schon oft«, grinst Rico selbstbewusst.

Aus der Tür kommen junge Männer. Sie rauchen Zigaretten

oder kauen irgendetwas. Ihre Blicke flackern im Licht, fett glänzen ihre Haare. »Hallo, Rico, was willst du denn mit dem Knirps hier?«, fragt einer und zeigt herablassend auf mich. Rico legt einen Arm um meine Schultern und sagt mit wichtiger Miene: »Das ist Leon, mein Freund.« Er hat tatsächlich »mein Freund« gesagt. »Er ist zwar klein, aber so schnell wie der Blitz. Er kann rennen, dass keiner von euch ihn einholen kann.« Wieder will mir das Kinn vor Staunen herunter fallen. »Na, dann wollen wir mal sehen, was der Kleine kann«, sagt einer der Männer. Ein anderer kommt aus der Tür und hält mehrere kleine Päckchen in den Händen.

»Erst mal zwei«, sagt Rico und steckt je eins von den mit weißem Pulver gefüllten Säckchen in meine Shorts-Taschen.

»Auf keinen Fall essen«, mahnt Rico und zieht mich zu einem kleinen Park unten an der Asphaltstraße. »Pass jetzt gut auf, Leon. Es kommen gleich zwei Männer, die tun dir aber nichts.« Als ich ungläubig und angstvoll gucke: »Wirklich, ich schwöre. Außerdem passe ich auf dich auf. Ich stehe an der Ecke, hinter einem Busch, ganz in deiner Nähe.«

»Und was wollen die Männer?«, frage ich skeptisch.

»Du gibst ihnen die beiden Päckchen. Das ist alles. Danach gehst du ruhig weiter.«

»Das ist wirklich alles?« Ich kann es kaum glauben.

»Die Männer wissen, dass ich ihnen heimlich folge und an einer verabredeten Stelle geben sie mir das Geld.«

»Aber wenn sie abhauen, ohne dass sie dir das Geld geben?«

»Das trauen die sich nicht. Die wissen ganz genau, dass eine ganze Horde Männer sie jagen und halb totprügeln wird.« Mich schaudert es.

»Eine Sache ist noch wichtig. Wenn du einen Polizisten

siehst, rennst du so schnell du kannst weg. Noch schlimmer als die Bullen ist aber Marta. Wenn du ein altes Auto tuckern hörst und eine große kräftige Frau aussteigt, dann ist das Marta. Die ist stark, stark wie ein Mann. Dann musst du flitzen wie ein Blitz.«

»Wer ist diese Marta?«

»Marta arbeitet in der Stadt beim Sozialamt. Sie hat sich in den Kopf gesetzt, in den Favelas für Ordnung zu sorgen. Sie kämpft gegen dunkle Geschäfte, aber vor allem sucht sie Kinder, Straßenkinder, die sie fängt und nach Hause zurückbringt.«

Es ist die erste Nacht, die ich nicht zu Hause verbringe. Rico nimmt mich mit zu den Häusern mit den bunten Lichtern. Er zieht ein Bündel Geldscheine aus seiner Hosentasche, und wir bekommen einen großen Pappteller mit Maisfladen, die mit Hühnerfleisch ohne Knochen gefüllt sind, dazu gibt's viel Ketchup und für jeden von uns eine Cola. »Ihr könnt hier pennen«, sagt ein Mann mit schmierigen Haaren und zeigt auf einen Verschlag hinter dem Haus. »Drinnen ist nichts frei.« Wir legen unsere Köpfe auf einen Sack. Noch ist es warm. Die schwüle Nachtluft legt sich schwer auf unsere Glieder.

Am anderen Morgen gehe ich nach Hause. Vorsichtig schleiche ich zur Tür, schaue hinein, ob jemand da ist. Ich fürchte mich vor der Tracht Prügel, die mir von Mamas Kerl wohl bevorsteht. Zum Glück ist niemand da. Ich finde einen Rest Pizza und eine Banane. Ich laufe ziellos kreuz und quer, ein paar Jungen spielen Fußball, andere toben herum, manche sitzen gelangweilt auf dem Lehmboden und ziehen Muster mit einem Stock. Ich suche Rico.

Die kommenden Abende sind wir unten bei den Häusern mit den grellen Lichtern. Ich habe jetzt vier Päckchen in meinen Hosentaschen. Alles geht gut. Ich ziehe die Päckchen, eins nach dem anderen, langsam heraus, gebe sie den Männern, drehe mich um, ob ich einen Polizisten sehe oder Martas altes Auto höre, stecke lässig meine Hände in die Taschen und schlendere weiter. Danach gibt's immer gutes Essen und manchmal einen Schlafplatz in dem Haus mit dem roten Sofa. Tagsüber bin ich meistens zu Hause. Einmal ist Mama da. Sie war froh, mich zu sehen, hat mich in den Arm genommen, gedrückt und geküsst. Das gestaltet sich etwas umständlich, weil ihr Bauch ganz dick geworden ist.

»Leon, wo warst du? Bist du okay? Gott sei Dank, dass du wieder hier bist.« Mit einem eigenartigen Flimmern in den Augen und mit flüsternder Stimme: »Du bekommst ein Geschwisterchen, Leon, ich bekomme ein Baby von José.«

»Und José, wohnt der immer noch hier?«

»Natürlich, aber er ist netter geworden, und ich muss in den nächsten Wochen nicht arbeiten. Ich darf ihn nur nicht reizen, wenn er betrunken ist. Dann schlüpfe ich bei der Nachbarin unter und warte, bis er seinen Rausch ausgeschlafen hat.«

Ich will ihm aber auf gar keinen Fall begegnen, so oder so. »Ich bin viel mit Rico zusammen und verdiene mir mein Essen selbst. Ich gehe nicht betteln, wie Marco und andere Kinder.« Mama schaut mich sorgenvoll und irgendwie misstrauisch an. Plötzlich umfasst sie ihren Bauch. Ihre Augen wollen fast aus ihrem Kopf fallen. »Leon, lauf schnell und hol die Nachbarin.« Aufgeregt kommen gleich zwei Frauen mit Handtüchern, Bettlaken und einer Schüssel mit heißem Wasser. Mich schicken sie fort.

Unten gibt es Ärger. Die Männer aus den Häusern mit den bunten Lichtern haben Rico verprügelt. Es ging um Geld. »Wir müssen hier schnell weg, Leon.« Wir rennen, bis wir die Stadt erreicht haben. Bars, Restaurants, Imbiss-Buden, Leuchtreklame auf riesigen Bildern und Plakaten. Flimmernde Lichtbänder umschlingen sich gegenseitig. Menschen hasten vorüber. Auf den Bürgersteigen hat man Tische und Stühle eng aneinander gestellt. Gerüche von Grillfleisch, Tabak, Schnaps und Schweiß mischen sich im Wind, dazu der Straßenlärm mit Autohupen und quietschenden Reifen. Rundherum scheint Party-Stimmung zu herrschen, so wie weiter oben in dem Haus mit dem roten Sofa.

Rico nimmt mich zur Seite und zieht mich in eine Hausnische neben einem Restaurant. »Auf Beobachtungsposten«, sagt er mit ernster Miene. Das Restaurant füllt sich. Alle Stühle, drinnen und draußen, sind besetzt. Steaks, Pommes, Salate, dampfende Schüsseln, ganze Fische türmen sich auf den Tischen. Mir läuft das Wasser im Mund zusammen, und mein Magen knurrt. Die Leute essen und schmatzen, lachen, prosten sich zu. Von irgendwoher kommt Musik, manche Leute tanzen mitten auf der Fahrbahn.

»Bald kommt unsere Stunde, Leon, warte nur ab.« Ricos Stimme klingt verschwörerisch. »Wenn die Leute fertig sind mit essen, trinken und feiern, gehen sie nach Hause.«

»Logisch«, bemerke ich.

»Sie verlangen die Rechnung, bezahlen, und beim Aufstehen kannst du beobachten, dass die meisten ein paar Reais auf dem Tisch liegenlassen. In dem allgemeinen Trubel vergeht einige Zeit, bis der Kellner den Tisch abräumt. Blitzschnell schnappen wir uns dann die Münzen und hauen ab.«

»Aber das ist Stehlen. Ich will nicht betteln, aber auch nicht stehlen«, wage ich beherzt zu widersprechen.

»Halb so schlimm, die Kellner haben ja schon ihr Geld. Und die paar Reais sind nicht so wichtig für sie, jedenfalls nicht so wichtig, wie für uns.«

»Ich weiß nicht …«

»Komm, probiere es!« Rico läuft geduckt lauernd und holt sich ein paar Münzen von einem Tisch. Ich mache es ihm nach. Geht leichter, als gedacht. Beim zweiten Mal fällt mein Blick auf ein halb abgenagtes Hühnerbein. Das Hühnerbein und ein paar Pommes in der einen Hand, die Münzen in der anderen, zur Faust geballten Hand, flitzen wir zur nächsten Straßenecke.

»Wird Zeit, dass ich mal wieder nach Hause gehe. Meine Mutter macht sich bestimmt Sorgen. Wie ist das bei dir?«

»Die Alten sind froh, wenn ich weg bin. Ein Esser weniger«, sagt Rico lakonisch.

Als ich beinahe unsere Hütte erreicht habe, höre ich Baby-Geschrei. Mama wiegt ein winziges Kind in ihren Armen. Ihr Blick ist weich und liebevoll auf das Baby gerichtet. Das Baby saugt an ihrer Brust. José liegt im Bett und schnarcht.

»Leon, endlich! Wo warst du so lange? Schau, dein Brüderchen. Er heißt Pedro.«

»Pedro!«, schreie ich entsetzt, »Pedro heißt mein Papa.« Mit Tränen in den Augen renne ich aus der Hütte.

»Leon, warte doch, lauf bitte nicht wieder weg.« Mama ist mir mit dem Baby an ihrer Brust hinterher gelaufen. Aber ihre Stimme verhallt im Wind.

Ich laufe in die Stadt hinunter. Beinahe schon vertraut, empfangen mich die schrillen Lichter, die kreischenden Stimmen, die verheißungsvollen Gerüche. Trotzdem schmerzt es. Oder ist das mein knurrender Magen? Ich suche Rico. Ich finde ihn im Hinterhof eines Restaurants. Er schleppt Müllsäcke.

»Leon, du kannst mir helfen.«

»Wollt ihr euch ein paar Reais verdienen?«, fragt ein Kellner. »Ihr könntet die Müllsäcke bis ans Ende der Straße zu den Tonnen bringen. Dann kann ich jetzt Feierabend machen.«

Wir müssen ein paar Mal laufen. Rico nimmt die Säcke Huckepack, ich schleife sie hinter mir her. Das ist für die nächste Zeit unsere Einnahmequelle. Dazu Essensreste und manchmal auch Münzen, die auf den Tischen liegengeblieben sind. Der Mann von der Imbissbude, ein Wellblechwagon am Ende der Straße, hat heute Mitleid mit uns. Er schenkt uns eine ganze Grillwurst, auf die er reichlich Ketchup spritzt. Manchmal sitzt eine alte Frau auf einem Schemel am Straßenrand und röstet Maiskolben. Wenn sie uns sieht, macht sie uns einen zurecht. Dann sitzen wir auf der Bordsteinkante und knabbern mit Genuss.

Ab und zu nimmt mich Rico mit zum Markt. Die Sonne ist dann schon auf ihrer Nachmittagstour. In der riesigen Halle ist lautes Getümmel. Die Händler bauen ihre Stände ab, sortieren ihre Waren, bepacken ihre Holzkisten mit den Resten und spritzen die Abfälle mit einem dicken Wasserschlauch nach draußen. Das ist genau unsere Zeit. Zwischen Resteeinpacken und Abfallwegspritzen huschen wir herbei. Wir sind nicht die einzigen Straßenkinder. Manchmal müssen wir uns um Brotstücke oder ein paar Tomaten prügeln. Und manchmal rangeln wir so lange, bis uns ein Strahl aus den Wasserschläuchen verscheucht.

Nachts suchen wir eine Nische in den Hinterhöfen, wo wir hoffen, Pappkartons zu finden. Damit bauen wir uns einen kleinen Verschlag und verkriechen uns darin. Das schützt ein wenig vor Wind und Regen.

Eines Tages ist Rico verschwunden. Die Suche nach ihm füllt meine ganze Zeit und alle meine Gedanken. Ich treffe andere Straßenkinder, auch ältere und jüngere. Allesamt armselige Kinder, trostlos und schutzlos. Einmal sehe ich Kinder, die ihren Kopf in eine Plastiktüte stecken. Ein wildes

Ein- und Ausatmen. Die Plastiktüte knautscht sich zusammen oder bläht sich auf. Wenn alle Luft verbraucht ist, ziehen sie ihren Kopf blitzschnell heraus. Dann wirkt ihr Blick apathisch, wie verloren.

»Hier, probiere mal. Musst dich ganz aufs Ein- und Ausatmen konzentrieren. Ein paar Augenblicke spürst du keinen Schmerz, keine Verzweiflung. Du fühlst dich, wie auf Wolken schwebend.«

Ein Junge reicht mir seine Plastiktüte. Meine Gedanken versinken im Nebel, ich schnappe nach Luft. Mir wird schlecht. Ich kann dem Schnüffeln nichts abgewinnen.

Wieviel Zeit inzwischen vergangen ist? Ich weiß es nicht. Sind es Wochen, Monate? Meine Schritte bewegen sich schleppend, mechanisch. Meine Schuhsohlen sind durchgelaufen. Die Schuhe fallen beinahe auseinander. Ich habe Schnüre darum gebunden. Für eine Weile wird das halten. Meine Shorts stehen vor Dreck, von meinem Shirt ganz zu schweigen. Ich ziehe mir die Kapuze tief ins Gesicht. Die Tage huschen an mir vorbei. Ist es Morgen, Mittag, Abend? Ich kann es nur am Licht erkennen. Ich sehe die Sonne, doch ihre Strahlen berühren mich nicht. Der Regen malt schwarze Kreise auf meine staubige Haut, aber ich fühle ihn nicht. In mir ist Leere, ein dunkles Loch, in einem stumpfen, kraftlosen Körper. Selbst der Kummer will nicht mehr durchdringen. Meine Tage verstreichen mit Essen suchen, Münzen klauen, wegrennen, Pappkarton finden für die Nacht. Mein Leben ist mir egal. Ich bin mir gleichgültig. Ob es einen Morgen für mich gibt?

»Hey, wer bist du denn?« Ein großer Frauenkopf zwängt sich durch den Spalt meines Pappkartons.

Ich bin zu matt zum Weglaufen. Ich verharre stumm.

»Nun komm erst einmal aus dem Pappkarton heraus, der ist ja ganz durchgeweicht. Du zitterst ja.«

Der Kopf gehört einer großen Frau. Ihre Stimme klingt resolut, aber zugleich mitfühlend. Mit kraftvollen Armen zieht sie mich aus dem Karton. »Marta«, schießt es mir durch den Kopf. Und genau sie ist es.

»Ich bin Marta. Ich nehme dich jetzt erst einmal zu mir nach Hause mit. Du wirst Hunger haben und eine große Wäsche kannst du sicherlich auch gut vertragen. Dann sehen wir weiter.« Sie nimmt mich in den Arm, schaut mir ins Gesicht und lächelt. Das wärmt mich wie ein kleiner Sonnenstrahl.

»Wie heißt du und hast du eine Mama?«

»Ich heiße Leon, und meine Mama wohnt ganz oben auf dem Berg in einer Hütte, die Papa gebaut hat. Papa ist aber schon sehr lange weg. Mama hat einen neuen Mann, einen sehr bösen Mann, der uns schlägt und ganz gemein zu uns ist. Mama hat ein Baby, das heißt Pedro, so wie mein Papa.«

Meine Stimme überschlägt sich beinahe. Die Wörter purzeln nur so aus meinem Mund, endlich aufgewacht, wie nach einem langen Schlaf. Ich klopfe mir aufgeregt mit der Faust auf die Brust.

»Dann weiß ich, wer du bist. Ich kenne deine Mutter. Sie hat sich große Sorgen um dich gemacht, dich überall gesucht und mich schließlich um Hilfe gebeten. Nun habe ich dich ja gefunden.« Marta lacht wieder ihr Sonnenstrahl-Lachen.

Martas Auto ist wirklich sehr alt. Es macht einen Höllenlärm und es ruckelt mächtig auf den holprigen Straßen. Aber das merke ich kaum. In meinem Magen ist nichts, was hinaus will. Ich rolle mich unter eine Decke auf der Rückbank und schlafe sofort ein. Marta hält mit quietschenden Bremsen.

»Wir sind da.« Ein kleines Haus, am Ende einer Straße,

umringt von einer Hecke aus grünen Sträuchern. Eine Laterne beleuchtet matt den Eingang. Die dicke Holztür quietscht beim Öffnen. Marta knipst an einem Schalter und von der Decke erstrahlen zwei Lampen, die an mit Milch gefüllte Gläser erinnern. Der Raum ist klein, an der Wand steht ein mächtiger Herd, auf dem ein Wasserkessel blubbert.

»Ich habe Strom im ganzen Haus, aber ich liebe meinen alten Herd. Darauf hat schon meine Oma gekocht.«

Marta führt mich in einen Waschraum. So etwas habe ich in meinen kühnsten Träumen noch nicht gesehen. Eine riesige Badewanne füllt beinahe den ganzen Raum. Marta dreht an einem Knopf in der Wand und schon sprudelt Wasser in die Wanne, frisches, warmes Wasser. Aus einer großen Flasche verspritzt sie großzügig eine rosa Flüssigkeit, die das Wasser augenblicklich in einen Schaumberg verwandelt.

»Hier hast du einen Schwamm und Seife. Für die Füße werden wir eine Bürste brauchen. Wenn ich dir helfen soll, musst du mich rufen. Die Klamotten kommen in den Müll. Einverstanden? Ich schaue mal in der Kammer nach passenden Sachen.«

Ich bin sprachlos. Ich tauche ein in das wohlig warme Wasser, puste mir den Schaum von der Nase und möchte am liebsten, dass die Zeit stehen bleibt. Ich rubble und schrubbe, bis meine Haut glüht. Beim Haarewaschen hilft mir Marta.

»So, darin kann sich nun nichts mehr verfangen, was dort nicht hingehört.«

Das große flauschige Handtuch, in das mich Marta einhüllt, erinnert mich an fast vergessene Gerüche nach Blumen. Der Maisbrei, den sie gekocht hat, weckt meine Sehnsucht nach Mama. Die gebratenen Bananen, die Marta mit reichlich Karamell-Sirup vermischt, sind ein Leckerbissen.

»Iss langsam, Leon, das bekommt deinem Magen besser und du hast mehr davon.«

Das heiße Wasser in meinem Becher hat einen unbekannten, wunderbaren Geschmack. Vorsichtig schlürfe ich in kleinen Schlucken.

»Das ist Pfefferminztee, der ist gesund. Schmeckt er dir?«

Ich nicke stumm.

Marta hat in einem kleinen Raum ein Bett für mich zurechtgemacht. Ein Bett, ganz für mich alleine, mit weichen Kissen und Decken. Ich kuschle mich ein und falle gleich darauf in einen ruhigen, langen Schlaf.

Die Sonne steht schon hoch am Himmel, als ich aufwache. »Guten Morgen, Leon, nun mal raus aus den Federn. Der Tag ist schon halb vorbei, und in der Küche brutzeln Rührei und Speck in der Pfanne.« Mit einem Ruck schiebt Marta den Vorhang zur Seite und öffnet weit das Fenster. Ein Lichtschwall fällt auf meine Bettdecke. Ich recke und strecke mich. Ist das ein neuer Morgen oder träume ich noch?

»Nachher bringe ich dich zu deiner Mutter. Ich werde mit ihr sprechen, mit José auch. Und ich werde dafür sorgen, dass du nie mehr weglaufen musst.« Das sagt Marta mit solch einer Entschiedenheit, dass mein Misstrauen verfliegt.

Martas Auto müht sich sehr, die holprigen Wege kreuz und quer den Berg hinauf zu schaffen. Es tuckert, knarrt und pufft, und manchmal drehen die Räder durch auf dem lehmigen Boden. Aber Marta ist zuversichtlich. »Keine Sorge, meine Klapperkiste lässt uns nicht im Stich. Sie schafft das.« Mein Herz pocht wild. Aufgeregt rutsche ich auf meinem Sitz hin und her.

Mama steht schon am Eingang. Ein kleiner Junge hält sich an ihrem Kleidersaum fest, auf wackligen Beinen schaut er mich mit großen Augen an: Pedro, mein kleiner Bruder. Rasch hebt Mama ihn hoch, legt ihn behutsam in die Hängematte und läuft uns mit beschwingten Schritten und ausgebreiteten Armen entgegen. »Mein Leon, lieber Leon, endlich!« Sie lacht und weint gleichzeitig, drückt mich, dass mir beinahe die Luft wegbleibt und bedeckt mein Gesicht und meinen Hals mit ihren Küssen. »Wie froh ich bin, dass Marta dich gefunden hat!«

Meine Mama, wie gut sich ihre Umarmung anfühlt, wie weich ihre Haut ist. Marta kriegt auch einen Kuss ab. »Tausend Dank, Marta!« Pedro schreit. Mama wiegt mit der einen Hand die Hängematte, mit dem anderen Arm umfasst sie meine Schultern, als wolle sie mich niemals mehr loslassen.

»Luiza, wir müssen etwas Wichtiges miteinander besprechen. Geht es jetzt, oder …?« Marta steckt suchend ihren Kopf durch den Eingang.

»Ja, natürlich. José ist im Augenblick nicht da, er kommt sowieso unregelmäßig nach Hause. Aber nachher wird er hier sein.«

»Gut, denn mit José muss ich auch dringend reden. Ich brauche seine Hilfe und ich habe eine prima Aufgabe für ihn.«

In unserer Hütte sieht es aus wie früher. Die Wäscheleine teilt immer noch den Raum. Wie immer hängen Handtücher und Kleidungsstücke an bunten Wäscheklammern.

Wir setzen uns an den Tisch, Mama gießt Limonade in hohe Gläser, für mich steckt sie einen Strohhalm hinein.

»Zuerst das Allerwichtigste«, sagt Marta mit ernster, aber warmherziger Stimme. »Leon muss zur Schule. Er ist bald sieben Jahre alt. Er muss etwas lernen, das ist seine einzige Chance. Ich werde das Notwendige arrangieren, Schulsachen beschaffen und alles, was dazu gehört. Aber Luiza, du als

Mutter musst dafür sorgen, dass er durchhält. Du musst ihn dabei unterstützen und ihm helfen.«

Ich staune mit offenem Mund. Mama nickt eifrig und drückt mich fest an sich.

»Ich werde alles tun, Marta, was für meinen Sohn wichtig ist. Es soll ihm gut gehen, ich will nicht, dass er jemals wieder wegläuft.«

»Als erstes musst du dafür sorgen, dass er jeden Tag pünktlich aus dem Bett kommt, dass er gewaschen ist und seine Schulsachen sorgfältig gepackt sind. Wenn möglich, trinkt er noch einen Becher Milch und isst ein Stück Brot, bevor er aus dem Haus geht. Ich hole ihn ab, zusammen mit ein paar anderen Kindern und fahre ihn zu Schule. Ich mache das regelmäßig. Den Rückweg wird er später mit den anderen Kindern zusammen gehen können.«

Marta kramt in ihrer großen Umhängetasche. »Hier ist ein Wecker, den kannst du auf sieben Uhr morgens einstellen. Das ist die Zeit, die dringend eingehalten werden muss, egal wie die Nacht war, ob hier gute Laune oder schlechte herrscht, ob es stürmt oder regnet, ob der Himmel grau ist oder verhangen im Nebel. Jeden Tag! Nur der Sonntag ist frei.« Martas Gesicht glüht. Mit den Fingern trommelt sie im Rhythmus ihrer Worte auf der Tischkante. »Um halb acht sammle ich die Kinder weiter unten am Kiosk ein. Ich warte höchstens eine Minute«, sagt Marta streng.

Mama nickt wieder heftig und zustimmend. »Du kannst dich auf mich verlassen, Marta, ich werde darauf achten.«

Es scheint wirklich sehr wichtig zu sein. Marta hat sich in Rage geredet und Mama hat alles verstanden.

José kommt herein geschlurft. »Was ist denn hier los? Aha, Leon ist wieder da. Wo hat man dich denn aufgegabelt?« Missmutig und verächtlich klingt das. Marta scheint es zu überhören.

»José, gut, dass du da bist. Ich muss mal was mit dir bereden. Ich brauche dringend deine Hilfe.«

José grinst. »Hoppla, junge Frau, da bin ich aber gespannt.« Er stellt sich breitbeinig vor Marta, steckt beide Hände in die Hosentaschen, sieht sie herausfordernd an und schnalzt mit der Zunge. Marta ist unbeeindruckt.

»Nee, nee, José, nicht, was du denkst, winkt sie mit kühler Miene ab. Lass uns mal nach draußen vor die Tür gehen, eine rauchen.« Marta zieht ein Päckchen Zigaretten aus der Tasche. José brummt irgendetwas vor sich hin, folgt Marta aber ohne Widerrede.

»Du kennst die Häuser mit den Neon-Lichtern, am Rand der Favela, wo die jungen Männer mit Drogen dealen.«

José grinst hinterhältig. »Na klar, da ist immer mächtig Stimmung.«

»Ja, und diese Stimmung nimmt überhand. Ausufernde Besäufnisse, Prügeleien. Und immer sind Kinder dabei. Die Polizei rückt täglich, also jede Nacht, dort an, kann aber nichts ausrichten, weil sich alle in Luft aufzulösen scheinen, oder so tun, als wäre es eine harmlose Party. Die Situation dort in dem Viertel wird eskalieren, wenn wir nichts unternehmen.«

»Und wofür brauchst du mich?« José ist skeptisch.

»Im Grunde ist uns nur das, was mit den Kindern geschieht, ein Dorn im Auge. Die jungen Männer haben es immer mehr auf Kinder abgesehen, die sie anlocken und für ihre Drogen-Geschäfte missbrauchen. Immer jüngere Mädchen gehen in diesen Häusern ein und aus, immer mehr kleine Jungen werden zum Dealen angestiftet. Das ist ein untragbarer Zustand.« Marta ist laut und wütend geworden.

»Nun komm mal zur Sache, Marta. Was soll ich dagegen tun? Langsam werde ich ungeduldig.«

»Wir vom Amt haben uns das so gedacht: Wir brauchen einen großen, starken Mann, der sich nichts gefallen lässt, der auch mal durchgreifen kann, wenn es dicke kommt. Eine Autorität, die sich in dem Milieu auskennt.«

José streckt seinen Hals, er scheint zu wachsen, er lässt seine Muskeln spielen und sein Blick funkelt selbstgefällig.

»Und weiter? Was habe ich davon?«

»Du sorgst dafür, dass die Geschäfte ohne die Kids laufen. Du drohst ihnen, dass du alles auffliegen lässt, wenn sie sich nicht daran halten. Du hast die Möglichkeit, dass eine groß angelegte Razzia stattfindet oder vermieden wird. Durch dein Auftreten kannst du sogar die jungen Männer vor der Mafia schützen. Du bestimmst, wer in die Häuser rein- und rausgeht. Du bist der King.«

»Hm, okay, kann ich ja mal versuchen.« Die Sache mit dem King spukt gewaltig in Josés Kopf herum.

»Du bekommst dort eine Unterkunft, dazu stellen wir dir einen monatlichen Betrag für den täglichen Bedarf zur Verfügung. Ist auch mal 'ne Pulle Schnaps mit drin.« Marta pufft José kumpelhaft in die Seite. »Du musst nur Augen und Ohren offen halten und einschreiten, wenn es nötig ist.«

Die zweite Zigarette ist aufgeraucht, Marta gibt ihm die angebrochene Schachtel. »Wollte es mir sowieso abgewöhnen.« Sie kommen in die Hütte zurück. »Hier musst du natürlich ausziehen. Ist ja eh zu eng für vier. Für Pedro wird Luiza schon sorgen können, und Leon geht ab morgen in die Schule. Ich kann dich gleich mitnehmen.«

Josés Sachen passen in einen kleinen blauen Müllsack. Etwas wehmütig sieht Mama ihm dabei zu, wie er Hose und

Hemd von der Wäscheleine zieht. Ich bin froh und erleichtert. Beim Rausgehen schaut José kurz in die Hängematte und tippt sie an, sodass sie leicht schaukelt.

»Kannst mal vorbeikommen«, sagt Mama leise.

Marta wendet sich mir zu, legt beide Hände auf meine Schultern und sieht mich ernst an.

»Leon, morgen früh warte ich pünktlich um halb acht unten am Kiosk auf dich. Ich werde laut hupen, das heißt, du wirst es schon hören, wenn sich mein altes Auto den Berg hinauf quält.« Nun müssen wir beide lachen. Marta kramt eine runde Pappscheibe aus ihrer Tasche.

»Diese Uhr habe ich für dich gebastelt. Ich stelle die Zeiger auf halb acht. Das ist deine Zeit, Leon. Deine Mutter wird dir helfen, dass du pünktlich bist. Wenn du am Nachmittag aus der Schule kommst, wird sie die Uhrzeiten ein wenig mit dir üben.«

Mit zügigen Schritten geht sie zu ihrem Auto, José trottet hinter ihr her. »Tschau, bis morgen.« Marta bleibt kurz stehen, dreht sich um und winkt uns zu. »Für dich, Luiza, habe ich auch noch eine gute Nachricht, musst dich aber bis morgen gedulden.«

Mama hat in der Zwischenzeit ein neues Laken über die Liege gezogen. Pedro quengelt in der Hängematte. »Zuerst bekommst du aber deine Milch, Leon.« Mama stellt einen großen Becher Milch auf den Tisch. Ich darf zusehen, wie sie Pedro an ihre Brust legt. Pedro schmatzt zufrieden.

»Hast du mich auch gestillt, als ich ein Baby war?«

»Natürlich, Leon, sogar besonders lange, bis zu deinem zweiten Lebensjahr.«

Heute Nacht möchte ich nicht auf der Liege schlafen. Mama ahnt es, ich muss es gar nicht sagen. Sie hebt ihre Decke ein wenig hoch, ich schlüpfe zu ihr und schmiege mich an ihre Seite. Mit einem Arm hält sie mich umschlungen, in den anderen Arm hat sich Pedro gekuschelt. Langsam sickert Müdigkeit in meinen Körper.

EINE NEUE WELT

Eigentlich bin ich schon wach, als in der Frühe der Wecker klingelt. Nicht schrill, wie man denken könnte, und im ersten Moment glaube ich zu träumen. Ein Kikeriki schallt mit entgegen. Ich blinzle verstohlen in die Richtung, wo ich einen Hahn vermute, aber tatsächlich ist es nur der Wecker, aus dem es kräht, und der dabei ein wenig auf dem Schemel hin und her wackelt.

»Was für eine lustige Uhr, da kommt man gleich besser aus dem Bett.«

Bevor Mama aufsteht, schaut sie kurz zu Pedro. Der nuckelt an seinem Daumen und grummelt leise vor sich hin. Ich habe mir schon ein wenig Wasser aus dem Kanister in eine Schüssel gegossen und fahre mit dem Waschlappen über mein Gesicht. Die Morgenwäsche kann nach dem ausgiebigen Bad gestern bei Marta heute kurz ausfallen. Hose und Shirt, die Marta mir gegeben hat, ziehe ich von der Wäscheleine herunter. Die Schuhe sind ein bisschen groß.

»Du kannst Socken anziehen, das stopft ein wenig«, schlägt Mama vor.

Einen Becher Milch hat sie mir schon auf den Tisch gestellt und dazu einen Zwieback gelegt.

»Ich glaube, in der Schule bekommst du etwas zu essen. Trotzdem packe ich dir eine Banane und ein paar Stücke Zwieback in eine Plastikdose. Soll ich sie dir in einen Beutel stecken?«

»Nein, ist nicht nötig.« Ich klemm mir die Dose unter den

Arm. »Tschau, Mama«, und laufe in Richtung Kiosk. Mama steht vor unserer Hütte und winkt mir nach.

Ich bin gespannt wie ein Flitzebogen. Ich weiß zwar nicht, was mich in der Schule erwartet, aber ich bin voller Neugier. Von weitem höre ich schon Martas Auto. Aufgeregt hüpfe ich von einem Bein auf das andere. Aus einem Seitenweg heraus kommt Marco gehumpelt. Er trägt eine blaue Hose und ein gelbes Shirt. Seine Locken sind weg, die Haare ganz kurz geschnitten. Seine Daumen hat er unter die Riemen von einem grünen Rucksack gesteckt. Beinahe hätte ich ihn nicht erkannt, nur daran, dass er ein Bein nachzieht.

»Hallo Leon, lange nicht gesehen. Wirst du auch von Marta zur Schule gebracht?«

»Ja, heute zum ersten Mal.«

Das Auto hält quietschend und die Räder wirbeln mächtig viel Staub auf.

»Na, da seid ihr ja. Prima, dass ihr es geschafft habt. Aber ich sehe nur euch beide.« Sie dreht sich suchend um. »Ah, da kommt Bruno.«

Ein Junge, den ich nicht kenne, etwas größer als ich, aber spindeldürr und mit traurigen Augen, kommt uns langsam entgegen. Seine blaue Hose hat er mit einem Stück Tau um den Bauch festgebunden, sie schlottert um seine Beine.

»Nun fehlt nur noch Lucas.« Marta drückt auf ihre Hupe, die so laut dröhnt, dass die beiden Hunde, die mit schläfrig ausgestreckten Gliedern auf dem Lehmboden vor dem Kiosk liegen, erschreckt aufspringen und davonlaufen. Aber ein Lucas ist nicht zu sehen.

»Dieser Lucas hat schon wieder verschlafen. Ich muss unbedingt heute Nachmittag bei ihm vorbeischauen.«

Auf der Fahrt zur Schule sitze ich stumm auf der Rückbank,

obwohl ich vor Aufregung fast platze. Marco ist eingenickt und Bruno mit den traurigen Augen blickt aus dem Fenster. Dafür schwatzt Marta munter drauflos. »Leon, für dich gibt es natürlich auch eine Schultasche. Wir holen sie vor dem Unterricht ab. Sie steht schon bereit für dich. Bist du aufgeregt? Du wirst staunen, was dich alles erwartet!«

Unten, in der Stadt, läuten die Kirchenglocken. »Na, ist das eine Begrüßung?« Marta lacht. Sie hält vor einem großen, weiß angestrichenen Gebäude direkt neben der Kirche. Die beiden Flügeltüren vom Eingangstor sind weit geöffnet. Von allen Seiten strömen Jungen und Mädchen durch dieses Tor. Sie lachen und plappern und ihre Stimmen übertönen sich gegenseitig. Wir gehen durch einen langen Flur, Marco und Bruno zielgerichtet zu ihren Klassenräumen. Mich zieht Marta weiter bis zum Ende des Flurs. »Hier hat der Schuldirektor sein Büro. Wenn du ein Problem hast, kannst du zu ihm gehen. Er hat für alle Kinder immer ein offenes Ohr.«

Die Tür ist angelehnt. Marta klopft zweimal kurz hintereinander. Ein freundlich blickender Mann mit einer großen Brille sitzt hinter seinem Schreibtisch. Er kommt uns sofort entgegen, begrüßt Marta und lacht mir aufmunternd zu.

»Herzlich willkommen in der Schule, Leon. Sie wird in Zukunft ein wichtiger Ort für dich sein. Hier kannst du viel lernen, aber du wirst auch jede Menge Spaß haben.« Er holt aus einem Schrank ein dickes und zwei dünne Hefte. Zwei Bleistifte, ein Radiergummi, einen Anspitzer und mehrere bunte Stifte legt er sorgfältig in ein Mäppchen. Ein grüner Schulrucksack steht neben seinem Schreibtisch. Er packt alles hinein und hängt ihn mir über den Rücken. »Für die nächste Zeit wird es reichen.«

Ich schaue ihn staunend an, weiß gar nicht, was ich sagen soll.

»Die Schulkleidung gibt es nebenan bei Maria. Sie wird die passende Hose und ein Shirt für dich finden.«

Maria ist eine kleine rundliche Frau mit einem lachenden Gesicht. Sie schaut mich prüfend von oben bis unten an und holt zwei blaue Hosen und zwei gelbe Shirts aus einem Regal. »Müsste passen.« Auf meinen fragenden Blick antwortet sie gutmütig: »Du musst dich jetzt nicht gleich umziehen, aber ab Morgen ziehst du die Sachen jeden Tag an. Ich gebe dir eine zweite Garnitur zum Wechseln mit. Manchmal wirst du die Sachen eine Woche tragen können, manchmal nur einen Tag, je nachdem, wie du dich beim Essen bekleckerst oder beim Toben in der Pause schmutzig machst.« Maria schmunzelt. »Deine Mama wird dafür sorgen, dass immer eine Hose und ein Hemd sauber gewaschen im Schrank liegen.«

Ich kann immer noch nichts sagen und komme aus dem Staunen nicht mehr heraus. Alles ist wie in einem Traum.

»Ich packe dir die Sachen in einen Karton. Bevor du heute Nachmittag nach Hause gehst, kannst du sie bei mir abholen.« Und zu Marta blickend: »Soviel ich weiß, fährt dich Marta heute wieder nach Hause.«

»Natürlich, heute und morgen auf jeden Fall.«

»Wegen der Schuhe kannst du in den nächsten Tagen bei mir vorbeischauen. Wie ich sehe, sind deine Schuhe ganz vernünftig. Hier hast du noch einen Becher. Er gehört dir. In der Pause gibt's Kakao. Ich schreibe deinen Namen darauf.«

»Danke, Maria«, sagt Marta an meiner Stelle.

Alle Türen auf dem Flur sind jetzt geschlossen, bis auf eine.

»Das ist dein Klassenzimmer, Leon. Diese Tür ist rot, daran kannst du deinen Raum erkennen. Jede Tür von einem Klassenraum hat eine andere Farbe. Es gibt sechs Räume und einen großen Veranstaltungsraum für alle Kinder. Den lernst du später kennen.«

»Das ist Leon, es ist heute sein erster Schultag. Ich bin Felicia, deine Lehrerin. Herzlich willkommen, Leon.« Ich sehe eine Menge Kinder, Jungen und Mädchen, alle etwa so groß wie ich, die im Halbkreis in Dreiergruppen an kleinen Tischen sitzen und mich neugierig anschauen. Felicia lächelt mich freundlich an, umfasst sanft meine Schultern und führt mich zu einem Tisch.

»Hier ist dein Stuhl, Leon, und auf dem Tisch steht dein Namensschildchen. Wie du siehst, haben alle Kinder ein Namensschild.« Sie wendet sich den beiden anderen Jungen zu. »Ihr stellt euch selbst vor und vergesst nicht zu fragen, ob Leon Hilfe braucht. Deinen Kakao-Becher kannst du in das Regal stellen, zu den anderen Bechern. Vielleicht kannst du behalten, wie er aussieht, und du erkennst sogar deinen Namen.«

Mein Becher ist rot und hat gelbe Punkte, auch meinen Namen hat Maria mit gelber Farbe geschrieben. Viele Becher stehen im Regal, grüne, blaue, gelbe, auch rote, die mit Kreisen, Kringeln, Strichen oder Punkten bemalt sind. Mehr als zehn Becher zähle ich von meinem Platz aus, mehr als ich Finger an meinen Händen habe.

»Tschau Felicia, tschau Leon bis heute Nachmittag.« Marta eilt aus dem Klassenzimmer. Als ich später darüber nachdenke, was alles an diesem ersten Schultag auf mich eingestürmt ist, kommt so viel zusammen, dass es in eine ganze Woche zu passen scheint.

»Wir singen jetzt unser Begrüßungslied für Leon. Das Lied hat vier Strophen. Wir singen es jeden Morgen, wir begrüßen damit den Tag.« Die Melodie wiederholt sich und bei der zweiten Strophe kann ich schon mitsummen. Mit einem Bleistift malen wir Kreise, Kurven und gerade Striche in das dicke Heft. Danach sollen wir einen oder zwei Buchstaben aus unserem Namen heraussuchen und probieren, sie in der Farbe von unserem Becher zu schreiben. Manche Kinder können schon ihren ganzen Namen schreiben, sie malen ihn viele Male in verschiedenen Farben. Ich probiere meinen ersten Buchstaben, das ist gar nicht schwer. Bald steht LEON in roten Buchstaben auf dem Papier. Ich freue mich, kann gar nicht genug davon kriegen und schreibe meinen Namen mit allen Farben, die ich in dem Mäppchen finden kann, eine ganze Heftseite voll.

»Das geht aber flott bei dir«, sagt Felicia.

Danach schreibt Felicia Zahlen an die Tafel. Sie hält ein Stück Kreide in der Hand und schreibt zehn verschiedene Zahlen untereinander. Die Kinder lesen sie laut im Chor. Mit dem Bleistift schreibe ich sie ab. Ist auch nicht schwer. Dafür soll ich das dünne Heft nehmen, in dem das Papier in Kästchen eingeteilt ist. Wir zählen manche Zahlen zusammen oder ziehen sie voneinander ab. Dabei nehmen wir unsere Finger zur Hilfe.

Es klingelt schrill aus dem Lautsprecher. Alle Kinder springen von ihren Sitzen und rennen raus.

»Es ist Pause, Leon, du kannst mit den anderen Kindern auf den Hof gehen.«

Dort treffe ich Marco, der etwas abseits steht und zusammen mit dem dünnen Bruno Bilderkärtchen tauscht, auf denen Bäume, Blumen und Pflanzen abgebildet sind.

»Die kriegst du auch bald, Leon, das heißt, wenn du in meine Klasse mit der grünen Tür wechseln darfst.«

Die meisten Kinder toben, die Mädchen kreischen dazu in

höchsten Tönen. Nach der Pause liest Felicia eine kurze Geschichte vor. Wir sollen nur zuhören und dürfen hinterher erzählen, was wir behalten haben. Die Geschichte handelt von Mäusen, die allerlei sammeln, um genug zu essen zu haben, wenn sie in der Regenzeit in ihren Mauselöchern ausharren müssen. Ich erfinde noch ein paar Dinge dazu, und die anderen Kinder staunen.

In der zweiten Pause kommt mein roter Becher zum Einsatz. Alle Kinder stehen in einer langen Schlange und warten geduldig. Das Getränk ist das Beste, das ich je getrunken habe, besser als Limonade und sogar besser als der Tee bei Marta. Man nennt es Kakao. Ich nenne es Schokoladenmilch, die ich genussvoll durch meinen Mund fließen lasse.

Danach ist wieder Schreiben angesagt. Felicia schreibt Wörter an die Tafel und liest sie laut vor. HAUS, BAUM, HOSE, HEMD, WASSER. Wir sollen sie in das dünne Heft mit den Linien schreiben. Manche Kinder haben Schwierigkeiten, dann muss Felicia helfen. Ich habe keine Probleme. Es geht nur langsamer, als ich eigentlich will.

Wieder schrillt die Pausenklingel. Jetzt ist Mittagspause, sie dauert eine Stunde. Wir gehen in einen Speisesaal, wo es schrecklich laut ist. Alle Kinder klappern mit ihren Tellern und Löffeln und müssen schreien, damit sie sich verständigen können. Aus dampfenden Töpfen werden die Teller mit Reis und Bohnen, mit Hühnchen und Fleischbällchen gefüllt. Wenn ich Mama heute Nachmittag davon erzähle, läuft ihr bestimmt das Wasser im Mund zusammen. Jeden Tag gibt es eine andere Mahlzeit, eine ganze Woche lang. Manchmal ist auch Fisch dabei, dann muss ich an Papa denken.

Nach dem Mittagessen dürfen wir auf dem Hof spielen. Manche Jungen spielen Fußball oder klettern auf einem

Gerüst. Die Mädchen spielen Fangen oder Verstecken. Ich setze mich zu Marco und Bruno auf eine Mauer. Sie haben wieder ihre Kärtchen dabei.

Die letzte Schulstunde ist lustig. Felicia sagt ein Wort und die Kinder machen eine Bewegung dazu. Oder Felicia ahmt etwas nach und wir müssen raten, was es bedeutet. Das sieht manchmal so komisch aus, dass wir uns vor Lachen nicht mehr einkriegen. Ganz zum Schluss holt sie ein Radio aus dem Schrank, sucht einen Musiksender und wir dürfen dazu tanzen, in die Luft springen, hopsen, allein, zu zweit, wie es uns gefällt.

»Na, wie war dein erster Schultag?« Mama steht erwartungsvoll am Eingang unserer Hütte. Ich packe meinen Rucksack aus und lege alles auf den Tisch, zusammen mit dem Paket mit der Schulkleidung. Mama will alles wissen und hakt begierig nach, wenn ich mich vor Eifer mit den Worten verheddere.

»Eine neue Welt habe ich entdeckt, eine wunderschöne, aufregende, neue Welt.«

»Wir müssen noch die Uhr üben«, sagt Mama vor dem Schlafengehen. Wir beugen uns über Martas gebastelte Pappscheibe und schieben die beiden Zeiger unermüdlich in immer neue Positionen.

Ungeduldig warte ich am nächsten Morgen auf Marta. Das neue gelbe Shirt und die blaue Hose passen gut. Noch ist kein Schmutzfleck zu sehen. Die Ersatzsachen hat Mama in den Schrank gehängt. Stolz trage ich meinen Schulrucksack. Marco ist schon da und Bruno kommt angeschlendert, als wir Martas Auto den Berg herauftuckern hören.

»Lucas schwänzt schon wieder, es ist zum Verzweifeln«, schimpft Marta.

Ich tippe Marco an. »Kennst du Lucas?« Marco nickt.

»Seine Mama hat mir gestern Nachmittag versprochen, dass er wieder zur Schule geht. Lucas lungert irgendwo herum. Sie wollte ihn suchen. Ist wohl nichts daraus geworden.« Marta klingt enttäuscht, aber sogleich wechselt ihre Stimme wieder in einen frohen Ton.

»Gut, dass ihr da seid. Die Schulkleidung steht dir prima, Leon. Hast du mit deiner Mutter fleißig die Uhr geübt?«

»Klar, geht ganz einfach.«

Marco nickt zustimmend und Bruno schaut wie immer traurig aus dem Fenster.

In der Schule singen wir wieder das Begrüßungslied für den Tag. Heute kann ich schon richtig mitsingen. Ein paar Wörter fehlen mir noch, die werde ich morgen gelernt haben, ich bin mir ganz sicher.

»Der Leon hat aber eine schöne Stimme. Hört ihr es? Glockenklar«, ruft Felicia begeistert. Alle Kinder drehen sich nach mir um.

Wir wiederholen die Wörter von gestern. Felicia nennt ein Wort, zum Beispiel Sonne, Mond oder Sterne, und wir Kinder malen in das dicke Heft, wie sie aussehen. Felicia schreibt das Wort an die Tafel, wir schreiben es in das Heft mit den Linien. Wenn wir ein Wort nicht malen können, zum Beispiel rennen, essen, lachen, dann machen wir die passende Bewegung und schreiben es danach auf. Später setzen wir Wörter zusammen: Ein Hauptwort und ein Tätigkeitswort. Das klingt manchmal komisch, wenn es nicht passt. Dann müssen wir ein besser passendes suchen. In der Rechenstunde ist es genauso spannend. Was man alles zusammenzählen kann … Vor allem, was eine Null kann. Allein ist sie nichts, aber wenn man sie mehrmals hinter eine Zahl setzt, kann sie ganz viel bedeuten. Mir macht das Rechnen großen Spaß, genauso wie das Singen.

Schreiben ist auch toll, geht aber langsamer als mein Kopf es will. Unsere Lehrerin Felicia ist sehr nett. Sie ist freundlich zu allen Kindern, auch zu denen, die manchmal frech sind oder zu spät zum Unterricht kommen. Aber oft erlaubt man sich das nicht. Dann muss man nämlich länger bleiben, die Klasse aufräumen, Tafel putzen, Papier aufheben und in einen Mülleimer stecken und die Kakao-Becher in zwei Reihen ordentlich aufstellen.

Nur wenn wir uns prügeln, manchmal auch einfach so miteinander raufen, dann wird Felicia ungemütlich. Streng und ohne viele Worte trennt sie dann die Kampfhähne, wie sie sie nennt, und setzt sie weit auseinander. Nach der Stunde gibt es ein ernstes Gespräch, bis die Kinder verlegen dreinschauen und zur Versöhnung beide Handflächen aneinander schlagen. Einmal war ich auch in so was verwickelt. Ein Junge hatte mein Rechenheft geklaut, da bin ich wütend geworden und habe ihn getreten. Heulend ist er zu Felicia gelaufen und hat gesagt, dass er das Heft nur ausleihen wollte.

»Wenn man sich etwas ausleihen will, muss man fragen«, hat Felicia ganz ruhig gesagt. Und zu mir: »Auf keinen Fall darfst du schlagen oder treten, wenn du mit etwas nicht einverstanden bist. Sagen kannst du alles, auch laut.«

Felicia hilft auch, wenn ein Kind nicht weiter weiß, sie tröstet, wenn einer von uns Kummer hat. »Ich bin immer für euch da.« Einmal habe ich Marco getröstet, als ihn einige Kinder in der Pause wegen seines kürzeren Beins gehänselt hatten. Wir haben dann auf der Mauer mit seinen bunten Kärtchen gespielt, gleiche Motive gesucht, und er hat sich gefreut, als sein Stapel dicker war als meiner.

Nach ein paar Wochen durfte ich schon in die nächste Klasse wechseln. Ich bin ein wenig traurig, weil ich mich bei

Felicia so wohl gefühlt habe. Andererseits bin ich sehr neugierig, was mich jetzt in der neuen Klasse erwartet.

Felicia war mit mir zum Direktor gegangen und hatte gesagt:

»Leon ist ein Schnellrechner. Alles was er lernt, saugt er auf wie ein Schwamm und behält es dann auch.«

Für die neue Klasse bekomme ich neue Hefte und auch neue Stifte. Als ich aber sage: »Ich habe meinen Becher vergessen«, müssen wir alle drei lachen und der Direktor meint:

»Na, dann lauf' und hole ihn rasch.«

Die neue Klasse ist hinter der grünen Tür. Es ist Marcos Klasse und ich darf neben ihm am Tisch sitzen. Die Tische sind hier nicht locker im Raum verteilt wie in der ersten Klasse, sondern in vier Reihen hintereinander aufgestellt. Die Lehrerin heißt Larissa. Sie ist klein und so rundlich wie Maria von der Kleiderkammer. Sie kann lustig mit den Augen rollen und ganz spannende Geschichten erzählen. Manchmal erzählt sie eine Geschichte nicht bis zum Ende, manchmal sogar nur den ersten Satz, dann müssen wir weitererzählen. Das macht Spaß. Mit dem Schreiben klappt es bei mir inzwischen auch sehr gut. Obwohl das erste Heft noch nicht vollgeschrieben ist, soll ich das zweite Heft benutzen, das doppelt so dick ist. Mama bewahrt mein erstes Schreibheft genauso wie das erste Rechenheft im Schrank auf. Das Willkommenslied für mich ist kein Tageslied, sondern ein Wochenlied. Jeder Tag beginnt mit einer neuen Strophe. Insgesamt sind es fünf verschiedene Strophen, die wir samstags alle hintereinander singen, wenn wir uns in der ersten Stunde in der Kirche nebenan zum Kindergottesdienst versammeln. Einmal sollte ich die ersten vier Strophen allein singen, die fünfte haben wir dann im Chor zusammen gesungen.

Auch in der zweiten Klasse bin ich beim Rechnen schneller als die anderen Kinder. Ich darf allen helfen, die langsamer sind. Dann freuen sie sich und ich mich auch.

»Ich bin schon neun Jahre alt«, flüstert mir Marco zu. »Sag' es aber nicht den andern Kindern, die denken, ich wäre jünger. Ich wachse leider nicht so schnell.«

»Ist doch nicht schlimm«, tröste ich ihn, »dafür kannst du ganz toll malen.« Seine Augen strahlen. Das stimmt wirklich. Marcos Bäume, Häuser und sogar die Tiere, die er malt, sehen ganz echt aus.

Eines Tages gibt es in der Pause eine wilde Rauferei. Zwei Jungen aus der dritten Klasse schlagen auf den dünnen Bruno ein, der schon am Boden liegt. Zwei gegen einen, das finde ich total ungerecht und kriege einen regelrechten Wutanfall, trete, schlage und boxe um mich mit aller Kraft, bis die beiden Jungen brüllend und blutend zur Pausenaufsicht rennen. Ich muss zum Direktor und ich denke schon, das war's wohl mit der Schule. Bruno und die beiden Jungen sind auch da. Der eine hat ein blaues Auge, der andere blutet aus der Nase, alle drei haben Schrammen im Gesicht und auf dem Hals. Ihre Schulkleidung ist dreckig, genauso wie meine auch. Wir müssen uns einander gegenüber hinsetzen. Der Direktor scheint gar nicht böse zu sein.

»Leon«, beginnt er ganz ruhig, »mich interessiert nicht, wer angefangen hat oder wer, deiner Meinung nach schuld ist. Wenn du ein Problem hast, oder du möchtest einem anderen Kind helfen, das ein Problem hat, ist Prügeln die dümmste Lösung. Prügeln zerstört, es macht nichts besser. Du dachtest wohl, du hättest keine andere Wahl, um dem Bruno zu helfen.«

Ehrlich gesagt, hatte ich in dem Moment gar nichts gedacht, ich war einfach nur wütend.

»Es gibt andere Möglichkeiten, zu helfen. Man kann sich mit Worten bemerkbar machen, man darf auch laut werden oder sogar schreien und die Pausenaufsicht holen. Es sind immer zwei Lehrer da, die dafür zuständig sind.«

Wir vier müssen nach dem Unterricht im Speisesaal den Frauen beim Saubermachen helfen, bevor wir nach Hause dürfen. Zu den beiden Jungen gewandt sagt der Direktor noch:

»Ihr entschuldigt euch bei Bruno, schlagt eure Handflächen aneinander. Und für euch alle gilt: Bei Streitigkeiten wird nicht geprügelt. Ihr wisst, wenn es ganz schlimm kommt, könnt ihr Hilfe in Anspruch nehmen, bei euren Lehrern, bei mir, bei unserem Streitschlichter. Der Streitschlichter heißt Guilherme, er ist der Lehrer von der sechsten Klasse, der immer am Ende der Mittagspause zu sprechen ist. Ich verlasse mich auf euch. Ich will keine Prügeleien, weder im Schulgebäude, noch auf dem Hof!«

»Ich habe den beiden Jungen ihre Kakao-Becher versteckt, weil sie immer Bohnenstange zu mir sagen«, vertraut mir Bruno später an.

Zwei Mal in der Woche sollen wir uns nach der Mittagspause im Versammlungssaal einfinden. Trommeln steht auf dem Stundenplan. An der einen Wand sind eine Menge Stühle gestapelt, eine andere Wand hat eine Sprossenleiter und in zwei Wänden sind Schränke versteckt. Aus diesen Schränken holen die beiden Lehrer für jedes Kind unserer Klasse eine Trommel heraus. 16 Trommeln, kleine, mittlere, große. Jedes Kind holt sich einen Stuhl und klemmt sich eine Trommel zwischen die Beine oder stellt sie vor sich hin. Wir erhalten zwei Schlegel und jeder darf so kräftig trommeln wie er will. Das ist ein Lärm! Auch ich schlage so laut ich kann, bis mir die Luft ausgeht, wie nach einem schnellen Rennen. Die beiden Lehrer haben sich auch eine Trommel geschnappt.

Ein mächtiger Gongschlag fordert uns auf, mit beiden Schlegeln in der Luft zu verharren. Auf bestimmte Zeichen hin schlagen wir dann schnell oder langsam, mit beiden Händen gleichzeitig oder im Wechsel mal mit der rechten, mal mit der linken Hand oder auch mit rasenden Wiederholungen auf unsere Trommeln. Das Frage-Antwort-Spiel macht mir besonders viel Spaß. Wir sitzen im Kreis und werfen uns die Trommelklänge gegenseitig zu.

»Ihr dürft die Schlegel beim Schlagen nicht auf der Trommel liegen lassen, dann ist der Klang dumpf. Blitzschnell müsst ihr die Arme wieder hochreißen.«

Zum Abschluss machen die beiden Lehrer einen Trommelwirbel, so schnell, dass man mit den Augen gar nicht mitkommt und die Schlegel in der Luft zu verschwimmen scheinen. Danach dürfen wir einen Trommelwirbel veranstalten. Das ist wieder ein Höllenlärm, aber ein tolles Gefühl.

Marta steht schon am Schultor. »Ich fahre euch nach Hause, wenn ihr wollt, ich habe oben noch etwas zu erledigen und hoffe, Lucas zu finden, damit er nicht länger die Schule schwänzt.«

»Hast du Rico mal gesehen? Er war damals plötzlich verschwunden.« Eine endlose Zeit scheint verstrichen zu sein. Damals, als ich noch mit Rico durch die Straßen zog und stumpfsinnig durch die Zeit schlurfte. Damals, als ich mich zum Schlafen in einen Pappkarton einrollte und nichts wahrnahm als Hunger, Angst und Flucht. Als ich mich selbst und jegliche Hoffnung auf einen neuen Tag aufgegeben hatte, bis Marta mich aus der Finsternis gerettet hat. Eine Welle tiefer Dankbarkeit durchfließt mich in warmen Schüben.

Marta seufzt: »Rico ist leider schon zu alt, um meine Hilfe anzunehmen. Auch wenn ich ihn fände, ich würde ihn nicht mehr erreichen.«

Ich habe Mitleid mit Rico, auch mit Lucas, obwohl ich ihn gar nicht kenne und sage zu Marta:

»Hoffentlich findest du Lucas bald.«

Als ich das letzte Stück Weg vom Kiosk nach Hause gehe, an den schiefen und morschen Hütten vorbei, wo der Schmutz aus den Wänden herauszuquellen scheint, wo sich Gestank und Muffigkeit ausbreiten, spüre ich die Armut und das Elend hautnah. Das schmerzt.

Es ist Freitag, Mama wird gleich zur Arbeit müssen und ich werde auf Pedro aufpassen. Marta hat ihr diese Arbeit besorgt. Es ist eine saubere Arbeit in einem ordentlichen Haus. Sie braucht dazu weder eine Kittelschürze, noch kommt sie so verschwitzt und ausgelaugt nach Hause wie früher, als sie noch so viele Häuser putzen musste. Aber vor allem hat diese Arbeit nichts mit José und seinen schlimmen Geschäften zu tun.

»Luiza, ich habe eine Arbeit für dich gefunden«, hatte Marta vor einiger Zeit gesagt. »Drei Abende in der Woche, von Freitag bis Sonntag. Ein kleines Hotel ist unten in der Stadt eröffnet worden. Sie brauchen eine zuverlässige Person für den Schlüsseldienst am Wochenende und als Hilfe beim Getränkeausschank für die Bar in der Rezeption. Ich kenne den Besitzer, er ist in Ordnung. Freitag bis Sonntag, jeweils von 20 bis 24 Uhr.«

Obwohl das mit dem frühen Aufstehen am Samstag und Montag zunächst schwierig war, klappt es nach und nach immer besser. Ich kann alleine aufstehen und meine Schultasche packen und abends selbstständig schlafen gehen. Bevor Mama aus dem Haus geht, hat sie Pedro gestillt und ich muss nur aufpassen, dass er auch einschläft. Manchmal quengelt er ein wenig oder will mit mir spielen oder nach draußen laufen. Er läuft schon ziemlich flott auf seinen kurzen, wackeligen Beinen. Natürlich fällt er oft hin, dann schreit er nach Mama und ich muss ihn beruhigen. Meistens singe ich ihm das Begrüßungslied von der ersten Klasse vor.

Wieder soll ich die Klasse wechseln. Ich bin jetzt siebeneinhalb Jahre alt und darf in die dritte Klasse. Marco wird mit mir zusammen versetzt und ich bin nicht ganz so traurig wie damals, als ich Felicia und die erste Klasse verlassen musste. In der letzten Zeit habe ich mich im Unterricht etwas gelangweilt. Mit dem Rechnen bin ich immer viel schneller fertig als die anderen Kinder und mit dem Schreiben und Lesen klappt es so gut, dass mir unsere Lehrerin Larissa oft Extra-Aufgaben gegeben hat. Der Direktor hat mir sogar ein Buch geschenkt, das ich mit nach Hause nehmen darf. Es handelt von der Familie eines Fischers am Meer und ich muss wieder an Papa denken. Ich lese Pedro manchmal etwas daraus vor, aber meinen Gesang hat er lieber.

Das Programm für die dritte Klasse sieht auch eine Filmaufführung vor. Gabriela, unsere Lehrerin, stellt eine große Leinwand vor die Tafel und die beiden größten Jungen aus der Klasse müssen dabei helfen. Eine lange Schnur versorgt den Projektor mit Strom und eine sich drehende, dicht aufgerollte Spule wirft durch eine Lupe lauter sich bewegende Bilder auf die Leinwand. Der Projektor mit der rasselnden Spule fasziniert mich mehr als der Film selbst. Er handelt davon, dass wir unsere Zähne putzen sollen. Ein Arzt erklärt alles und lustige Comic-Figuren zeigen, wie das geht. Scheint eine nützliche Sache zu sein. Ich muss an Martas Bürste denken, mit der ich in ihrer Badewanne meine Füße geschrubbt habe. Zum Abschluss haben wir alle eine Zahnbürste und eine Tube Zahnpasta geschenkt bekommen. Ich habe schon ein paar große Zähne, aber auch noch einige Lücken. Wenn ich mit der Zunge dazwischen fahre, spüre ich, dass Zähne nachwachsen.

Eine ganze Woche lang flattert Aufregung durch unsere Schule. Die Lehrer eilen durch das Gebäude und im Unterricht müssen wir kaum noch schreiben, rechnen und lesen. Wir bereiten uns auf ein ganz besonderes Ereignis vor. Zwei Lehrerinnen aus Deutschland wollen uns besuchen. Zuerst hängt für einen ganzen Tag eine riesige Landkarte an der Tafel, wo alle Kontinente, Länder und Meere zu finden sind. Das ist sehr spannend, weil wir bis jetzt nur unseren Atlas kennen, den wir einmal in der Woche aus dem Direktoren-Zimmer holen dürfen, der unser Land Brasilien in verschiedenen Abbildungen zeigt. Jede Klasse soll als Willkommensgruß etwas vorbereiten. Ein Plakat ist schon gemalt. »Bem Vindo ao Brasil«, herzlich Willkommen in Brasilien, steht in riesigen Buchstaben auf der Banderole und soll über dem Eingangstor unserer Schule befestigt werden. Der Hausmeister und unser Direktor stehen jeder auf einer Leiter und versuchen, das lange Stück Papier gegen den Wind zu verteidigen. Unsere Klasse hat ein neues Lied eingeübt, nun schmücken wir es noch ein wenig aus. Die ersten vier Zeilen von jeder Strophe singe ich solo, dann setzen die anderen Kinder im Chor mit dem Refrain ein.

Zwischen den einzelnen Strophen dürfen zwei Kinder, die nicht so gern singen, auf einer kleinen Trommel spielen, ein anderes Kind schlägt mit einer Rassel einen Rhythmus dazu. Auch das muss natürlich geübt werden, sonst gibt es ein großes Durcheinander. Die älteren Jungen aus der fünften und sechsten Klasse führen einen Tanz vor, den Capoeira. Das sieht nach halsbrecherischen Verrenkungen aus, wenn sie mit ihren Armen und Beinen tollkühne Bewegungen und Sprünge veranstalten. Die beiden ersten Klassen üben fleißig ihre Willkommenslieder und die vierte Klasse eine Trommelvorführung. Wenn sie proben, dröhnt und schwingt das ganze Schulgebäude, wie ein Ozean voll brausender Klänge. Ein paar Mädchen proben einen Sambatanz. Der Direktor lernt seine Rede, in die er ein paar deutsche Worte eingeflochten hat, auswendig. Neulich, als ich den Atlas aus seinem Büro holen sollte, hat er mein Klopfen gar nicht bemerkt, weil er laut vor sich hinsprechend im Raum umherlief.

Besonders neugierig bin ich, weil Gabriela ein Konzert angekündigt hat, das während der Begrüßungsfeier im großen Saal stattfinden wird. Die beiden Lehrerinnen aus Deutschland wollen uns zusammen mit zwei brasilianischen Musikern etwas vorspielen. Ich kann es kaum erwarten, so aufgeregt und gespannt bin ich. Die Zeit dehnt sich mal wieder endlos.

Dann kommt er endlich, der ersehnte Tag. Nun sind es die Erwachsenen, die alle hektisch herumwuseln. Der Hausmeister muss wieder auf die wackelige Leiter steigen, weil der Wind in der Nacht das Plakat über dem Eingangstor halb heruntergerissen hat. Die Lehrer hasten mit blitzenden Augen laut rufend hin und her. Nicht nur, dass der Versammlungsraum mit Blumen dekoriert wird, es müssen auch über 100 Stühle aufgestellt werden, alle ordentlich hintereinander, in versetzten Reihen. Obendrein muss man all die Kinder einfangen, die nichts Besseres zu tun haben, als im Hof herumzutoben. Herausgerutschte Hemden werden in Hosen gestopft, ein paar Tränen getrocknet und es wird zum Händewaschen ermahnt.

Etwas später sitzen wir alle einigermaßen ruhig auf unseren Stühlen. Die erste Reihe ist frei geblieben für den Besuch, unseren Direktor und für die Musiker. Und nun geht's auch bald los. Wenn eine Vorführung beendet ist, klatschen wir wild mit den Händen. Beim Singen bin ich gar nicht aufgeregt, es fühlt sich gut an. Der Direktor hält seine Rede, dann wird das Konzert angekündigt, die Künstler werden vorgestellt und zu den Musikstücken wird etwas gesagt. Zuerst tritt ein Mann mit einer Trompete auf und spielt eine Fanfare. Die Töne füllen den ganzen Raum, schmettern uns entgegen und prallen an den Wänden ab. Nun erscheinen vier Personen mit drei Geigen und einem Cello. Eine große junge Frau mit einer Geige in der Hand hat lange blonde Haare, eine weiße Haut und kommt ebenso aus Deutschland wie die andere Lehrerin, die kleiner und älter ist und braune Locken hat. Ein Sonnenstrahl-Lachen, wie bei Marta, huscht über ihr Gesicht. Sie spielt das Cello. Dazu muss sie sich auf einen Stuhl setzen, während die Geiger im Stehen spielen. Die beiden anderen Musiker sind junge brasilianische Männer. Zuerst stimmen sie ihre Instrumente. Als die Musik beginnt, passiert in mir etwas. Ich kann es nicht genau beschreiben. Die Musik scheint mitten in mein Herz zu dringen und schwingt durch meinen ganzen Körper. So ein wunderbares Gefühl habe ich noch nie erlebt. Mehrere Stücke erklingen, langsame und schnelle. Die Musiker locken aus ihren Instrumenten leise und laute Töne, anschwellende und flirrende Klänge. Auch eine brasilianische Melodie ist dabei und wir dürfen alle mitklatschen.

»Du glühst ja, hoffentlich hast du kein Fieber«, sagt Mama, als ich ihr nachmittags aufgeregt von dem Konzert erzähle.

Der nächste Tag setzt dem Erlebnis noch eine Krone auf. Die beiden deutschen Lehrerinnen sind zuallererst in meine Klasse gekommen. Sie haben zwei kleine Geigen und ein kleines Cello mitgebracht und ermuntern uns, die Instrumente auszuprobieren. Natürlich stürme ich als Erster nach vorne. Das Cello ist mir ein wenig unheimlich mit seinen tiefen Tönen und erscheint mir auch ziemlich groß. Außerdem muss man beim Spielen still sitzen bleiben. Obwohl Anna, so heißt die Lehrerin, mir das Cello fröhlich lachend entgegenhält, nehme ich eine Geige in die Hand. Eva, die andere Lehrerin, will mir zeigen, wie ich die Geige unters Kinn setzen und den Bogen halten soll. Doch gestern beim Konzert habe ich ganz genau aufgepasst und alles beobachtet. Also setze ich die Geige allein unters Kinn, streiche mit dem Bogen zuerst vorsichtig über die Saiten, dann beherzter, und schließlich suchen die Finger meiner linken Hand gleitend, dann fester aufdrückend ein paar Töne. Mein Herz klopft wild, so nah an meinem Ohr solche Töne hören zu können, ist wie ein Wunder. Die Lehrer lauschen sprachlos mit staunenden Augen, und die Kinder sind ganz still.

»Leon, ist es wirklich wahr, dass du zum ersten Mal eine Geige in der Hand hältst? Du spielst, als ob du schon heimlich geübt hättest.«

Ich nicke stumm und schaue sie glücklich an.

»Ich glaube, du bist sehr begabt, Leon. Wir werden ein Stipendium für dich beantragen. Wenn du willst, kannst du jeden Tag auf dieser Geige spielen und zweimal in der Woche wird ein Lehrer nach Schulschluss kommen und dich unterrichten. Die Geige darfst du jeden Morgen beim Direktor abholen, damit du in den Pausen üben kannst oder auch nach dem Unterricht, wenn du ein wenig länger in der Schule bleibst. Später, wenn alles gut läuft, wirst du die Geige auch mit nach Hause nehmen können.«

Ich bin glücklich. Alles in mir will jauchzen und singen. Ich übe in jeder Mittagspause und nach dem Unterricht bleibe ich noch eine Stunde länger in der Schule. Den Nachhauseweg schaffe ich gut allein.

Mein Geigenlehrer heißt Ricardo und ist Musiker in einem großen Orchester. Er spielt nicht nur in Brasilien, sondern reist auch in andere Länder. Er kann seiner Geige so wunderbare Töne entlocken, dass ich ganz hingerissen bin. So klingt mein

Spiel natürlich nicht, manchmal kratzt und quietscht es fürchterlich.

»Keine Sorge, ich habe auch so angefangen und musste viele Jahre üben, bis es so klingt wie heute. Das schaffst du auch.«

Ich strahle Ricardo an und probiere so lange, bis wir beide zufrieden sind.

Anfangs ist in der einen Wochenstunde noch ein Mädchen aus der fünften Klasse dabei, die auch die Geige gewählt hat. Notenlesen und Harmonielehre macht zu zweit mehr Spaß. »Das ist wichtige Theorie«, sagt Ricardo. Wir sollen Musik nicht nur hören, sondern auch verstehen. »Ihr werdet dann noch besser üben können.«

Bruno, der jetzt in der vierten Klasse ist, will auch ein Instrument spielen. Er findet die Trompete toll. Aber das klappt mit seiner Puste nicht. »Zu wenig Kraft«, glaubt er und zuckt mit den Schultern.

»Probiere doch mal das Cello«, schlage ich ihm vor.

»Ist schon vergeben an einen Jungen aus meiner Klasse.«

»Na, dann frag ihn doch, ob er es dir mal leiht.«

»Hab ich ja, aber das macht er nicht«, sagt Bruno und schaut mich mit seinen traurigen Augen an.

Samstag verbringen wir die erste Stunde immer in der Kirche. Wir singen Lieder, manchmal darf ich alleine singen. Von allen Seiten scheint der Klang meiner Stimme zurückzuschwingen. Das ist wunderbar. Dann hören wir eine Ansprache vom Pfarrer und anschließend müssen wir die Hände falten für ein Gebet. Schon ein paar Wochen später darf ich meine Geige mitbringen und beim Singen mitspielen. Manchmal erfinde ich dazu eine zweite Stimme. Ich bin gern in der Kirche. Es riecht angenehm nach Weihrauch, die Kerzen verströmen ein schönes Licht und flackern geheimnisvoll, wenn man vorbei geht. Die Stille umhüllt mich wie eine warme Decke.

Einmal haben wir mit allen Kindern aus der dritten und vierten Klasse einen Ausflug gemacht. Zuerst war ich enttäuscht, weil ich nicht geigen konnte. Ein großer Bus hielt vor dem Schultor. Vorher hatte sich jedes Kind eine Tüte mit Sandwiches im Speisesaal geholt. Unsere Rucksäcke blieben in den Klassenräumen. »Während der Fahrt müsst ihr auf euren Plätzen sitzenbleiben, lauft bitte nicht im Gang herum. Ihr könntet euch verletzen, wenn der Fahrer mal scharf bremsen muss«, ermahnte uns Gabriela. Bevor sie sich mit ihrer Kollegin vorn im Bus hinsetzte, zählte sie uns zur Kontrolle durch. »Damit niemand verloren geht«, scherzte sie. »Prima, genau 32 Kinder, Lucas fehlt und Leticia ist krank. Los geht's!«

Ich tauschte noch schnell mit Bruno die Plätze, damit er seine langen Beine im Gang ausstrecken konnte.

Wir waren bestimmt eine Stunde lang unterwegs, bis die Stadt hinter uns lag. Die graue Steinlandschaft wurde immer grüner, bis wir schließlich auf einer freien Fläche anhielten.

»Wir sind angekommen. Dieses Waldgebiet da vor uns ist ein Park. Wir gehen jetzt auf Entdeckungsreise, und ich verspreche euch, ihr werdet staunen. Geht aber nicht allein auf Entdeckungstour, sonst verlauft ihr euch.«

Ein schmaler Weg führte mitten in ein Dickicht aus riesigen Bambusstämmen, deren Wipfel sich ganz weit oben berührten. Sie bogen sich hin und her und rauschten dabei wie das Meer.

»Bleibt mal stehen, schaut nach oben und seid ganz still. Hört ihr was?«

Wir sahen unzählige Vögel, die in den Baumkronen umherschwirrten – kleine, größere und in allen Farben. Die kleinen sangen und zwitscherten allerliebst, während die größeren laut krächzten.

»Die kleinen bunten, die so schön singen können, das sind Kolibris. Und der größere, mit dem gelben, gebogenen Schnabel, das ist ein Tukan. Sein Schnabel ist so groß und schwer, dass er ihn nur selten öffnet. Wenn er über das Blätterdach flattert, denkt man, dass da ein Schnabel fliegt, an dem ein Vogel hängt. Wenn ihr genau hinschaut, seht ihr auch unseren Nationalvogel, den Ara. Das sind blaue, grüne und rote Papageien, die sich immer in kreischenden Gruppen aufhalten.«

Die Papageien sind wirklich hübsch anzusehen, aber ihr Geschrei ist fürchterlich. Die kleinen Kolibris scheinen sich nicht daran zu stören. Unbeirrt singen und tirilieren sie, dass es eine reine Freude ist. Sie fliegen ganz tief, so zutraulich sind sie.

Wir dürfen weitergehen. So stelle ich mir einen Urwald vor, der seine mächtigen Baumkronen wie einen riesigen Schirm aufspannt. Die meterhohen Farne fächern sich gegenseitig Luft zu. Wir müssen auf unsere Füße schauen und aufpassen, dass wir nicht über die vielen ineinander verschlungenen Baumwurzeln stolpern. Plötzlich öffnet sich der Wald und macht den Blick frei für einen großen See, der lichtdurchflutet in der Sonne schimmert. Weiße Blüten entfalten sich zwischen grünen Blättern, die wie riesige Teller auf dem See schwimmen. Sie heißen Victoria Regia. »Ihr werdet es nicht glauben, aber der grüne Teller kann das Gewicht von vier Kindern tragen. Wir probieren es aber heute nicht aus«, winkt Gabriela lachend ab, als sie die zweifelnden Mienen von zwei Jungen beobachtet, die so aussehen, als wollten sie es sofort testen.

»Wir laufen jetzt einmal um den See herum und ihr dürft eine schöne Stelle aussuchen, wo wir Picknick machen und danach gibt's eine Überraschung.«

Sie stellte sich als ein kleines Labyrinth heraus, als ein Irrgarten aus Pflanzen, Sträuchern und Hecken, in dem man sich ganz leicht verlaufen konnte.

»Ihr dürft nacheinander in Vierer-Gruppen versuchen, den Weg vom Eingang bis zum Ausgang zu finden. Ich bleibe hier am Eingang stehen, Aliska wartet auf euch am Ausgang, der sich am anderen Ende befindet. Wenn ihr aufpasst, kann gar nichts schief gehen.«

Man musste aber wirklich höllisch aufpassen, um nicht in eine Sackgasse zu geraten. Meine Gruppe schaffte es sehr schnell, dank Bruno, in dessen traurigen Augen es plötzlich funkelte, wie bei einem Forscher. Andere Gruppen kamen rasch zurück, weil sie das Suchen aufgegeben hatten. Manche hatten auch einfach keine Lust und setzten sich lieber auf den mit Moos bewachsenen Boden. Die beiden letzten Gruppen mussten von Gabriela gesucht werden, denn sie waren unterwegs in Streit geraten, konnten sich nicht einigen und irrten dann planlos umher.

Während der Rückfahrt war es ganz still im Bus, denn beinahe alle Kinder schliefen. Am frühen Nachmittag kamen wir wieder bei der Schule an, wo wir noch eine Unterrichtsstunde hatten und aufschreiben sollten, was wir bei diesem Ausflug erlebt hatten und was uns am meisten gefallen hatte. Marco malte zwei wunderschöne Papageien und einen Tukan mit großem, gelbem Schnabel auf sein Blatt Papier. Bruno beschrieb den Irrgarten, den er so toll fand. Ich konnte mich gar nicht entscheiden, weil mich alles begeistert hatte, und so schrieb ich mehrere Seiten voll. Aber vor allem wollte mir das Singen und Tirilieren der kleinen bunten Kolibris nicht mehr aus dem Sinn gehen.

AM FLUSS

Endlich darf ich meine Geige mit nach Hause nehmen. Es ist Samstag und ich bin so gespannt, was Mama sagen wird, wenn ich ihr etwas vorspiele. Ricardo, mein Geigenlehrer, hat dem Geigenkasten verstellbare Riemen verpasst, damit ich ihn über die Schulter hängen kann. Und er hat mir eine Menge guter Ratschläge mit auf den Weg gegeben.

»Denke daran, dass du nach dem Spielen immer den Bogen entspannst und deine Geige von Kolophonium-Staub befreist. Dafür gebe ich dir ein weiches Tuch mit. Vor dem Üben musst du immer deine Hände waschen. Auf keinen Fall darfst du mit schmutzigen oder fettigen Fingern die Bogenhaare berühren. Sonst kann der Bogen die Haare nicht greifen und schliddert über die Saiten.«

»Ich werde meine Geige hüten, wie meinen allergrößten Schatz«, verspreche ich.

Die Leute am Kiosk gucken ein wenig schräg, als ich mit dem Kasten über meiner Schulter vorbeikomme. »Na, Leon, trägst du ein Gewehr mit dir herum?« Ich reagiere nicht. Ist mir zu blöd.

Mama kocht gerade Maisbrei und Pedro klammert sich an ihrem Bein fest und quengelt. Seit einiger Zeit stillt sie Pedro nur noch selten. »Kannst du ihn nachher füttern? Ich gehe heute etwas früher zur Arbeit.« Ihre Augen flattern ein wenig, sie ist unruhig.

»Mama, ich darf ab heute meine Geige mit nach Hause nehmen. Schau, in diesem Kasten liegt sie wie in einem Bett. Soll ich dir etwas vorspielen?«

Mama nickt, wischt sich die Hände an ihrer Schürze ab und setzt sich auf den Stuhl. Sie nimmt Pedro auf den Schoß, der ihre Brust sucht. »Heute nicht, Pedro.« Sie wiegt ihn ein wenig hin und her, während ich die Geige auspacke.

Ich spiele zwei Stücke, die mir gerade so einfallen. Ein paar Notenhefte habe ich im Rucksack. Aber die brauche ich jetzt nicht, ich kann noch mehr Stücke auswendig. »Klingt ganz toll«, sagt Mama, und Pedro will von ihrem Schoß herunter. »So, nun muss ich mich fertigmachen. Pedro, sei brav und lass dich von Leon nachher füttern und ins Bett bringen.«

Langsam packe ich meine Geige ein. Ich bin enttäuscht. Ich dachte, Mama würde sich mehr freuen und so begeistert sein, wie nach meinem ersten Schultag. Seit einiger Zeit scheint sie mir irgendwie abwesend. Ihr Blick geht dann in die Ferne, so, als ob sie träumt. Aber unglücklich sieht sie nicht aus. Pedro mit Maisbrei zu füttern, erweist sich als schwieriger, als gedacht. Ich rolle mit den Augen und schneide Grimassen, damit er lacht und dabei seinen Mund öffnet. Dann kann ich, schwupp, den Löffel mit dem Brei hineinschieben. Das gelingt nicht immer, weil er prustet, seine Zunge herausstreckt oder spuckt. Nachdem der Teller leer ist, klebt bestimmt die Hälfte vom Brei an Pedros und meinem Gesicht, an unseren Hälsen und am Stuhl. Zum Glück hatte ich schnell das größte Handtuch von der Leine gezogen, um meine Schulkleidung zu schützen.

Auf dem Tisch liegt meine Geige, für die ich unbedingt einen sicheren Ort finden muss, wo ich sie aufbewahren kann. Pedro will nicht einschlafen. Ich singe ihm etwas vor, aber er mault. Ich hole meine Geige aus dem Kasten und will ihm etwas vorspielen. Das klappt auch nicht, weil er immer nach der Geige greift. Ich muss mir dringend etwas einfallen lassen.

Morgen ist Sonntag. Mama wird sich tagsüber um ihn kümmern können. Vielleicht hat sie morgen auch mehr Lust, meinem Geigenspiel zuzuhören. Ich will den freien Tag zum Üben nutzen. Ricardo hat mir Freitag ein neues Notenheft mitgegeben.

Ich lege mich neben Pedro ins Bett, kuschle ein wenig mit ihm, singe ihm ein Abendlied, versuche ihn in den Schlaf zu wiegen. Und tatsächlich, es gelingt. Nun kann ich nicht gleich einschlafen. Ich wälze mich hin und her. In wilden Träumen werde ich dann von Gespenstern verfolgt, die meine Geige verstecken und meinen Maisbrei fressen. Von ganz weit her weckt mich ein Geräusch. Ich schrecke hoch. Mama ist nicht nach Hause gekommen, Pedro liegt allein im großen Bett. Ich schleiche zum Fenster. Am Horizont sehe ich einen schmalen, hellen Streifen. Fünf Uhr morgens müsste es etwa sein. Eigentlich arbeitet Mama nur bis Mitternacht und ist dann immer eine Dreiviertelstunde später zu Hause. Das Geräusch kommt näher, ein knatterndes Motorengeräusch. Aber es hört sich anders an als Martas altes Auto. Auf Zehenspitzen husche ich zur Tür und luge durch eine Ritze. Ein Motorroller ächzt den Berg hinauf und hält ein paar Meter vor unserer Hütte an. Mama hat beide Arme um den Körper eines Mannes geschlungen. Sie steigen ab, lachen und umarmen sich sehr lange. Der Mann hat eine helle Haut und rötliche Haare. Mich packt das blanke Entsetzen. Ich muss an José denken. Nein, bitte nicht noch einmal dieses Elend! Leise schleiche ich zu meiner Liege zurück und stelle mich schlafend. Mein Herz klopft bis zum Hals.

Die Morgensonne schickt schon all ihre Strahlen durchs Fenster, als ich aufwache. Der Wecker zeigt auf kurz vor neun Uhr. Mama schläft noch, Pedro schlummert in ihrer Armbeuge.

Ich fülle eine Plastikschüssel mit Wasser und wasche mich draußen. So leise wie möglich ziehe ich mich an. Natürlich nicht die Schulkleidung. Shorts und ein T-Shirt hängen auf der Leine. Mit meinen Flip-Flops hat wohl Pedro gespielt, sie sind unauffindbar, ich bleibe also barfuß.

Plötzlich habe ich eine gute Idee. Ich packe meine Geige aus und will Mama mit einem Morgenlied wecken. Unser schönes Begrüßungslied für den Tag scheint mir gut geeignet. Das wird sie mehr freuen als der Kikeriki-Wecker.

»Oh, Leon, was ist los? Hast du mich erschreckt.« Sie hält sich mit beiden Händen ihren Kopf. »Bitte, bitte nicht jetzt. Ich brauche mindestens noch ein Stündchen Schlaf. Später kannst du Geige spielen, ein kleines bisschen später, bitte«, bettelt sie.

Ich gehe nach draußen. Hinter unserer Hütte beginne ich mit meinem Übungsprogramm: Tonleitern, Übungen für den Bogen und für die linke Hand. Ich bin nicht bei der Sache und spule alles mechanisch ab. Meine Gedanken schwirren umher. Ich hatte es mir so schön vorgestellt: einen ganzen Sonntag Zeit fürs Geigenspielen zu haben. Und meine Absicht, Mama eine Freude zu machen, war zerplatzt, wie eine Seifenblase.

Traurig packe ich meine Geige in den Kasten und gehe zum Fluss hinunter. Dort bleibe ich einen Augenblick stehen. Die fast lautlose Strömung beruhigt meine Gedanken. Ich beobachte die glitzernden Bläschen, die auf der Wasseroberfläche hin und her hüpfen. Der Wind streichelt meine Haut. Ich setze die Geige unters Kinn und spiele Melodien, die mir gerade einfallen. Ich improvisiere. Die Musik umfängt mich, trägt mich wie auf einer Welle davon. Wer begleitet plötzlich mein Geigenspiel? Ein Zwitschern und Tirilieren, wie eine zweite Melodie. Auf einem Ast, direkt über mir, sitzt ein kleiner Kolibri und singt sein Morgenlied. Wie sehr ich mich über seinen

Gesang freue! Wir spielen und singen noch eine Weile zusammen, dann fliegt er fort, und ich gehe froh gelaunt nach Hause.

Mama kommt mir mit Pedro auf dem Arm entgegen. »Wo warst du? Wir haben dich vermisst. Magst du mir auf deiner Geige etwas vorspielen?« Ich möchte ihre gute Laune nicht verderben und verschweige, was ich am frühen Morgen beobachtet habe. Nicht nur während meines Geigenspiels, sondern den ganzen Tag über, strahlt Mama freudig erregt. Allerdings schaut sie öfter auf den Wecker und sagt, sie müsse wieder eine Stunde früher zur Arbeit gehen. Schon kurz nach Mitternacht höre ich das knatternde Geräusch. Wieder bringt sie der Typ auf dem Motorroller nach Hause.

Als der Wecker am nächsten Morgen kräht, sind Mama und ich noch sehr verschlafen und ich muss mich beeilen, um pünktlich am Kiosk zu sein. Meine Schultasche war noch von Samstag gepackt, der Geigenkasten hängt locker über meiner Schulter.

»Na, was sagt deine Geige zu ihrem neuen Zuhause?«, fragt Marta.

»Muss sich noch daran gewöhnen.«

»Deine Mutter war sicherlich überrascht, wie schön du schon spielen kannst.«

»Ja, sie hat sich gefreut.« Marta wirft mir einen kurzen, prüfenden Blick nach hinten auf die Rückbank zu, sagt aber nichts.

»Trotzdem werde ich heute Nachmittag zum Üben eine Stunde länger in der Schule bleiben.« Am Dienstag ist Geigenunterricht. Als ich den Flur entlang gehe, höre ich, dass Ricardo schon da ist. Er spielt die schnellsten Läufe und Triller, die man sich vorstellen kann. Ich öffne vorsichtig die Tür und lausche.

»Da bist du ja, Leon. Hast du mich beim Üben erwischt?«

»Musst du denn noch üben, Ricardo? Du spielst doch so perfekt.«

»Natürlich, jeden Tag. Wenn ich zwei Tage nicht geübt habe, merke ich es selbst. Wenn ich drei Tage nicht übe, merken es die Kollegen im Orchester. Und wenn ich fünf Tage nicht übe, merkt es der Dirigent und ich fliege raus«, sagt er ernst und lachend zugleich.

Ich staune und will wissen: »Ab wann merkt es der Lehrer?«

»Sofort.« Ricardo zwinkert mir zu. »Hey, Leon, was ist los? Ist alles okay?« Er greift mir sanft unters Kinn und blickt mich sorgenvoll an, bevor er in seiner großen Tasche kramt, ein dickes Notenheft herauszieht und darin blättert.

»Hier gibt es jede Menge Duos, also Stücke für zwei Geigen. Wir spielen jetzt zusammen ein Duett.« Er schlägt eine Seite auf und stellt das Heft auf einen Notenständer. »Die obere Reihe ist deine Stimme, die untere ist meine. Zunächst spielen wir gemeinsam die obere Reihe und schauen, wie es funktioniert.« Es geht gut. Die Noten lese ich wie Wörter in einem Buch. Gleichzeitig höre ich die Melodie in mir.

»Prima, nun wollen wir probieren, ob du dich auch gegen mich behaupten kannst.« Wir spielen das ganze Notenheft von vorne bis hinten durch. Manche Stücke wiederholen wir. Es macht riesigen Spaß, ich kann gar nicht genug kriegen. Wir wechseln die Stimmen. Mutig versucht meine kleine Geige, sich gegen Ricardos größere durchzusetzen. Ricardo spornt mich an, er lockt und zieht mich mit. Unsere Melodien verbinden und umranken sich. Das Spielen beflügelt mich derart, dass ich glaube, zwei Stimmen gleichzeitig zu spielen.

»Sehr gut, Leon, wir sollten uns öfter duellieren. Das macht richtig Spaß mit dir.« Ich strahle. Meine Gewissensbisse wegen der vermasselten Übungszeiten am Samstag und Sonntag sind verflogen. Ricardo verliert kein Wort darüber, dass ich die Stücke, die er mir am Freitag aufgegeben hatte, nicht geübt habe. Morgen und übermorgen werde ich alles nachholen.

»Willst du mir vorspielen, was du heute im Unterricht gelernt hast?« Mama hängt gerade Wäsche auf. Dazu hat sie eine Leine extra vor der Hütte gespannt. »Die Nachmittagssonne wird alles schnell trocknen. Deine zweite Schulkleidung ist auch dabei und die Handtücher von eurer Maisbrei-Schlacht.«

»Ricardo und ich haben uns duelliert.«

»Was habt ihr?« Mama schaut mich ungläubig an.

»Das nennt man so, wenn man zu zweit spielt. Ich habe ein paar Melodien behalten, die kann ich dir vorspielen.« Dieses Mal hört Mama andächtig und mit leuchtenden Augen zu.

»Zum Üben gehe ich aber lieber runter zum Fluss.«

»Pedo auch«, ruft es aus der Hütte. Pedro kommt angewackelt und will mitkommen.

»Nein, Pedro, lass Leon allein gehen, er braucht Ruhe zum Geigenüben. Komm, wir beide spielen etwas zusammen.«

Der Fluss empfängt mich wieder mit seiner ruhigen Strömung und löst jede Anspannung in mir. Mein Kolibri kommt angeflogen. Sein Gesang und mein Geigenspiel verbinden sich zu einem wunderbaren Duett. Ich übe fleißig alle Stücke aus dem neuen Notenheft, bis ich zufrieden bin. Das Heft habe ich an einige Zweige von einem Strauch gestellt und mit Wäscheklammern festgeklemmt, damit der Wind sie nicht wegwehen kann. »Na, mein kleiner Kolibri, was sagst du?« Er legt sein Köpfchen ein wenig schief, plustert sein buntes Gefieder auf und wetzt seinen langen Schnabel an dem Ast, auf dem er sitzt. Tirili, tirili …

»Wir könnten die Geige oben auf den Schrank legen. Da ist

sie in Sicherheit. Lass uns mal probieren, ob du schon groß genug bist, um daran zu kommen, wenn du auf den Schemel steigst«, schlägt Mama vor. Ich recke mich, aber es fehlen doch noch zwei Zentimeter. »Macht nichts, ich hole sie dir jeden Morgen herunter und lege sie abends vor dem Schlafengehen hinauf. Versprochen!«

Am Donnerstag hat Mama wieder ihre freudige Aufregung im Gesicht und am Freitag muss sie zwei Stunden eher zur Arbeit gehen. Ich ahne es schon, sie trifft sich wieder mit dem Typen. Hauptsache, er zieht nicht bei uns ein! Natürlich muss ich Pedro wieder mit Maisbrei füttern. Dieses Mal bin ich schlauer. Wir setzen uns draußen vor die Tür und ziehen alles aus, sogar meine Unterhose und Pedros Windelpaket. Splitternackt sitzen wir auf den Stufen, ich schneide Grimassen, und Pedro muss so lachen, dass er beinahe die ganze Zeit mit offenem Mund dasitzt. Er schmatzt, prustet, streckt die Zunge heraus, aber manchmal schluckt er auch, sodass der Teller bald leer ist. Zum Schluss kippe ich jedem von uns eine Schüssel Wasser über den Körper. So ist die Abendwäsche auch erledigt. Pedro quiekt vor Vergnügen.

Auch am Samstag kommt Mama erst wieder im Morgengrauen nach Hause. Der Motorroller ist nicht zu überhören. Ich schleiche zur Tür und beobachte die beiden. Sie flüstern und lachen, sie umarmen sich und sie knutschen. Zum Glück schwingt sich der Typ nach einer Weile auf seinen Motorroller und knattert davon.

»Leon, schläfst du nicht? Bist du wach geworden?«

»Ihr ward ja nicht zu überhören. Der Motorroller macht mehr Lärm als Martas altes Auto. Vorigen Samstag auch schon.« Mama legt ihren Arm um meine Schulter und zieht mich fest an sich.

»Das ist Tom, wir mögen uns sehr.«

»Ihr habt euch geküsst!«, rufe ich aufgebracht. »Hoffentlich zieht er nicht bei uns ein.«

»Sei leise Leon, sonst wacht Pedro auf. Nein, Leon, Tom ist nur auf Besuch. Er lebt in England, das ist in Europa, ganz in der Nähe von Deutschland.«

Ich schweige, aber innerlich bin ich sehr aufgewühlt.

»Tom arbeitet in Brasilien für ein halbes Jahr. Er wohnt in einer Pension, direkt neben dem Hotel, in dem ich am Wochenende arbeite. Er bleibt noch vier Wochen in Brasilien, dann muss er wieder nach England zurück. Wir haben keine gemeinsame Zukunft, doch wir können die gemeinsame Zeit ein wenig mit Glück füllen.« Ich schweige immer noch. »Sicherlich kannst du das noch nicht verstehen, aber vielleicht ist es so, wie mit deiner Geige, sie füllt dich auch mit Glück, wenn du auf ihr spielst.«

Im Augenblick bin ich total durcheinander, was sich merkwürdig anfühlt, mich aber weder traurig noch wütend macht. Wir können beide nicht einschlafen. Mama steht auf und macht uns einen warmen Kakao. »Das Kakaopulver hat mir der Chef vom Hotel für euch mitgegeben.«

Tom ist wieder in England und Mama unglücklich. Das heißt, ihre Laune wechselt. Mal lacht sie und spielt mit Pedro die lustigsten Sachen. Mal schimpft sie über alles und ich muss auf ihn aufpassen. Man kann ihr nichts recht machen. Mal küsst und umarmt sie mich und möchte, dass ich ihr auf der Geige etwas vorspiele. »Aber nur die fröhlichen Melodien, keine traurigen. Ich will dazu tanzen können.«

Wenigstens muss sie nicht früher zur Arbeit gehen und kommt auch nicht erst in den Morgenstunden nach Hause.

Manchmal kommt sie morgens trotzdem nicht aus dem Bett. Aber inzwischen kriegen wir das geregelt, weil ich selbstständig aufstehen und mich für die Schule fertigmachen kann. Der krähende Wecker steht jetzt auf der anderen Seite, neben meiner Liege. Meine Geige holen wir meistens vor dem Schlafengehen vom Schrank. Beinahe komme ich schon selbst daran, ein Zentimeter fehlt noch.

In der Nacht reißt uns ein Toben und Tosen aus dem Schlaf. Ein Spektakel am Himmel. Ein Sturm zerfetzt die Wolken, der Donner knallt sie wieder zusammen. Blitze zucken durch die rabenschwarze Nacht. Es gießt in Strömen. Es tropft von der Decke an der Fensterseite. Mama holt zwei Plastikschüsseln. Pedro möchte sich am liebsten in den prasselnden Regen stellen. Es ist nicht kalt und er findet Wasser toll. Doch seine Furcht vor Donner und Blitz ist dann doch zu groß. Der Morgen empfängt uns mit einer undurchsichtigen grauen Wand. Der Regen strömt vom Himmel und ergießt sich wie eine Meeresflut über die Hütten der Favela. Ich suche nach den blauen Müllsäcken. In einen schneide ich ein Loch, stülpe ihn mir über den Kopf und bin froh, dass er nicht nur meinen Rucksack verdeckt, sondern bis über meine Knie reicht. Ich kremple meine Hosenbeine hoch und überlege, wie sich das Problem für Beine und Füße lösen lässt. Sorgfältig packe ich meinen Geigenkasten in einen Extra-Müllsack. Mama bindet mir oberhalb der Knie zwei weitere kleine Mülltüten, die ich über meine Schuhe gezogen habe, mit Tau fest. Den Geigenkasten presse ich gegen meinen Bauch. Er passt noch unter den großen Müllsack.

So tappe ich, wie ein Marsmännchen, in Richtung Kiosk. Das ist gar nicht so einfach. Eine Flut aus Lehm, Schotter und Abfall stürzt den Berg herunter, versperrt Pfade und Wege. In

Schlangenlinien erreiche ich endlich den Kiosk. Martas Auto steht schon da. Sie ist in einen riesigen Regenmantel mit Kapuze gehüllt und durchquert mit weit ausholenden Schritten Pfützen und Matsch. Zum Glück trägt sie Gummistiefel. Sie schleppt Zeltplanen, Plastiktücher und Decken.

»Setz dich schon mal ins Auto, Leon. Ich habe heute gar nicht mit euch gerechnet. Weiter oben sieht es ganz schlimm aus. Einige Hütten sind weggeschwemmt worden. Auch Brunos Hütte ist betroffen. Ich bringe schnell ein Zelt hinauf. Ein paar Männer vom Rettungsdienst sind schon mit dem Aufräumen beschäftigt. Danach fahre ich dich zur Schule.«

Wie gut, dass Papa damals für uns solch eine stabile Hütte gebaut hat. Marta kommt zurück.

»Marco bleibt auch heute zu Hause. Die Familien haben viel zu tun: Teile der Hütte abstützen, Risse und Löcher notdürftig flicken.« Marta startet, doch das Auto kommt nicht vom Fleck. Die Räder haben sich im aufgeweichten Lehmboden festgekrallt. Marta muss zwei Männer holen, die mit vereinten Kräften versuchen, das Auto heraus zu wuchten. Es ruckelt und zuckelt, dann ist es geschafft. »Ich kann dich nach der Schule abholen, Leon, das heißt, es wird etwas später. Doch du wirst sicherlich nach dem Unterricht noch eine Stunde Geige üben wollen.«

Gabriela freut sich, dass ich trotz Unwetter einigermaßen pünktlich in der Schule bin. Einige Stühle bleiben leer. Die anderen Kinder lachen wegen meiner Verkleidung. Ich lache einfach mit.

»Nun befrei dich erstmal von deinen Regensachen. Prima, wie du das bewältigt hast. Komm, ich helfe dir.«

»Marta hat mich gebracht, sonst hätte ich es nicht geschafft.« Ich kremple meine Hosenbeine herunter. Bis auf meine Haare ist alles trocken geblieben. Ich sehe, dass manche Kinder ihre nackten Füße unter den Tisch geschoben haben. Mehrere Schuhe stehen, mit Zeitung ausgestopft, am Rand. Bunte Socken hängen über einem Besenstiel, den man zwischen zwei Stühle gelegt hat. Das Wasser tropft auf den Fußboden und bildet kleine Pfützchen.

»Wir hatten einiges zu tun«, sagt Gabriela lachend. »Du kannst deine Regensachen über die Fenstergriffe hängen. Bei dem Sturm heute werden wir nicht wagen, sie zu öffnen.

»Zu allererst singen wir jetzt ein Lied. Ihr dürft es euch aussuchen. Wer Lust hat, schlägt dazu einen Rhythmus auf dem Tisch oder auf seinen Beinen.«

Nach dem Mittagessen verkündet Guilherme, der Lehrer der sechsten Klasse, dass er im Versammlungsraum die Trommeln aus den Schränken holen wird. Und ich darf im Büro unseres Direktors Geige üben.

Nachmittags schüttet es immer noch wie aus Eimern. Die Kinder schlüpfen in ihre fast trockenen Socken und Schuhe und manche scheinen ihren Spaß daran zu haben, kaum draußen, in den Pfützen herum zu hopsen. Vor allem die Kleinen aus der ersten Klasse jauchzen vor Vergnügen. Ich stehe am Fenster und beobachte den Regen, wie er plätschert und die große Tonne unter der Regenrinne zum Überlaufen bringt. Der Regen ist so dicht, dass er wie eine Nebelwand die Sicht verschleiert. Wie schön, im trockenen Zimmer des Direktors Geige üben zu können. Marta ist noch nicht da, als ich eine Stunde später vor dem Schultor auf sie warte. Ich muss aufpassen, dass Autos, die viel zu schnell am Straßenrand vorbeiflitzen, mich nicht vollspritzen. Ich hopse und springe hin und her, denn ich habe nur den großen Müllsack übergezogen.

Marta hält vorsichtig am Straßenrand. Der Regen hat nachgelassen. »Hallo Leon, entschuldige, dass du so lange warten musstest. Es gibt immer noch so viel zu tun, dass man nicht weiß, wo man anfangen soll. Es sieht da oben aus, wie nach einem Erdbeben. Ganze Hütten sind abgerutscht, viele Wege, zusammen mit Müll und Geröll, nach unten gespült. Das Schlimmste ist, dass einige Brunnen verschüttet sind und jede Menge Kanister mit Trinkwasser heraufgefahren werden müssen. Glücklicherweise hat das Unwetter auf eurer Seite nicht ganz so gewütet.«

»Was ist mit Marco und Bruno?«

»Denen geht's gut. Sie wollen morgen wieder zur Schule. Wir helfen beim Aufbau ihrer Hütten, bis dahin sind sie in Zelten untergebracht. Gottlob, kein Mensch ist verschüttet, umgekommen oder wird vermisst.«

Ich presse meinen Geigenkasten an mich und bin froh, dass unsere Hütte heil geblieben ist. Mama räumt auf und Pedro quengelt, weil er nicht nach draußen darf. Mama hält sich stöhnend ihren Rücken. »Unser Brunnen ist zum Glück nicht verschüttet, ich habe schon ein paar Kanister mit Wasser gefüllt, aber bei der Schlepperei musst du mir jetzt bitte helfen, Leon.«

Plötzlich sehe ich, dass Mamas Bauch dicker geworden ist. Als sie meinen Blick bemerkt, sagt sie: »Ja, ich erwarte ein Baby, willst du es fühlen?« Zärtlich legt sie meine Hand auf ihren Bauch. Ich bin hin und her gerissen, kalte und heiße Schauer, Furcht und Zauber jagen durch meinen Körper.

Ich starre Mama an. »Wann?«

»In zwei Monaten, ungefähr.« Mama lässt sich schwer auf einen Stuhl fallen. »Magst du mir, solange es einigermaßen hell ist, etwas auf deiner Geige vorspielen?«

Die Musik beruhigt mein aufgewühltes Innenleben und

nach einer Weile lächelt auch Mama. Sie hat Pedro auf ihrem Schoß und wiegt ihn hin und her.

Erst eine Woche später reißt der trübe Himmel endlich wieder auf. Die Luft riecht wie frisch gewaschen, die Pfützen beginnen zu trocknen. Als ich den Weg zum Fluss hinunter gehe, scheint die Natur wie nach langem Schlaf erwacht. Vogelgezwitscher begleitet mich. Mein kleiner Kolibri fliegt auf mich zu und setzt sich auf meine Schulter. Der rauschende Fluss ist mächtig angeschwollen und bahnt sich in kraftvollen Strömungen seinen Weg. Eine Weile folgen meine Blicke seinem Lauf. Meine Gedanken schwimmen auf den Wellen. Der Fluss nimmt sie mit und trägt sie fort. Wohin wohl die Reise geht? Morgen werde ich wieder meine Geige mitnehmen und so lange üben, bis die Sterne am Himmel funkeln.

Am Wochenende quält sich Mama zur Arbeit, wie sie es ausdrückt. Der Weg ist beschwerlich und es gibt keinen Tom, der sie nach Hause fährt.

»Weiß Tom von dem Baby?«

»Woher denn? Ich hab doch erst gemerkt, dass ich schwanger bin, als er schon weg war.« Und kaum hörbar: »Ist auch besser so.«

Ein Baumstamm hat sich quer zum Fluss gelegt. Ich probiere das Geigen im Sitzen, reihe Trillerketten aneinander, bis sie klingen, wie das Tirilieren meines Kolibris. Tonleitern steigere ich zu einem rasanten Tempo. Die Mondsichel spiegelt sich als silbriger Schein im Wasser. Der Abendstern leuchtet als erster, bevor hunderte von Sternen um die Wette funkeln. Ich packe meine Geige in den Kasten. Das leise Rauschen des Flusses, das zarte Rascheln der Blätter begleitet die Stille. Eine ruhevolle Stille, die ich hören kann.

Plötzlich erfasst mich Unruhe, ich laufe schneller, die letzten Meter bis zu unserer Hütte renne ich. Pedro steht schreiend an der Tür. Mama liegt gekrümmt auf dem Boden, sie wimmert und stöhnt. Überall ist Blut.

»Leon, lauf schnell, hol Hilfe, das Baby will kommen.«

So schnell ich kann, renne ich zur Nachbarhütte, niemand ist da. Ich renne weiter zum Kiosk, schreie um Hilfe. Einige Frauen eilen herbei, rufen nach der Hebamme. »Bei der Luiza geht's schon los.« In panischer Angst laufe ich zurück. Pedro liegt mit blutenden Knien brüllend vor den Eingangsstufen. Mamas Stöhnen ist lauter, sie schreit, der ganze Boden ist voller Blut. Ich ziehe alle Handtücher von der Wäscheleine und lege sie auf Mama und um sie herum. Ich hole eine Schüssel mit Wasser und reibe mit einem Lappen über ihr schweißnasses Gesicht. Eine Ewigkeit vergeht, bis die Hebamme und die beiden Nachbarsfrauen angelaufen kommen. Sie tragen Schüsseln, die mit heißem Wasser gefüllt sind.

»Da hat es aber jemand eilig, auf die Welt zu kommen.« Sie beugen sich über Mama und murmeln beruhigend auf sie ein. »Leon, wir brauchen ein frisches Bettlaken und noch ein paar Handtücher.« Mama schreit immer wieder in höchsten Tönen. Ich finde Laken und Handtücher im Schrank. Pedro will zu Mama. »Kümmere dich um Pedro, Leon, der hat hier nichts zu suchen.« Plötzlich ein heftiger, ganz schriller Schrei von Mama, kurze Stille, aufgeregtes Getuschel und dann ein hohes Baby-Schreien.

»Leon, Pedro, ihr könnt euer Schwesterchen begrüßen.« Mama liegt matt, aber lächelnd in ein weißes Laken gehüllt auf dem Bett und hält ein winziges, schrumpeliges Baby im Arm. Es hat helle Haut und einen rötlichen Haarflaum. »Hast du prima gemacht, Luiza, das war nicht ganz einfach«, sagt die Hebamme und streicht sich, sichtbar erleichtert, die Haare aus dem Gesicht. Pedro hat aufgehört zu brüllen und klammert sich mit erstaunt fragenden Augen an mir fest. Ich weiß nicht, was ich sagen soll. Am liebsten würde ich zum Fluss laufen. Ich beiße die Zähne zusammen und balle meine Hände zu Fäusten. Schnell stecke ich sie in die Hosentaschen, damit es keiner sieht. Lautlos rinnen mir Tränen über das Gesicht.

Mama lächelt noch immer. »Wie klein sie ist und so zart, sie soll Fee heißen.«

Wie die nächsten Tage vergehen, kann ich später nicht genau sagen. Mein Kopf fühlt sich an, wie in Watte gehüllt. Alle Geräusche dringen wie aus weiter Ferne in meine Ohren. Meine Bewegungen sind staksig, mechanisch verrichte ich die notwendigen Dinge. »Geh' zur Schule, Leon, die Nachbarinnen kümmern sich um uns.« Meine Geige kommt zu kurz. Das quält mich mehr, als ich zugeben mag. Doch allmählich löst sich die Anspannung, nach und nach verfliegt der Schmerz. Ich sehe den Sonnenschein, ich höre die Vögel zwitschern. Ich setze mich auf die Stufen vor der Eingangstür und singe lauthals, bis der Kummer aus mir heraus ist. Ich nehme meine Geige aus dem Kasten und staune, wie leicht sich mein Spielen wieder anfühlt. Die Töne erreichen mein Herz, alles um mich herum erscheint nun klar und mühelos.

Marta kommt vorbei. Sie hat ein paar Sachen mitgebracht. Hemdchen, Höschen, Strampelanzüge, alles in Rosa, dazu jede Menge Windeln und ein großes buntes Tuch. »Eine Erstausstattung für dein Baby, Luiza. In dem Tuch kannst du Fee mit dir tragen, immer und überall. Es ist aus stabilem Garn gewebt. Ich zeige dir, wie man es bindet. Damit die beiden Brüder nicht leer ausgehen, habe ich hier ein Paar feste Schuhe für Pedro, damit er gut herumlaufen kann.« Dann zwinkert Marta mir zu: »Für dich, Leon, gibt es Gummistiefel. Der nächste Regen kommt bestimmt.« Die gute Marta, ich blicke sie dankbar an und sie umarmt mich kurz.

»Luiza, hier ist noch etwas Besonderes: Es ist ein Kalender von der Apotheke, kein gewöhnlicher Kalender. Er hat jeden Monat zwei eingerahmte Daten, die sind extra für dich und das Baby, an denen du kostenlos ärztliche Untersuchungen in Anspruch nehmen kannst. Die Adressen stehen auf der Rückseite. Dort bekommst du auch Gutscheine für Medikamente und anderen medizinischen Bedarf. Das System ist noch ganz frisch, wir haben es erst vor ein paar Wochen ausgetüftelt. Beim nächsten Treffen erzählst du mir, ob es funktioniert.«

Die kommende Zeit ist schwierig für mich. Ich versuche, alles richtig zu machen, und schaffe es doch nicht. Natürlich will ich die Schule nicht vernachlässigen, aber vor allen Dingen ist mir meine Geige wichtig. Doch auch Mama will ich helfen, denn das Baby braucht sie rund um die Uhr. Sie muss sich um den Haushalt und Pedro kümmern, auch um meine Schulkleidung. Ich bleibe nachmittags nicht länger in der Schule. Zum Geigenüben gehe ich an den Fluss und nehme Pedro mit. Ich kann üben und er kann spielen. Ich zeige ihm die verschiedenen Kieselsteine und erkläre ihm, was man alles damit machen kann, nicht nur ins Wasser platschen lassen. Ich sammle für ihn Zweige, Stöcke, Blätter, verstecke Bälle, seine Flip-Flops oder auch nur ein Stück Tau. Die Idee, ihn mit Buntstiften zu beschäftigen, verwerfe ich. Er mag nicht malen. Ebenso die Idee, eine Hängematte zwischen zwei Bäume aufzuspannen. Er hat keine Geduld, das Raus- und Reinhüpfen ist nur für zwei Minuten interessant. Am liebsten spielt er Fangen, aber ich kann nicht Geige üben und gleichzeitig rennen. Ich mache einen Übe-Plan, versuche, kleine zeitliche Maßeinheiten einzuhalten. Es gelingt nicht oft.

Ganz selten höre ich meinen Kolibri. Manchmal ertönt sein hohes, schnelles Tirili, wenn er ganz oben in den Baumwipfeln umherflattert. Dann schicke ich ihm ein paar flötenähnliche Töne, die man Geigenflageoletts nennt, herauf und er antwortet.

Kurz nach Fees Geburt wurde ich in die vierte Klasse versetzt. Weil ich ziemlich gewachsen bin, brauchte ich natürlich auch neue Schulkleidung. Zum Lernen benötige ich nicht viel Zeit, ich erledige alle Aufgaben sehr rasch. Trotzdem soll ich ein ganzes Jahr in dieser Klasse bleiben, meint unser Direktor, damit sich alles Erlernte in Ruhe setzen kann. Jedenfalls hat er sich so ausgedrückt, als ich mit Gabriela in seiner Sprechstunde saß. Ich glaube, er hat Recht, denn so kann ich viel Zeit mit Geigenspielen verbringen.

Dienstags und freitags habe ich Unterricht. Manchmal kommen zwei Geigenschülerinnen von Ricardo, die eine andere Schule besuchen, dazu. Sie sind schon etwas älter, trotzdem kann ich gut mithalten, wenn wir zusammen mit Ricardo vierstimmig spielen. Ricardo gibt mir immer eine Menge Notenhefte zum Üben mit. Das Pensum steigt genauso, wie sein Anspruch an mein Geigenspiel.

Mama geht noch nicht zur Arbeit, obwohl schon drei Monate vergangen sind. Das Tuch, das Marta ihr mitgebracht hat, wickelt sie so geschickt um ihren Oberkörper, dass sie Fee überall mit herumschleppen kann. »Ich will sie noch nicht allein lassen«, sagt Mama und streichelt zart über das kleine Köpfchen mit den rötlichen Haaren, die sich leicht zu kräuseln beginnen. »In ein paar Monaten kann ich sie mit dem Tuch auf den Rücken binden, dann bin ich beweglicher. Die Indio-Frauen machen das so, um nach einer Geburt schnell wieder auf dem Feld arbeiten zu können.« Mama geht einkaufen, sogar bis in die Stadt hinunter, aber wenigsten bis zum Kiosk. Und sie nimmt alle Termine von Martas Kalender wahr. »Alles in Ordnung«, sagt sie dann immer.

In der Schulkantine gibt mir die nette Köchin jeden Tag einen Extra-Nachschlag, den ich in meine Plastikdose fülle und nachmittags mit nach Hause nehme. Mama und Pedro freuen sich sehr darüber und essen alles bis zum letzten Krümel auf. Ich glaube, mit dem Geld wird es langsam knapp. Doch es scheint irgendwie zu reichen für Maisbrei und Milch. Fee wird gestillt und sie wächst. Sie sieht niedlich aus mit ihren blauen Kulleraugen und den rosigen Pausbäckchen. Man möchte sie ständig knuddeln.

»Nimmst du Pedro mit zum Fluss? Ich muss noch etwas Dringendes erledigen«, fragt Mama, als ich nachmittags aus der Schule komme. Pedro hat sich einen Ball unter den Arm geklemmt und steht schon erwartungsvoll vor unserer Hütte. Mama hat ihm sogar seine festen Schuhe angezogen. Ich hänge den Geigenkasten über meine Schulter, klemme ein paar Notenhefte unter den Arm, und Pedro legt seine kleine Hand vertrauensvoll in meine. Ich umschließe sie fest. Ich versuche, meine Schritte langsamer und kleiner zu machen, doch Pedro hält tapfer mit. Den schmalen Pfad durch das grüne Dickicht, über Wurzeln und Lehmklumpen, kennt er schon so gut, dass er mich ziehen will. Oberhalb vom Fluss ist eine freie, moosbewachsene Fläche. Ich baue ihm aus Stöcken und Steinen ein Tor. Nun kann er Fußball spielen, das liebt er über alles. Ich gehe ein paar Meter weiter und beginne Geige zu üben. »Dein tägliches Brot«, nennt es Ricardo. Pedro hat keine Lust mehr. Ich verstecke seinen Ball mehrmals hinter Büschen und lasse ihn ein bisschen rennen, in der Hoffnung, dass er müde wird und sich auf dem weichen Moos zum Schlafen hinlegt. Aber keine Chance. Das Steinchen-Spiel dauert am längsten. Steine, nach Farbe und Größe sortiert, soll er zählen, so viele Finger er an seiner Hand hat. Er kann Wege mit ihnen legen, von einem Baum bis zum nächsten.

Ich klappe mein Notenheft auf und lehne es gegen einen Baumstamm. Es ist ein Konzert von Vivaldi, den ersten Satz soll ich bis Freitag auswendig spielen können. »Der Frühling« heißt die Überschrift. Ich erinnere mich, was Ricardo über die verschiedenen Jahreszeiten erzählt hat, die es bei uns so nicht gibt. In Europa, in Deutschland, woher meine Geige kommt, wechseln die Jahreszeiten viermal im Jahr. Viermal verwandelt sich die Natur. Viermal ändern sich die Farben. Die Blätter verwandeln sich von hellem Grün bis zum schimmernden Kupfer und fallen schließlich sogar von den Bäumen auf den Boden. Den Notentext kann ich bereits. Nun muss ich mit meiner Fantasie ausschmücken, was die Musik sagen will. Vogelstimmen, Blüten, junges Grün, Sonne und Wind will ich hörbar machen. Außerdem muss es ziemlich schnell gespielt werden, das macht mir Spaß.

Pedro quengelt wieder. Ich nehme ihn mit ans Ufer, packe einen riesigen Haufen kleiner Steine übereinander, setze ihn daneben und sage, er soll erst aufstehen, wenn er alle Steine ins Wasser geworfen hat.

Ich beginne von vorne mit dem Frühling. Wie gut, dass ich meine Übungen gemacht habe. Ohne Mühe gleiten die Finger über die Saiten, bis in die hohen Lagen, den Bogen streiche ich mit lockerer Hand. Meine Geige singt und jubiliert. Eine Fülle von Farben und Stimmen breitet sich in mir aus und verschmilzt mit den Melodien und Klängen meiner Geige. Ich fühle mich wie in einem anderen Land, in einer verzauberten Zeit.

Aus weiter Ferne vernehme ich ein hässliches Platschen, dann einen heftigen Schrei. Pedro! Ich stürze zum Fluss, es sind nur ein paar Meter, Panik breitet sich in mir aus. Pedro ist ins Wasser gefallen und droht zu versinken. Sein Kopf ist schon unterm Wasser. Meine Geige fällt ins Moos, ich haste ins Wasser, erwische meinen kleinen Bruder, packe ihn unter den Armen und ziehe ihn ans Ufer. Ich lege ihn aufs Moos, klopfe auf seinen Rücken, seine Brust. »Pedro, Pedro!«, schreie ich verzweifelt. Plötzlich bewegt er sich, hustet, gurgelt und prustet. Ein Schwall Wasser sprudelt aus seinem Mund. Pedro schlägt die Augen auf und weint. Ich schlinge meine Arme um ihn, wiege ihn hin und her.

»Mein Pedro, mein lieber kleiner Pedro.« Nun laufen auch mir die Tränen übers Gesicht. Wie konnte das passieren? Ich habe nicht auf ihn achtgegeben, ich habe nicht aufgepasst. Beinahe wäre er tot gewesen, und ich hätte Schuld. Ich bin so unglücklich, wie noch nie in meinem Leben. Nicht einmal in der Zeit, als ich als Straßenkind herumgelungert bin, als Betteln und Klauen meinen Tag bestimmt haben, als ich mich von abgenagten Hühnerbeinen ernährt und in einem feuchten Pappkarton geschlafen habe. Dieses Mal hat sich der Schmerz tiefer in mich hineingebohrt. Ich spüre ihn in jedem einzelnen Körperteil, auch in meinen Adern, wo das Blut heiß pulsiert.

Pedro schluchzt noch ein wenig, dann löst er sich aus meiner Umarmung, rappelt sich auf und schüttelt sich. Ich packe meine Geige in den Kasten.

»Will nach Hause.« Er legt wieder seine Hand in meine. »Alle Steine weg. Pedo alle Steine aus Wasser holen, neu werfen.«

Es dämmert. Mama ist noch nicht zuhause. Ich ziehe Pedro

die nassen Sachen aus, rubble ihn mit einem frischen Handtuch trocken und merke, dass er zittert. Ich lege ihn ins Bett, er kuschelt sich in eine Decke, und ich singe ihm etwas vor. Er nimmt wieder meine Hand und umklammert meinen Daumen. Es ist schon dunkel, als Mama nach Hause kommt. Pedro ist eingeschlafen, er hält immer noch meinen Daumen, und ich wage nicht, mich zu rühren.

»Was ist denn hier passiert? Pedro im Bett, freiwillig, um diese Zeit?«

Schluchzend presse ich die Wörter heraus, ich erzähle alles. Mama kann ihr Entsetzen nicht verbergen.

»Hast du ihn allein gelassen? Hast du ihn während des Geigenspiels nicht im Blick gehabt?« Etwas später schaut sie mich aber doch wieder mit sanfter Miene an.

»Zum Glück ist alles gut gegangen, du hast ihn retten können.« Sie nimmt mich tröstend in den Arm. »Ihr hattet einen Schutzengel.«

Mama setzt Fee auf eine Decke auf den Fußboden. Sie krabbelt munter umher, spielt mit Mamas Füßen und zieht sich dann an einem Stuhlbein hoch. Sie steht, sieht uns strahlend an und jauchzt.

»Es ist schlimm, was geschehen ist, aber es ist vorbei. Es wird nicht noch einmal passieren«, sagt Mama.

Wieder laufen mir die Tränen übers Gesicht, dieses Mal in Strömen. Mama wiegt mich wie ein Baby hin und her. In der Nacht plagen mich Alpträume. Immer wieder schrecke ich schweißgebadet hoch. Am anderen Morgen schlüpfe ich, so leise ich kann, aus dem Bett, wasche mich draußen, packe meine Noten in den Schulrucksack, hänge mir den Geigenkasten über die Schulter und mache mich auf den Schulweg. Ich bin immer noch benommen von den gestrigen Ereignissen.

Alles sieht aus wie immer, doch alles wirkt irgendwie ganz anders. Die Morgensonne strahlt, doch es schiebt sich eine Wolke davor und wirft Schatten auf meinen Weg. Die Hunde liegen nicht schläfrig vor dem Kiosk wie sonst. Irgendetwas hat sie geweckt. Sie balgen sich um einen Knochen, sie knurren und bellen. Ich mache einen großen Bogen um sie. Ein heftiger Wind kommt angefegt und wirbelt Staub in meine Augen. Unten in der Stadt ist der Straßenlärm ohrenbetäubend.

Mein kleiner Kolibri fehlt mir so sehr. Ich vermisse sein Singen, sein Tirilieren, seine Stimme, die meine Gedanken verzaubern kann.

In der Schule läuft der Unterricht an mir vorbei, ohne mich zu erreichen. »Dich bedrückt doch etwas, Leon«, vermuten meine Lehrer. Ich schüttle den Kopf, ich kann nicht darüber sprechen. Ich bin wie zugeknöpft, mein Herz ist verschlossen. Auch im Laufe des Tages finde ich keine Gelegenheit, davon zu erzählen. Heute nicht, morgen vielleicht. In den Pausen halte ich mich abseits von den anderen Kindern. »Bestimmt hat Leon wieder seine Geige im Kopf«, munkeln sie.

Selbst das Mittagessen löffle ich zügig und wortlos in mich hinein, vergesse aber nicht, die Plastikdose mit einem Nachschlag füllen zu lassen.

Ich will die Zeit fürs Geigenüben nutzen. Als erstes stelle ich fest, dass ich gestern vergessen habe, den Bogen zu entspannen. Ich ärgere mich. Das darf nicht wieder passieren, sonst leiert er aus. Ich spiele ein paar Passagen, kann sie gut hören, auch verbessern, aber die Musik will nicht bis zum Herzen dringen. Doch wenigstens funktioniert die Technik. Ich spiele Tonleitern, Etüden, peitsche das Tempo. Die Mittagspause ist zu Ende. Nach dem Unterricht bleibe ich wieder länger in der Schule. Ich muss üben! Ich hoffe, Mama versteht das. Ich nehme mir den Vivaldi vor, probiere die leisen Stellen, schließe dabei die Augen, zwinge mich, genau hinzuhören, die Töne aufzunehmen und zum Schwingen zu bringen. Ich suche nach dem Klang. Ich bemühe mich, Pausen als stille Zeit wahrzunehmen. Doch es klingt angestrengt und steif, ich finde den richtigen Klang einfach nicht.

Es beginnt zu dämmern, als ich nach Hause komme. Pedro spielt Fußball. Mit der ganzen Kraft eines dreijährigen Jungen tritt er den Ball gegen die Wand unserer Hütte. Mama scheint das nicht zu stören. Sie hält Fee mit beiden Händen fest und übt mit ihr das Laufen.

»Schön, dass du da bist, Leon. Schau, wie Fee ihre kleinen Beine gebraucht. Gestern hat sie zum ersten Mal gestanden, heute will sie schon laufen.« Fee lacht und jauchzt in den höchsten Tönen.

»Du hast sicherlich in der Schule Geige geübt. Das ist auch besser für dich. Mit zwei kleinen Geschwistern ist die Unruhe zu groß, das verstehe ich.«

Mama hebt Fee hoch und legt sie in die Hängematte. Sie umarmt mich und gibt mir einen Kuss. Fee quengelt, sie will aus der Hängematte heraus.

»Nein, Fee, nein, ich will jetzt erst einmal deinen großen Bruder begrüßen.«

Ich lege meinen Geigenkasten auf den Tisch und hole die Plastikdose aus dem Rucksack.

»Wie war es in der Schule? Gibt's was Neues?« Mama hebt den Deckel von der Plastikdose. »Hm, Bohneneintopf mit Würstchen.«

»Heute nichts Neues«, sage ich einsilbig.

»Ich habe noch Bananen, oder vielleicht möchtest du lieber ein Brot mit Nutella?« Mama schaut mich forschend an.

»Ein Brot mit Nutella.« Nun schmunzeln wir beide.

Pedro kommt herein und umarmt mich. In der kommenden Nacht schlafe ich etwas besser, doch ich bin so früh wach, dass ich den Wecker vor dem Klingeln abstellen kann. Keine Wolke verdeckt die Morgensonne, kein Schatten verdunkelt meinen Schulweg. Als ich die ersten Bäume erreiche, begleitet mich mein kleiner Kolibri wieder mit seinem Gesang und ich freue mich auf den Geigenunterricht. Während ich die Geige auspacke, erzähle ich Ricardo die ganze Geschichte, von Anfang bis zum Ende. »Nun will die Musik nicht mehr in mich hinein, ich bin wie verschlossen. Aber ich habe Tonleitern und Etüden geübt, in schnellem Tempo.«

Ricardo sieht mich prüfend an und streicht mir mitfühlend über den Kopf.

»Der Schlüssel ist das Loslassen. Wir üben das heute mal.«

Ich blicke ihn verwundert an.

»Zuerst werden wir uns duellieren, dass die Fetzen fliegen. Dann schauen wir weiter.«

Atemlos wirbeln unsere beiden Melodien durcheinander. Die Musik explodiert in mir, wie ein Feuerwerk.

»So, und nun nehmen wir uns den Vivaldi vor«, sagt Ricardo. Er ist auch ein wenig außer Atem. »Nicht den Frühling, an dem arbeiten wir nächste Woche. Heute widmen wir uns dem Sommer. Zunächst spiele ich ihn dir vor. Leg deine Geige zur Seite, hör nur zu und lies die Noten mit, wenn du magst.«

Wie ein großes Fest breitet sich die Musik in mir aus. Es ist wundervoll.

»Jetzt bist du an der Reihe, Leon.« Ich versuche nachzumachen, was ich gehört habe. Ich probiere, es Ricardo gleich zu tun.

»Du darfst das Atmen nicht vergessen, man muss beim

Spielen atmen, auch wenn man kein Sänger ist, auch wenn du glaubst, deine Geige hätte einen Endlos-Atem.« Ich staune. »Sing diese Melodie, dann wirst du genau merken, wann es nötig ist, zu atmen.« Wie Recht Ricardo hat. »Lass deine Geige jetzt singen. Streiche mit ganzem Bogen, mit vollem Haar, satt und zufrieden muss das klingen. Mit den Fingern der linken Hand nicht drücken, eher klopfen. So klingen die Töne klarer.« Nach dieser Stunde fühle ich mich leicht und unbeschwert. Mein Gewissen nagt zwar immer noch an mir, aber es drückt nicht mehr so sehr auf meine Seele. Auf dem Nachhauseweg singe ich die ganze Zeit die Melodie aus Vivaldis Sommer. Meine Schritte gehen im Takt dazu. Einige Leute sind ein wenig verdutzt und bleiben kopfschüttelnd stehen. Aber das ist mir egal.

Heute habe ich viel zu erzählen, und Mama freut sich. Samstag ist Mama zum ersten Mal wieder arbeiten gegangen. Vorher hat sie Fee gestillt und ins Bett gebracht. Die Nachbarin wird später nach ihr schauen. Pedro darf Fußball spielen, bis es dunkel ist. Mama hat uns beiden ein Nutella-Brot geschmiert und ein großes Glas Limonade hingestellt.

Am Sonntag haben wir alle lang geschlafen. Mama kocht Maisbrei und spritzt extra viel Karamell-Sirup darüber. Während sie Fee stillt, essen Pedro und ich um die Wette.

»Der Sonntag gehört dir, Leon. Vielleicht kannst du nur am Abend nach Fee schauen und Pedro ins Bett bringen.«

Nach dem Frühstück spiele ich eine Weile mit Pedro Fußball. Dann hole ich meine Geige und gehe zum Fluss. Ich fühle mich von der Natur umarmt. Der Fluss trägt meine Gedanken, ich lasse sie mit der Strömung treiben. Die Geigenklänge erreichen mein Herz. Hoch über mir schwirrt mein Kolibri und begleitet mein Geigenspiel mit seinem Tirili.

GROßE ZIELE

Alles in meinem Leben ist im Wandel. Der Wandel beginnt damit, dass mein Lebensalter zum ersten Mal eine zweistellige Zahl aufweist. Mama macht daraus eine große Aktion. Nicht nur, dass sie mich zum Friseur schleppt, um mir einen kurzen Haarschnitt verpassen zu lassen. Meine Locken sind nun verschwunden, die Ohren frei, und ich muss mich daran gewöhnen, dass es ganz schön zugig ist auf meinem Kopf. Allerdings habe ich mich nicht in eine Zehn verwandelt, ich bin einfach so hineingewachsen. Aus meiner Schulkleidung bin ich dagegen herausgewachsen. Alle Hosen und Hemden und vor allem die Schuhe sind zu klein, passen mir nicht mehr.

Zum Geburtstagsfest am Sonntag hängt Mama rund um unsere Hütte eine Kette bunter Luftballons, die ich aufblasen muss, bis mir die Puste ausgeht. Auf einen Kuchen hat sie mit Smarties eine Zehn geschrieben und die zehn kleinen, flackernden Kerzen blase ich mit einem Mal aus. Bruno und Marco habe ich eingeladen, die Nachbarin kommt zusammen mit ihrem kleinen Sohn, und tatsächlich wird es ein tolles Fest. Ich spiele ein Begrüßungsständchen auf der Geige und alle klatschen begeistert. Mama hat mit Bruno einen Plan ausgeheckt: auf verschlungenen Pfaden haben sie einen Weg zum Fluss gekennzeichnet, mit kleinen Fahnen, Wegweisern, Botschaften und verschiedenen Aufgaben gespickt. Rätsel müssen gelöst, Baumarten erraten und Schritte gezählt werden. Zum Schluss gibt's für jeden eine Tüte Gummibärchen. Am frühen Abend taucht dann noch ein Überraschungsgast auf. Es ist Marta, ihr knatterndes Auto hat sie schon verraten. Wie ich mich freue! Marta, der gute Geist unserer Favela. Solange habe ich sie nicht gesehen. Seit einiger Zeit arbeitet sie am anderen Ende der Stadt.

»Mein lieber Leon, wie groß du geworden bist!« Immer wieder umarmt sie mich und lacht ihr frohes Sonnenstrahllachen. Sie hat eine Torte mitgebracht und ein großes Buch. Es ist ein Bildband über Brasilien, den Urwald mit seiner Urbevölkerung, den Indios. »Etwas für deine Bildung.«

Für Pedro und Fee holt sie bunte Flip-Flops aus ihrer Tasche. Die winzigen für Fee sehen putzig aus, Fee probiert sie gleich an und tanzt vor Freude im ganzen Raum herum. Für Mama hat Marta einen neuen Kalender mitgebracht, einen dicken Taschenkalender mit Platz für Termine und Adressen. Dazu viele Gutscheine für Medizin.

»Den kann ich sehr gut gebrauchen, vielen Dank, liebe Marta.«

In unserem Familienleben hat sich auch einiges verwandelt. Das liegt an Mamas Arbeit. Sie hat die Arbeitsstelle gewechselt. Das Hotel, wo sie gearbeitet hat, benötigt mehrmals in der Woche jemanden für den Schlüssel- und Bar-Service, nicht nur am Wochenende. Das will Mama nicht, weil sie sonst ihre Kinder zu lange allein lassen müsste. Sie hat ein Haus gefunden, wo sie nur nachts arbeitet. Jede Nacht, außer sonntags, von 22 bis 3 Uhr morgens. Und sie verdient mehr Geld. Allerdings muss sie sich dafür schminken und schick zurechtmachen. Deshalb hat sie sich das Glitzerkleid gekauft und rote Stöckelschuhe. Sie arbeitet dort mit mehreren Frauen zusammen.

»Man achtet sehr auf uns, auf Sauberkeit, und wir fühlen uns beschützt«, sagt Mama, als sie merkt, dass Marta sie nicht gerade begeistert anschaut.

»Ich werde keine Vorsichtsmaßnahmen und Kontrolluntersuchungen versäumen«, verspricht Mama.

Dass sie dort ziemlich viel Alkohol trinkt und Zigaretten raucht, verschweigt Mama. Aber ich rieche das natürlich. »Die Arbeitszeit ist für uns alle besser. Ich kann tagsüber bei den Kleinen sein und sie abends ins Bett bringen. Leon muss sich nicht mehr so viel um seine Geschwister kümmern.«

Ich habe mit Mama das Bett getauscht, teile mir also das große Bett mit Fee und Pedro, und habe das morgendliche Maisbrei-Kochen übernommen. Ich gehe um 6 Uhr aus dem Haus, damit ich vor Schulbeginn eine Stunde Geige üben kann. Mama kommt meist nachts gegen 4 Uhr nach Hause, dann kann sie ungestört bis in den späten Vormittag hinein auf der Liege schlafen. Sie steckt sich immer Stöpsel in die Ohren, damit sie nicht aufwacht, wenn sich die Kleinen über den Maisbrei hermachen. Ich habe ihnen eindringlich gesagt, dass sie mit dem Topf unbedingt vor die Hütte gehen sollen. Meistens müssen sie ein bis zwei Stunden allein spielen bis Mama aufwacht. Bis jetzt klappt es prima. Und nachmittags kann ich jetzt auch immer länger in der Schule bleiben. So ist das mit der Zeit fürs Geigen auch gut geregelt.

Mein zehnter Geburtstag hat auch den Wechsel in die fünfte Klasse mit sich gebracht. Der Klassenwechsel ist für mich kein besonderes Ereignis mehr. Lehrer und Schüler kenne ich. Sie wissen, dass mir die Geige sehr wichtig ist und akzeptieren das. Manche Jungen hänseln mich, weil ich überhaupt keine Lust habe, Fußball zu spielen. Jeder Junge spielt gern Fußball, wirklich jeder. Nur ich nicht. »Leon hat einen Geigen-Spleen«, rufen sie kopfschüttelnd hinter mir her.

Der größte und schmerzvollste Wandel ist die Trennung von Ricardo.

»Leon, damit du die nächsten Hürden für deinen Geigenfortschritt nehmen kannst, brauchst du einen neuen Lehrer. Ich habe das Fundament gelegt, die Stützfeiler gesetzt, nun muss ein anderer weiterbauen.«

Entsetzt starre ich ihn an. »Ich will keinen neuen Lehrer. Du bist der beste Lehrer für mich, Ricardo. Du hast mir so viel beigebracht, du hast mir alles gezeigt, damit ich auf meiner Geige Musik machen kann. Es ist ungerecht, dass du mich verlassen willst.« Die Tränen laufen mir über das Gesicht, ich bin so enttäuscht.

Ricardo seufzt: »Ach Leon, in ein paar Jahren wirst du es verstehen und sogar dankbar sein, ich bin mir ganz sicher. Vielleicht spielen wir später als Pultnachbarn zusammen in einem Orchester. Du wirst ein toller Kollege sein. Außerdem werde ich deinen Werdegang aus der Ferne beobachten und hin und wieder überwachen, ob alles gut läuft«, zwinkert er mir zu. »Und nun duellieren wir uns noch einmal bis ...« »...die Fetzen fliegen«, falle ich ihm ins Wort.

Mein neuer Geigenlehrer ist eine Sie, eine Professorin vom Konservatorium, und ich muss zum Unterricht extra in eine benachbarte Musikschule gehen. Obwohl der Wechsel zunächst weh tut, bin ich neugierig darauf, was er mit mir macht. Leticia ist eine wunderschön anzusehende Frau. Sie stammt aus dem Süden Brasiliens, ihre Eltern sind aus Italien eingewandert. Sie zaubert mit ihrem Geigenspiel himmlische Klänge, ihre Augen funkeln dabei wie ein Feuerwerk, sodass ich in kurzer Zeit völlig hingerissen von ihr bin.

»Ich verlasse dich nicht, Leon, ich behalte dich in meinem Herzen«, sagt Ricardo beim Abschied. Mir geht es genauso und ich merke, man kann verlassen, ohne zu vergessen. Ich kann die Nähe eines Menschen spüren, ohne dass der Mensch neben mir steht. Mir ist, als ob ich eine Schleuse aus Licht und Wärme durchlaufe und dabei bin, mich selbst zu verwandeln. Ich bin bereit für Neues.

Der Unterricht bei Leticia verläuft ganz anders als bei Ricardo. Es fasziniert mich, wie sie aus einer anderen Himmelsrichtung zu kommen scheint, um dasselbe Ziel zu erreichen wie Ricardo: Musik zu machen, sich dem Geigenspiel mit Leidenschaft hinzugeben. Es eröffnen sich mir neue Möglichkeiten, mehr Farben, mehr Bilder, andere Schattierungen. Ich fühle mich schon ein bisschen erwachsen.

Technik und Repertoire verteilt Leticia gleichmäßig, immer mit prüfendem Blick, nichts entgeht ihren Ohren. Sie scheint zu spüren, wann sie unerbittlich sein muss und wann sie die Zügel ein wenig lockern kann. Selbst ein harmloses kleines Schummeln lässt sie nicht durchgehen. Und sie lobt wenig, scheint aber mit mir zufrieden zu sein. Mit dem Atmen und Singen macht sie es genauso wie Ricardo. Wenn Leticia vorspielt und sich ein Ton nicht so fügen will, wie sie es sich denkt, dann huscht ein verschmitztes Lächeln über ihr Gesicht. Das beruhigt mich, denn so steht sie für mich nicht wie eine Göttin auf einem unerreichbar hohen Podest. Ich bewundere sie. Ich bin ihr jüngster Schüler und wir alle sind uns einig, dass sie eine super gute Lehrerin ist. Manchmal sitzen Schüler oder Studenten mit im Unterrichtsraum und hören zu. Leticia fragt aber immer, ob es okay für mich ist. Seitdem ich ab und zu auch früher komme und länger bleibe, fühle ich mich nicht mehr beobachtet. Ich finde es total spannend, mitzuerleben, wie Leticia aus jedem Schüler das Beste herausholt, ja geradezu herauskitzelt. Sie hat für jeden Schüler einen eigenen Weg.

Ich habe einmal in der Woche Unterricht, immer samstags von 16 bis 17.30. Da ich nachmittags nicht mehr auf meine kleinen Geschwister aufpassen muss, brauche ich mich auf dem Nachhauseweg nicht zu beeilen. Außerdem bin ich nachmittags beim Üben nicht unter Zeitdruck. Mama bereitet das Abendessen für uns alle vor. Manchmal spiele ich ihr dabei auf meiner Geige etwas vor. Dann leuchten ihre Augen und Fee tanzt dazu. Vor neun Uhr abends geht Mama nicht zur Arbeit. Dann sind die Kleinen im Bett und ich spiele für sie im Dunkeln ein Schlaflied.

Freitags ist Ensemble-Unterricht, das heißt, wir spielen in Gruppen zusammen. Mal ist es ein Quartett, mal ein kleines Streichorchester. Geigen und Celli, Jungen und Mädchen, auch hier bin ich der Jüngste. Doch alle nehmen mich ernst. Ich mache wieder eine tolle Erfahrung: Man soll auf seine Mitspieler hören, sich selbst nicht hervorheben. Manchmal muss man ganz leise spielen, weil eine andere Stimme in diesem Augenblick wichtiger ist, mal muss man sich für einen Moment wie ein Solist fühlen. Dieses Wechselspiel macht mir besonders großen Spaß.

»Wer gut zuhört, kann besser verstehen«, sagt Leticia.

Kurz nach meinem Lehrerwechsel ist etwas Großartiges passiert, was mir immer noch wie ein Wunder vorkommt. Leticia öffnet behutsam einen Geigenkasten, nimmt andächtig das Instrument in die Hand, eine Geige, die so groß ist wie ihre eigene.

»Diese Violine wird dir jetzt für viele Jahre geliehen, Leon. Ein berühmter Geiger hat darauf gespielt und sie nach seinem

Tod einer deutschen Stiftung vererbt, die sich zur Aufgabe gemacht hat, besonders begabte brasilianische Jugendliche zu fördern. Sie ist über hundert Jahre alt und sehr wertvoll.«

Ich betrachte ehrfürchtig dieses wunderschöne Instrument, wage aber nicht, es zu berühren.

»Und ich darf darauf spielen?«

»Natürlich. Es ist ein Meisterstück von einem italienischen Geigenbauer. Sieh dir das dunkelrot geflammte Holz an, die Maserung und die kunstvoll geformte Schnecke. Und wenn du durch die F-Löcher hineinschaust, kannst du das Namensschildchen der Werkstatt erkennen. Es ist schon ganz vergilbt. Den Bogen habe ich extra in einer Meisterwerkstatt neu beziehen lassen. Schau, die Bogenhaare sind schwarz. Es sind Pferdehaare von einem Rappen. Mal sehen, wie du damit zurechtkommst.«

Leticia spielt einige Melodien auf dieser wunderschönen Geige und ich bin erstaunt, wie stark der Klang, wie groß der Ton ist. »Diese Geige kann mit ihrem vollen, warmen Klang auch große Konzertsäle füllen, und du kannst mit diesem Instrument jede Empfindung ausdrücken: überschäumende Freude, Glück, Trauer, Schmerz.«

Ich bin tief beeindruckt. Von nun an begleitet diese Geige mein Leben. Sie ist mein größter Schatz, mein innigster Freund, mein Sprachrohr. Beim Spielen merke ich, dass ich ihr auch zarte Töne entlocken kann, nicht nur kräftige. Ich muss beim Streichen den Bogen-Arm nur leichter oder schwerer machen.

»Du musst in jeder Musik suchen, was sie uns mitteilen will, dich fragen: Was steht zwischen den Noten? Welche Bilder siehst du? Horche in dich hinein. Was machen die unterschiedlichen Klangwellen mit dir? Kannst du sie beeinflussen?

Diese Violine wird dir bei deiner Suche nach dem Klang immer helfen.«

Nach und nach öffnen sich Räume, die ich mir in meinen kühnsten Träumen nicht vorgestellt, geschweige je betreten habe. Ich muss mich nur trauen.

»Nur Mut«, sagt Leticia. »Probiere jede Stimmung aus. In jedem Schatten leuchtet auch ein Licht, man muss es nur suchen.«

Damit bin ich sehr beschäftigt. Licht kann Trost und Kraft schenken. Und das gilt nicht nur für die Musik.

Mama lässt mir dafür Freiraum. Obwohl sie meine Hingabe nicht verstehen kann, weiß sie, dass ich diesen Freiraum zum Leben brauche. Sie kann loslassen und zeigt mir dadurch ihre Liebe. Sie hat mir das Leben geschenkt, und ich bleibe Mama in unendlicher Liebe verbunden. Das Leben hält allerlei für mich bereit. Immer höher, immer größer werden meine Ziele. Es scheint, als müsse ich mich nur recken, um danach zu greifen. Wie ein Sonnenstrahl berührt mich meine Geige, lässt mich wachsen und wie eine Frucht reifen. Gleichzeitig berste ich vor Ungeduld und Neugierde.

Mitten in dieses Gefühlschaos platzt ein Ereignis wie ein Wirbelsturm in mein Leben. Ein Jugendorchester aus Deutschland ist angereist. 65 Mädchen und Jungen, Streicher und Bläser, wollen nicht nur Konzerte geben, sondern zu brasilianischen Jugendlichen aus Musikschule und Konservatorium Kontakt haben. Kontakt heißt vor allem, sie wollen mit uns zusammen Musik machen.

»Wir freuen uns, Leon wiederzusehen, den Jungen, der sich damals, vor vier Jahren, voller Eifer auf die Geige gestürzt hat.« Ich bin sprachlos, meine Vorfreude ist riesig. Der Maestro, der Dirigent also, ist die Cello-Lehrerin mit den braunen Locken und dem Sonnenstrahllachen wie Marta. Maestrina steht auf den Plakaten. Weibliche Dirigenten gibt es nicht so häufig in Brasilien, erklärt mir Leticia.

Wir sprechen kein Deutsch, die Jugendlichen kein Brasilianisch. Trotzdem können wir uns verstehen. »Musik ist die Sprache, die jeder versteht«, steht auf Deutsch und Brasilianisch im Programmheft. Die deutschen Gäste wohnen in den Familien der Musikschüler und Studenten und ihr erstes Konzert findet nachmittags in unserer Musikschule statt. Ich sitze in der ersten Reihe und weiß nicht, was mich mehr gefangen nimmt: Die Musik, die in den Raum strömt, die sich kraftvoll in mein Herz drängt, oder was ich sehe: musizierende Jungen und Mädchen, Bläser und Streicher, teilweise nur wenig älter als ich, sitzen auf der vorderen Stuhlkante und spielen, als ob es um ihr Leben ginge. Die Maestrina schwingt ihren Taktstock; mit temperamentvollen Bewegungen lässt sie das Spiel von 65 Jugendlichen zu einem einzigen riesengroßen Klangerlebnis zusammenfließen. Besonders beeindruckt mich eine Sinfonie von Schubert, die ganz leise ausklingt. Angefangen haben sie mit den »Kinderspielen«, einer Suite von dem französischen Komponisten Bizet. Eine Folge von Tanzstücken versetzt uns Zuhörer in die Welt der Kinder. Sie sind so lustig vorgetragen, dass man sich alles genau vorstellen kann. Zum Schluss erklingen drei Ungarische Tänze, so temperamentvoll, dass ich aufspringen möchte, um mitzuspielen.

Während des ganzen Konzerts gehen meine Augen immer wieder zu einem Mädchen, vermutlich nicht älter als ich, das in der Gruppe der ersten Violinen spielt. Wie hübsch sie ist. Auch ihr Blick streift mich manchmal und huscht im Laufe des Konzerts immer wieder, zusammen mit einem süßen Lächeln, zu mir herunter. Ihre großen dunklen Augen erinnern mich an Leticia. So muss meine Lehrerin als Mädchen ausgesehen haben.

Nachts kann ich nicht schlafen. Aufgeregt erwarte ich den nächsten Tag. Wir werden in Gruppen eingeteilt, brasilianisch-deutsch gemischt und arbeiten zusammen an einem Stück von Händel. »Wassermusik« heißt es und weckt eine Menge Bilder in mir. Zunächst sitze ich bei den zweiten Violinen. Das hübsche Mädchen mit den dunklen, großen Augen spielt bei den ersten Violinen. In der Pause sehe ich, wie sie mit ihrer Pultnachbarin tuschelt. Die kommt tatsächlich auf mich zu und macht deutlich, dass wir die Plätze tauschen sollen. Es ist wie ein Traum: Ich sitze neben ihr. Sie lächelt mich an.

»Ich heiße Jessica, und du?«

»Leon«, flüstere ich strahlend. Anschließend muss ich mich sehr konzentrieren, um meine Augen bei den Noten zu halten statt immer Jessica anzuschauen. Ich kenne den Notentext noch nicht, und ich will mich nicht blamieren.

In der nächsten Pause schreibt sie auf einen Zettel die Zahl zwölf. Ich strahle sie wieder an, nicke und schreibe auch eine zwölf. Das ist ein bisschen gemogelt, mir fehlen noch vier Monate. Sehnlichst wünsche ich mir, dass dieser Tag nie zu Ende geht.

»Du strahlst ja wie die Sonne. Hast du etwas Schönes erlebt?«, fragt Mama am Abend.

Es kommen noch so viele schöne Erlebnisse, dass ich gar nicht weiß, wo ich sie alle hin packen soll. Jessica und ich bleiben Pultnachbarn, auch für das nächste gemeinsame Orches-ter-Stück: Händels »Feuerwerksmusik«. Wir spielen Duette, Quartette, zusammen mit ihrer Freundin und einem brasiliani-schen Cellisten vom Konservatorium. Wir lachen viel und verstehen uns prima mit Hilfe einer Zeichensprache und mit Hilfe der Geige. Jessica kennt auch das Frage- und Antwortspiel in der Musik. Wir schreiben Wörter, jeder in seiner Sprache, auf ein Blatt Papier und nehmen uns vor, täglich mindestens zehn neue Wörter zu lernen. Jessicas Lächeln ist so süß. Zwei kleine Grübchen erscheinen dann neben ihren Mundwinkeln und ihre Augen funkeln wie zwei Sterne. Wenn wir die Noten umblättern, berühren sich manchmal unsere Fingerspitzen. Das fährt mir wie ein Blitz durch Hand und Arm. Ich schreibe »raio« auf das Papier. Sie nickt, schreibt »Blitz«, lächelt, und ich würde am liebsten ihre beiden Grübchen berühren. An und für sich muss nur ein Spieler umblättern, man muss sich nur einigen. Aber immer wieder fahren unsere Hände gleichzeitig zum Notenpult.

Die Woche eilt dahin. Der letzte Tag kommt unweigerlich. Um 18 Uhr findet das gemeinsame Abschiedskonzert im großen Saal vom Konservatorium statt. Nachmittags bummeln Jessica und ich durch die Gegend. Doch irgendetwas scheint meine Schritte zu lenken. Unser Weg führt uns zum Fluss, zu meinem Fluss. Wir setzen uns auf das weiche Moos und schauen auf das Wasser. Es glitzert und funkelt, als würden tausend Kristalle tanzen. Wir suchen zwei große Blätter, lassen sie in den Wellen treiben. Eng aneinander geschmiegt nimmt sie der Fluss mit in die Ferne. Wir beobachten die Wolken, wie sie sich zu merkwürdigen Figuren formen, wie der Wind sie auseinander zieht oder zusammenballt.

Oben in den Baumwipfeln sitzt mein kleiner Kolibri und tiriliert. Er singt sein schönstes Lied.

»Das ist mein Kolibri. Er kann Zaubermelodien singen und in eine andere Welt entführen.«

»Dein Kolibri singt wunderschön. O Kolibri canto muito

bonito«, sagt sie mit gespieltem Ernst. Jessica legt ihren Kopf auf meine Schulter, ich umfasse ihre Hand. Wieder rieseln Schauer durch meinen Körper. Dieses Mal aber viel stärker und länger. Ich möchte dieses Gefühl festhalten, es soll nicht aufhören. Ich möchte Jessica umarmen, ihre beiden Grübchen küssen. Ich halte den Atem an, doch ich traue mich nicht. Jessica glüht wie eine Flamme. Ich glühe auch, doch bei mir sieht man es nicht so, wegen meiner dunklen Hautfarbe. Plötzlich beugt sie sich zu mir, nimmt meinen Kopf in beide Hände und küsst mich mitten auf den Mund, blitzschnell. Sie springt auf und läuft lachend davon.

Wir sind ganz außer Atem, als wir den Konzertsaal erreichen. Jessica nimmt den vorderen, ich den hinteren Eingang. Wir wollen nicht auffallen. Wir müssen uns beeilen. Umziehen, Geige stimmen, rechtzeitig zur Anspielprobe auf dem Stuhl sitzen. Wir versuchen, unsere klopfenden Herzen zu verbergen. Beinahe hundert junge Musiker sind auf der Bühne, dicht gedrängt, mit erwartungsfrohen Gesichtern. Am Dirigierpult: Maestrina Anna. Sie sagt ein paar Sätze in ihrem lustig klingenden Brasilianisch und wir müssen lachen. Sie hebt ihre Arme, als wolle sie uns umfassen, und es scheint, als ob sie uns mit ihren Gedanken und Blicken zu einer Gemeinschaft, zu einem einzigen großen Klangkörper verschwört. Die Musik beginnt und nimmt uns mit in eine andere Welt.

Am nächsten Morgen steht der große Bus, der das Jugendorchester zum Flughafen bringen soll, wie ein Ungetüm vor dem Schultor. Zum Abschied weint der Himmel. Wir haben Nieselregen. So fällt es nicht auf, dass Jessica ein paar Tränen über die Wangen laufen und sich in ihren Grübchen verfangen. Ich wische mir mit dem Handrücken schnell über die Augen, da auch dort eine Träne herausquellen will. Ich nehme Jessicas

Hand und lege einen Stein hinein. Es ist ein besonderer Stein, ein glatter, blanker, schwarzer Kieselstein, der, von weißen Adern durchzogen, wie ein kleines Kunstwerk aussieht. Ich hatte ihn vor einiger Zeit am Fluss gefunden und bewahrte ihn seither als Glückbringer in meiner Hosentasche auf.

»Um presente, ein Geschenk, als Erinnerung. Er soll dir Glück bringen, fortuna. Wenn du ihn umfasst, kannst du an mich denken«, flüstere ich ihr zu. Ob sie meine Worte verstanden hat? Sie nickt heftig, strahlt und glüht.

»Danke, lieber Leon. Obrigada, caro Leon, muito obrigada. Eines Tages werden wir uns wiedersehen«, glaube ich zu verstehen. Ich drücke ihre Hand, schaue in ihre Augen, die wie zwei Sterne funkeln, und glaube ganz fest an ein Wiedersehen.

Von diesem Augenblick an wünsche ich mir nichts mehr, als in einem Jugendorchester zu spielen, das nach Deutschland reisen kann. Das wird mein größtes Ziel!

»Gibt es ein brasilianisches Jugendorchester, das in fremde Länder reisen darf?«, frage ich Leticia in der nächsten Geigenstunde.

»Wir konnten vor einigen Jahren ein recht gutes Jugendorchester aufbauen. Einige Schüler von mir spielen dort mit. Die besten Kinder und Jugendlichen aus ganz Brasilien treffen sich einmal im Jahr zu einer Probenphase, geben in wechselnden Städten Konzerte, bevor sie zu einer Konzerttournee durch Europa starten. In diesem Jahr habe ich keinen neuen Schüler dabei, aber im vergangenen Jahr hat ein fünfzehnjähriges Mädchen einen Platz gewinnen können.«

Ich nehme meinen ganzen Mut zusammen. »Was muss ich tun, um in diesem Jugendorchester mitspielen zu können?«

»Zunächst einmal sehr viel üben«, lacht Leticia, schlägt danach aber einen ernsteren Ton an. »Man muss einen Wettbewerb gewinnen. Du könntest es schaffen, Leon. Wenn du es wirklich willst, kannst du es schaffen. Ich helfe dir dabei. Soviel ich weiß, beträgt das Mindestalter zwölf Jahre. Ich werde mich nach den Terminen erkundigen.«

In den kommenden zwei Wochen kann ich an nichts anderes denken, als an diesen Wettbewerb. Ungeduldig warte ich auf eine Reaktion von Leticia. Sie wird es doch nicht vergessen haben? Endlich, nach drei langen Wochen, sagt sie: »In acht Monaten beginnen die Wettbewerbe für die Geige. Ich habe mich nach den diesjährigen Pflichtstücken erkundigt. Es wird eine harte Arbeit für dich, für uns.« Leticia beugt sich über einen Stapel Notenhefte, die auf dem Tisch liegen.

»Das alles muss ich lernen?« Mir wird ein wenig bange.

»An und für sich wollte ich die Paganini-Etüden noch nicht mit dir durchnehmen. Aber wir werden schon mal beginnen und entscheiden dann später, welche du vorspielen möchtest. Von den Sonaten kennst du noch keine, aber die »Frühlingssonate« von Beethoven ist dabei, und die hatte ich für dieses Semester ohnehin geplant. Für den Wettbewerb werden Mozart-Sonaten vorgeschlagen, auch ein Mendelssohn-Violinkonzert und natürlich Werke von Johann Sebastian Bach. Leider stehen in diesem Jahr keine »Jahreszeiten« von Vivaldi im Pflicht-Programm.«

»Schade«, murmele ich kleinlaut.

»Aber ein Stück darfst du frei wählen, warum nicht eins von Vivaldi? Aber unser normales Unterrichtsprogramm muss auf alle Fälle weiterlaufen.«

Als sie meine betrübte Miene bemerkt: »Kopf hoch, Leon, an die Arbeit, wir probieren es!«

Ich übe wie besessen. Morgens die Stunde vor dem Schulunterricht, nachmittags nach der Schule zwei bis drei Stunden.

»Vergiss das Atmen nicht, Leon. Spiel langsamer, sei nicht so ungeduldig«, ermahnt mich Leticia. »Spiel die lauten Stellen zur Übung mal ganz leise und die schnellen ganz langsam.« Eine Herausforderung für mich.

Leticia verordnet mir immer wieder Pausen während des Übens. »Fenster auf, lass frische Luft herein. Leg dich flach auf den Boden.« Sie zeigt mir ganz unterschiedliche Atemübungen. Das »flach auf den Boden legen« vergesse ich meistens. Ich drehe viel lieber an dem Globus, den das Jugendorchester als Gastgeschenk mitgebracht hat und der jetzt auf dem Lehrerpult steht. Sehnsuchtsvoll fahre ich mit dem Finger über alle Kontinente und Meere, bleibe eine Weile auf den europäischen Ländern liegen und berühre etwas länger mit der Fingerspitze Deutschland. Ich sehe Jessica vor mir und eine Welle von Glück durchströmt mich. Das entspannt sicherlich auch. Jedenfalls tut es mir sehr gut.

»Schließ deine Augen beim Üben«, fordert mich Leticia auf. »Hör in dich hinein, übe im Dunkeln.« Das »im Dunkeln üben« ist wirklich eine kleine Sensation. In mir ist so viel Licht, dass ich das Notenblatt gar nicht benötige. Ich blicke nach innen und merke, dass die Musik in einer Fülle von Tönen und Klängen erstrahlt. Wie gern würde ich das zusammen mit Jessica erleben.

Ich lerne schnell, komme gut voran. Die meisten Stücke kann ich auswendig, und noch habe ich zwei Monate Zeit.

»Du musst mehr Ruhe in dein Spiel bringen, Leon.«

»Aber es steht doch »lebhaft« über dem Stück«, wage ich zu widersprechen.

Leticia sieht mich erstaunt an. »Trotzdem darf es nicht gehetzt klingen. Man denkt, ein Löwe wäre hinter dir her. Dieser Abschnitt klingt gehuscht, so, als ob du flüchtig über die

Noten hinweg gleitest. Du musst jedem Ton »Guten Tag« sagen, Leon, jeder Ton ist wichtig.«

»Aber ich spiele doch alle Töne, bemühe mich sogar, zwischen den Tönen die Musik herauszuholen«, denke ich eine Spur zu laut und mache ein mürrisches Gesicht. Leticia zieht für einen Moment ihre Augenbrauen hoch, sagt aber nichts und besteht darauf, dass ich die Stelle wiederhole. Ich lenke meine Ohren auf jeden einzelnen Ton. »Schon besser«, sagt Leticia.

Allgemeiner Lärm beginnt mich zu stören: Der Lärm in der Schule, vor allem in den Pausen, Straßenlärm sowieso. Sogar das lustvolle Spielen meiner kleinen Geschwister nervt. Ich beschließe, in der Mittagspause in den nahegelegenen Park zu gehen, um meine Gedanken, umgeben von Grün, von Bäumen, von frischer Luft, in Ruhe fließen zu lassen. An und für sich dürfen wir während der Schulzeit das Schulgelände nicht verlassen. Aber ich bin schon in der sechsten Klasse, alt genug, um auf mich selbst aufzupassen. Manche aus meiner Klasse verdrücken sich auch heimlich, um zu rauchen oder am Kiosk Süßigkeiten zu kaufen. Ich schaue, ob nicht gerade die Pausenaufsicht in der Nähe ist und eile hinaus.

Der Autolärm ist unerträglich, ich laufe schneller, gleich bin ich am Park-Eingang, nur noch über diese eine Straße. Es hupt, ein grässliches Quietschen, dann ein heftiger Schlag, dumpf, dröhnend. Ich spüre, dass ich in die Luft fliege, scheine zu schweben, eine Hitzewelle nimmt mir den Atem. Mein Kopf. Was ist mit meinem Kopf? Dann fühle ich nichts mehr.

Wie aus weiter Ferne höre ich meinen Namen. Ganz langsam öffne ich die Augen. Grelles Licht blendet mich. Wie durch eine Nebelwand sehe ich eine Gestalt, die sich über mich beugt. Verschwommen nehme ich ein Gesicht wahr: Ein unbekanntes Gesicht, mit gutmütig blickenden Augen hinter einer großen Brille.

»Leon, kannst du mich verstehen? Ich bin Arzt. Du liegst im Krankenhaus, du hattest einen Unfall. Versuch deine Augen offen zu halten, drück meine Hand.«

Ich spüre seine Finger, er lächelt. Ich liege in einem Bett. Mein Kopf fühlt sich schwer an und tut mir sehr weh. Meine Arme und Finger kann ich bewegen. Mein linkes Bein, von Gips umhüllt, scheint doppelt so dick wie früher und hängt in einer Schlaufe, die von einem Gestell hochgehalten wird, das wie ein Krahn aussieht, Das rechte Bein scheint okay zu sein.

»Beweg mal deine Zehen«, sagt der Arzt. »Prima! Und nun schauen wir, ob du kitzelig unter den Fußsohlen bist.« Und wie! Wenn bloß mein Kopf nicht so wehtäte, aber der Arzt sagt: »Dann ist ja alles bestens.«

»Was ist mit meinem Kopf?« Meine Ohren sind frei, aber darüber fühle ich einen dicken Verband, wie eine Kappe.

»Du hast großes Glück gehabt, Leon. Eine Platzwunde am Kopf mussten wir nähen. Die Gehirnerschütterung, die du bekommen hast, wird sich allmählich beruhigen. Dann verschwinden auch die Kopfschmerzen. Du brauchst jetzt viel Ruhe und darfst dich nicht heftig bewegen, bitte«, fügt er noch mahnend hinzu.

»Aber ich muss Geige üben.«

»Du hast einen komplizierten Beinbruch, aber deine Arme sind unversehrt. Keine Schramme, keine Verstauchungen. Da hat ein Schutzengel mächtig auf dich aufgepasst.«

Erleichtert bewege ich Schultern und Arme.

»Trotzdem musst du vier Wochen im Krankenhaus bleiben, ohne Geige. Außer den täglichen Übungen mit einer Bewegungstherapeutin ist Ruhe angesagt. Fürs erste sogar absolute Ruhe.«

Immerhin hat er »fürs erste« gesagt, aber mir ist vor Schreck ganz kalt geworden. Der Arzt zieht mir mit aufmunterndem Blick die Bettdecke bis zum Kinn. Ich betrachte nochmals prüfend meine Hände, bewege die einzelnen Finger, dann schlafe ich wieder ein.

Die erste Woche geht wie im Fluge vorbei. Ich schlafe viel, bekomme gutes Essen, und die Bewegungstherapeutin macht mit mir Gymnastik. Mein Gipsbein wird immer lästiger, es juckt höllisch unter dem Gips. Aber den Kopfverband bin ich los. Mitten auf dem Kopf haben sie mir kreisrund die Haare geschoren, und ein Pflaster klebt dort. Ein bisschen fühlt sich mein Kopf noch an, als sei er in Watte gepackt, aber er tut nicht mehr weh. Mama ist drei Mal gekommen und hat natürlich die Kleinen mitgebracht. Sie umarmen und küssen mich, als ob sie mich gar nicht mehr loslassen wollten. Von Mama ermahnt, sitzen sie anschließend ganz brav auf der Bettkante und sehen mich mit großen Augen an. »Nun schaut nicht so, als ob ich gestorben wäre. Bald kann ich wieder mit euch herumtollen.«

Ich muss mir selbst Mut machen. Meine körperlichen Fortschritte gehen mir viel zu langsam, und die noch verbleibende Zeit bis zum Wettbewerb rennt mir zu schnell davon.

»An und für sich könnte ich doch im Bett ein wenig Geige üben«, wage ich in der zweiten Woche den Arzt zu fragen.

»Auf keinen Fall! Die Gehirnerschütterung ist noch nicht auskuriert und du darfst dich noch nicht belasten, weder dein Bein, noch deinen Körper.«

»Aber das Geigenspiel beruhigt mich«, versuche ich erneut, ihn umzustimmen.

Der Arzt droht mir mit dem Finger. Er kann sich ein

Schmunzeln nicht verkneifen. »Wage nicht, mich zu hinterge-
hen, sonst binde ich dir die Arme am Bettpfosten fest«, sagt er
mit halb ernster, halb lachender Miene.

In der dritten Woche kribbelt es mir in den Fingern. Es ist
kaum auszuhalten ohne Geige. Ich muss an Ricardo denken
und an seinen Ausspruch wegen des »Nicht-geübt-Habens«.
Fünf Tage nicht geübt und man fliegt aus dem Orchester.
Gedankenübertragung: Ricardo steckt seinen Kopf durch die
Tür. Er schickt mir Grüße von Leticia und hat Noten mitgebracht.

»Du kannst sie leise vor dich hin summen und den Noten-
Text lernen. Dann geht das Üben später leichter.«

Ich schaue ihn zweifelnd an. »Glaubst du wirklich, ich kann
in vier Wochen den ganzen Monat aufholen? Du hast gesagt,
dass man es genau merkt, wenn man ein paar Tage nicht geübt
hat!«

Ricardo lächelt mich an. »Ich habe ein bisschen übertrie-
ben. Natürlich werden die vier Wochen nicht in zwei Tagen
aufzuholen sein. Doch nach und nach wirst du merken, dass es
immer besser läuft und spätestens nach acht Tagen hast du alles
überwunden, bist wieder der alte Leon.«

Der Gips wird gewechselt. Ich darf mit Krücken gehen.
Mama bringt mir Sachen zum Anziehen, damit ich nicht im
Krankenhaus-Hemd herumlaufen muss. Marco und Bruno
besuchen mich. Sie bringen Bücher mit von unserem Direktor
und eine Tüte Chips. Sie erzählen von der Schule, wir lachen
viel und zum Schluss haben sie die Tüte Chips beinahe alleine
aufgefuttert. Die vierte Woche will einfach nicht vorbei gehen.
Sie dehnt und zieht sich unerträglich in die Länge. Ich übe
laufen. Unermüdlich gehe ich mit Krücken den langen Kran-
kenhausflur hin und her. Immer wieder summe ich alle Melo-

dien aus den Notenheften, bis ich die Stücke auswendig im Kopf habe.

Endlich kann ich nach Hause! Eine wunderbare Überraschung wartet auf mich: Leticia holt mich mit dem Auto ab.

»Wir fahren gleich in die Musikschule. Deine Geige war im Büro von eurem Direktor gut aufgehoben. Ricardo hat sie gestern vorbeigebracht. Ich werde dir heute die erste Unterrichtsstunde verpassen, aber wir starten ganz vorsichtig.«

Vor lauter Glück wollen mir ein paar Tränen herunter kullern.

»Heute Abend bringe ich dich nach Hause, zusammen mit deiner Geige. Morgen und übermorgen wirst du noch nicht zur Schule gehen. Du sollst dich erst einmal wieder zurechtfinden. Das Bein soll öfter hoch liegen, das Geigenüben findet also im Sitzen statt.«

Ich bin so froh! Notfalls würde ich auch im Liegen üben. Abends hängen Fee und Pedro wie die Kletten an mir. Mama hat Pizza besorgt und Schokoladen-Muffins. Bevor sie zur Arbeit geht, ermahnt sie die Kleinen, brav zu sein und mich nicht zu stören. Und sie bemühen sich wirklich.

In den folgenden Tagen fährt mich immer irgendjemand zur Schule und bringt mich am frühen Abend nach Hause. Einmal ist es sogar unser Direktor und ein anderes Mal der Pfarrer von der Kirche. Dann kann ich wieder laufen, noch nicht rennen. Für lange Wege brauche ich allerdings Krücken. Mein normaler Tagesablauf stellt sich ein.

Drei Wochen bleiben mir noch bis zum Wettbewerb. Ich habe mein altes Übungstempo wieder im Griff. Warum habe ich das Gefühl, dass Leticia mich bremst? Sie will doch auch, dass ich es schaffe. Besorgt mahnt sie zur Ruhe, achtet auf das Einhalten von Pausenzeiten, macht mit mir Atemübungen und

Lockerungstraining für Schultern und Arme. Aber ich will lieber die Zeit fürs Geigen nutzen. Leticia arbeitet täglich mit mir, zwei Stunden hintereinander. Das Pflichtprogramm kann ich im kleinen Schülerkreis vorspielen. Die Paganini-Etüde klappt auch. Unzählige Male übe ich alle schwierigen Stellen, die vielleicht holpern könnten, bis ich mich absolut sicher fühle. Ich werde es schaffen!

Noch zwei Tage bis zum Wettbewerb. Unser Direktor hat mir frei gegeben. Ich bleibe den ganzen Tag in der Musikschule. Noch ein Tag. »Ich begleite dich, Leon«, sagt Leticia. Das beruhigt mich mehr, als ich zugeben will.

Wir fahren zum Konservatorium. Das Gebäude kenne ich, trotzdem bin ich furchtbar aufgeregt. Mein Herz klopft bis zum Hals. Leticia legt ihren Arm um meine Schulter. Aus allen Fluren und Räumen tönt ein Gewusel von Klängen und Stimmen. Tonleitern, Übungen, auch Teile aus den Pflichtstücken erkenne ich. Bestimmt sind zwanzig Jungen und Mädchen mit ihrer Geige beschäftigt. Einige Mütter und Väter sind dabei. Mit besorgten Mienen sprechen sie auf ihre Kinder ein, tätscheln Hände, zupfen an Kleidern oder Hemden herum.

Leticia zieht mich weiter zu einer großen Tafel, wo die Namen der heutigen Teilnehmer aufgeschrieben sind und schaut auf ihre Uhr. »Du bist in eineinhalb Stunden an der Reihe. Komm, wir suchen ein ruhiges Zimmer, wo du dich einspielen kannst. Ich gebe dir ein paar Übungen, dann gehen wir in Gedanken nochmals alle Stücke durch. Du spielst auswendig, trotzdem rate ich dir, die Noten mit auf die Bühne zu nehmen. Sie werden dir 30 Minuten Zeit zum Spielen geben, das heißt, du wirst nicht alle Stücke bis zum Ende spielen können. Sie unterbrechen dich, darauf musst du dich einstellen.«

Ich nicke. »Kann ich mir schon denken. Es wird mir nichts ausmachen.«

»Ich sitze unten im Saal, gleich hinter den Juroren. Während des gesamten Vorspiels werde ich in Gedanken bei dir sein.« Ein Mann schiebt mich mit aufmunternden Blicken auf die Bühne. Ich bewege mich wie im Traum. Von unten aus dem Halbdunkel kommt eine freundliche Stimme: »Leon Navarro? Womit möchtest du beginnen?«

Ich lege mein Notenpaket neben mich auf den Fußboden, das Notenpult schiebe ich zur Seite. Ich stimme nochmals die leeren Saiten, sehe Leticia, die ihre beiden Daumen hoch hält und toi, toi, toi flüstert. Ich fange mit Beethoven an und vergesse alles um mich herum. Meine Geige singt und jubiliert, ich lasse mein Herz sprechen und lege meinen innigsten Ausdruck in die Musik. Nach dem zweiten Stück merke ich, dass sich meine Schulter verkrampft. Bei der Paganini-Etüde muss ich kämpfen. Ich spüre, wie mir der Schweiß von der Stirn läuft. Bitte lass es nicht auf die Finger tropfen. Glück gehabt. Fehlerlos bringe ich mein Programm zu Ende. Kein Applaus.

»Beim Wettbewerb wird nie geklatscht. Man will keine Unterschiede in die Beurteilung einfließen lassen«, sagt Leticia später. »Ich hatte vergessen, es dir zu sagen.«

»Danke, Leon, sehr schön. Warte bitte einen Augenblick hinter der Bühne, wir geben dir dann Bescheid«, kommt es von unten aus dem Halbdunkel.

»Du hast sehr gut gespielt, Leon, ich bin stolz auf dich, egal, wie die Jury entscheidet«, sagt Leticia, als sie zu mir hinter die Bühne eilt. Wir warten zusammen. Wir warten ziemlich lange. Leticia schaut auf ihre Uhr. Der Jury-Vorsitzende kommt uns entgegen.

»Leon, du hast gut gespielt, musikalisch und gewissenhaft. Du hast großes Talent. Du bist erst zwölf Jahre alt, in diesem Jahr der jüngste Wettbewerbsteilnehmer. Verständlicherweise fehlt es dir noch an Erfahrung. Du versuchst es mit deinem Willen, deiner Musikalität auszugleichen. Du kämpfst. Das hat uns gut gefallen. Du hast das Zeug zu einem erstklassigen Geiger. Lass es reifen, melde dich im nächsten Jahr wieder an. Wir sind sicher, dass es dann mit einem Platz im Jugendorchester klappen wird.«

Ich habe es nicht geschafft, ich habe versagt. Krampfhaft versuche ich, die Tränen zurückzuhalten. Leticia tröstet mich.

»Der Unfall hat dich ausgebremst, die verbleibende Vorbereitungszeit war zu kurz. Du hast eine großartige Leistung gezeigt. Du hast es probiert. Es hat dieses Mal noch nicht gereicht.«

Als Leticia merkt, dass mir doch die Tränen herunterkullern, nimmt sie mich in den Arm. »Das hat alles überhaupt keinen Einfluss auf unsere weitere Arbeit.« Leticia bringt mich nach Hause. »Wir sehen uns übermorgen zum Unterricht. Gleiche Zeit, gleiche Stelle. Ich freue mich«, winkt sie mir fröhlich zu.

»Du hast etwas gewagt«, sagt Mama. Sie sieht gleich, dass es mit dem Wettbewerb nicht geklappt hat. »Wer nichts wagt, der nichts gewinnt!«

»Es ist eine Katastrophe«, presse ich hervor.

LICHT AM ENDE DES TUNNELS

Wortkarg beende ich den Tag. Bevor ich wie immer die Geige auf den Schrank lege, öffne ich den Kasten, schäle sie behutsam aus dem schönen Seidentuch von Leticia, nehme sie hoch, zupfe zaghaft über die Saiten und lege sie zurück. Ich bin ihr nicht böse, weder meiner Geige noch Leticia. Sie können nichts dafür. Der Groll sitzt in mir. Die Frage nach dem Warum quält mich. Was habe ich falsch gemacht? Meine Gedanken schwanken hin und her, bahnen sich mühsam einen Weg durch ein Gestrüpp von Zweifeln und Furcht. Wie geht es weiter mit mir? Ich fühle mich unsicher und unfähig. Ich habe versagt, und ich schäme mich. Ich habe das Vertrauen, das man in mich gesetzt hat, enttäuscht. Gleichzeitig ist eine Leere in mir. Ich habe keine Pläne mehr, keine Ziele. Meine Gefühle scheinen von hundert auf null in ein tiefes Loch gesaust zu sein.

Pedro und Fee versuchen, mich aufzumuntern.

»Wollen wir Fußball spielen? Ich gehe ins Tor. Wetten, dass ich jeden Ball halte? Du kannst so scharf schießen wie du willst.«

Ich schüttle stumm den Kopf.

»Soll ich dir etwas vortanzen? Ich kann ein Rad schlagen und einen Handstand machen mit Überschlag, zwei Mal hintereinander.« Fee saust quer durch die Hütte.

Mama tut so, als wäre nichts geschehen. Sie macht das Abendessen zurecht, bringt die Kleinen ins Bett, zieht ihr Glitzerkleid an und schminkt sich für die Arbeit.

»Lasst Leon heute mal in Ruhe. Er ist traurig und mag heute keine Spiele.«

Ich setze mich vor die Hütte, starre in die Dunkelheit und suche verzweifelt nach einem Licht. Später legt sich Müdigkeit schwer auf meinen Körper. Trotzdem kann ich nicht einschlafen. Ruhelos wälze ich mich im Bett hin und her. Die Kleinen merken es zum Glück nicht. Sie haben sich, eng aneinandergeschmiegt, fast bis an die Wand am anderen Rand des Bettes verzogen und mir die ganze Decke überlassen.

Der nächste Morgen ist wie immer. Nur ich bin anders. Das heißt, in mir fühlt sich alles anders an, zerrissen. Ich koche den Maisbrei, wasche mich, putze die Zähne, ziehe mich an, hole den Geigenkasten vom Schrank und mache mich wie immer um 6 Uhr auf den Schulweg. Keine aufgehende Sonne ist zu sehen, keine schönen Träume begleiten mich, kein Kolibri singt für mich. Oder doch? In weiter Ferne scheint ein Tirili zu erklingen.

Das erste Üben nach meiner Niederlage fühlt sich merkwürdig an. Ich weiß gar nicht, was ich üben soll. Unentschlossen spiele ich ein paar Tonleitern, Etüden und dann den »Winter« aus Vivaldis Jahreszeiten. Ich muss gar nicht viel Fantasie aufbringen, um mich in klirrende Kälte hineinzuversetzen. Es geht von alleine. Genauso fühle ich mich: schrecklich allein.

In der Schule ist es auch werkwürdig: Kein Mensch fragt nach dem Wettbewerb, niemand bedauert mich, jeder verhält sich so wie immer, tut so, als wäre nichts passiert. Ich beschließe, es auch so zu machen. So vergehen zwei Tage.

»Leon, hast du Lust, mit mir zusammen einen Deutschkurs zu besuchen?«

Verblüfft starre ich unseren Schuldirektor an.

»Die Sprachschule bietet einen Kurs an, zwei Mal in der Woche anderthalb Stunden, sechs Monate lang.«

»Toll, aber bin ich nicht zu jung?«

»Es ist ein altersgemischter Kurs, und Jugendliche können ein Stipendium bekommen. Na, das wäre doch was. Lehrer und Schüler auf einer Schulbank. Du wirst sehen, wie du mir beim Lernen davoneilst. Meine alten Gehirnzellen sind nicht mehr so schnell.«

Ich bin unschlüssig, weiß nicht, was ich sagen soll, trete von einem Bein auf das andere. Für solche Gedanken habe ich zurzeit keinen Platz im Kopf. »Vielleicht …, ich überlege es mir.« Mama findet es gut. »Prima, dass sich dir eine solch tolle Möglichkeit bietet. Greif zu, Leon!«

Etwas unruhig erwarte ich meine erste Geigenstunde nach dem verlorenen Wettbewerb. Zaghaft öffne ich die Tür zum Unterrichtsraum. Leticia ist versunken in ihr Geigenspiel. Sie übt Melodien mit schwindelerregend hohen Tönen und bricht jäh ab. »Will heute nicht klappen.« Eine Zornesfalte verdunkelt ihren Blick, der sich aber sofort erhellt, als sie mich sieht.

»Guten Tag, mein lieber Leon, schön, dass du da bist.« Ein frohes Lächeln spielt um ihren Mund, ihre Augen sehen mich ernst, aber liebevoll an. »Ich weiß nur zu gut, was dich quält, Leon. Es ist die Frage nach dem Warum. Es gibt aber kein Warum, es gibt kein Falsch, kein Richtig, keine Fragen, keine Antworten. Es ist dein erster Misserfolg. Bis du erwachsen bist, werden dich noch einige Misserfolge erwischen, die du verkraften musst. Da musst du durch. Aber es stimmt: der erste Misserfolg tut besonders weh. Wir Musiker wissen ein Lied davon zu singen. Wir erleben es immer wieder.«

»Und man kann nichts dagegen tun?«

»Dagegen leider nichts. Es kommt darauf an, wie man mit

einer Niederlage umgeht. Man kann sich wappnen, Energie in sich sammeln, Lichtblicke suchen, die einem aus diesem Loch heraushelfen. Erfahrung nennt man das. Man kann es lernen. Das Ringen mit Widerständen, das Ausloten der eigenen Grenzen ist nicht einfach. Man muss sich an Glücksmomenten hochziehen, das ewige Suchen nicht verlernen. Das ist so wie beim Üben. Es ist eine Etüde für das Leben, für das Erwachsenwerden.«

Leticias Worte berühren mich sehr, sie erschüttern mich, aber vor allem wärmen sie mich.

»Ich erzähl dir mal von einem schrecklichen Erlebnis. Ich war noch eine sehr junge Geigerin, hatte aber schon einige Konzerterfolge erspielt. Das Konzert fand in Buenos Aires, in Argentinien statt. Ein italienisches Orchester hatte mich eingeladen, auf seiner Tournee durch Südamerika als Solistin für das Paganini-Violinkonzert aufzutreten. Ich hatte das Konzert schon viele Male öffentlich gespielt, fühlte mich großartig, war sogar etwas hochmütig, weil man mich wie eine Diva umwarb. Das fand ich toll. Und was geschah? Ich verlor für einen Moment meine Konzentration, ich verlor die Noten aus meinem Gedächtnis. Es waren wohl nur ein paar unsichere Sekunden mit falschen Tönen, bis ich den Melodiefaden wieder gefunden hatte. Für mich waren es viele qualvoll gefühlte Minuten, nicht enden wollende, schreckliche Minuten. Ich war untröstlich. Die Orchestermusiker verloren mir gegenüber kein Wort.»Hast prima improvisiert, von den Zuhörern hat es wohl kaum jemand bemerkt«, meinte später der Dirigent. »Ein paar falsche Töne werden dir noch öfter in deinem Leben passieren, aus welchem Grund auch immer. Man darf ihnen auf keinen Fall hinterherjammern«, sagte mein damaliger Professor, den ich immer vor wichtigen Konzerten zur Kontrolle aufsuchte.«

Ich komme aus dem Staunen nicht mehr heraus. »Falsche Töne sind das Eine, womit man leben muss, Misserfolge, an denen man nicht schuld ist, sind das Andere. Mit der zeitgenössischen Musik passiert das oft. Den Leuten gefällt das Stück nicht. Sie rufen buh statt bravo. Oder der Kritiker einer Zeitung zerreißt dich in tausend Stücke, dass du glaubst, das wäre das Ende deiner Karriere. Später schmerzt so etwas am allerwenigsten.«

Ich schweige immer noch, bin tief beeindruckt. Wie mühevoll die Wege doch sind, nichts scheint einem zuzufliegen. Nichts kann man überspringen.

»Wenn du Ricardo siehst, frag ihn mal nach ein paar Anekdoten aus seinem Leben. Als Orchestermusiker kann er davon eine ganze Menge erzählen: Lustige und weniger lustige. Und immer geht es um Erfolge und Niederlagen.«

Nach dieser Geigenstunde fühle ich mich nicht mehr leer. Ich bin erfüllt von lebendigen Geschichten, bewegten Bildern, Gedanken, die, so scheint es, gar nichts mit Musik zu tun haben. Das muss ich erst einmal verarbeiten. Das geht nicht von heute auf morgen, dafür brauche ich Zeit und Ruhe. Ich muss viel nachdenken über all die Dinge, die mich so sehr beschäftigen. Ich verschließe mich.

»Du igelst dich ein«, sagt Mama. »Das ist nicht gut. Kannst du überhaupt noch etwas sehen? Lass dir mal wieder die Haare schneiden. Die Locken reichen ja weit über die Ohren und verdecken dein halbes Gesicht.« Unwirsch klemme ich mir die Haare hinters Ohr, weil sie mir immer wieder über die Augen fallen wollen. Trotzdem gehe ich nicht zum Friseur, ich habe keine Lust. Ich binde mir morgens die Haare mit einem Gummiband im Nacken zusammen, doch die Locken lösen sich immer wieder strubbelig heraus. »Deine Locken werden verfilzen.« Mama schüttelt den Kopf und rollt mit den Augen.

Mir ist es egal.

»Ich habe Pedro zur Schule angemeldet. Nimmst du ihn ab morgen bitte mit? Ich hole ihn am frühen Nachmittag wieder ab.«

»Aber die Schule beginnt für ihn doch erst um 8 Uhr, und ich gehe doch schon um 6 Uhr los.«

»Macht nichts. Ich habe Pedro versprochen, dass er eine ganze Stunde auf dem Schulhof Fußball spielen darf. Nur so kriege ich ihn in die Schule. Er ist jetzt sechseinhalb Jahre, es wird Zeit.«

Tatsächlich steht Pedro ohne zu murren mit mir morgens auf. Um 6 Uhr sieht man uns dann durch die noch schlafenden Wege und Pfade der Favela ziehen. Mein Geigenkasten hängt über der einen Schulter, an der anderen Hand hält sich mein kleiner Bruder fest. Mit der großen Schultasche auf dem Rücken und unter dem Arm seinen Fußball geklemmt, hält er tapfer Schritt mit mir. Ich zeige ihm die aufgehende Sonne, erkläre ihm die Morgenröte. Die Sonne lässt seine Augen leuchten. Ich erzähle ihm von meinen ersten Schultagen und manchmal erscheint mein kleiner Kolibri, der seine Zaubermelodien nun für uns beide singt. Pedro bleibt dann stehen und lauscht mit großen Augen und Ohren.

Pedro überrascht mich mit einer sehr ernst klingenden Frage. »Kennst du deinen Papa?«

»Wie kommst du denn darauf?«

»Mama hat mir erzählt, dass sie zwar die Mama von uns dreien ist, dass aber du und ich und Fee jeder einen anderen Papa haben. Die sind leider alle fort gegangen, doch sie hatte alle lieb.«

»Das stimmt. Ich kann mich noch gut an meinen Papa erinnern. Ich war fünf Jahre alt, als er Mama und mich verlassen hat, um nach Arbeit in der Stadt zu suchen. Vielleicht ist er aber auch auf das Meer gefahren, er war nämlich Fischer.«

»Kennst du auch meinen Papa? Ich kann mich gar nicht an ihn erinnern. Mama sagt, dass er ein großer, kräftiger Mann war und unsere Hütte zu eng für ihn wurde. Später hat er wohl keine Gelegenheit gefunden, uns zu besuchen. Mama meint, dass ich das Talent zum Fußballspielen von ihm habe und die Lust zum wilden Herumtoben.«

»Ja, ich kann mich an deinen Papa noch ein wenig erinnern.« Mehr sage ich nicht. Die Wahrheit über José, seinen Vater, würde den Sechsjährigen völlig durcheinander bringen. Später, wenn er erwachsen ist, wird es vielleicht wichtig.

»Und der Papa von Fee? Mama sagt, dass er nicht bei uns bleiben konnte, weil er ganz weit weg sein Zuhause hat. Er kommt aus einem Land, wo die Menschen eine hellere Hautfarbe haben.«

»Du siehst es an unserer Fee.« Pedro nickt. »Und sie hat blaue Augen, keine braunen.«

In der Schule angekommen, ist Pedro nicht mehr zu bremsen. Unermüdlich dribbelt und springt er auf dem Pausenhof herum. »Zehn Mal kann ich den Ball mit beiden Füßen abwechselnd treten, ohne dass er den Boden berührt«, verkündet er stolz. Pedro ist nur in der ersten halben Stunde allein. Ein paar Jungen kommen auch etwas früher. »Pedro, du hast einen echt klasse Fußball«, sagen sie immer wieder. Manchmal versuche ich aber, ihn zu bewegen, etwas anderes zu tun. Ich schreibe auf einen Zettel leichte Rechenaufgaben, denke mir Frage-Spiele aus, locke ihn mit kleinen Belohnungen. Doch vergeblich. Pedro sieht mich dann nur wütend an. »Wenn schon Schule, dann wenigstens eine Stunde vorher ungestört Fußball spielen.«

Meinen 13. Geburtstag will ich auf keinen Fall besonders feiern. Trotzdem hat Mama einen Kuchen gebacken, den ich mit in die Schule nehmen soll, um ihn an meine Klassenkameraden zu verteilen. Ich schneide ein Stück für Pedro ab, das er gleich anstelle des Maisbreis verschlingt. Ein kleines Stück für Fee und für Mama lege ich auf einen Teller und decke es mit einem Tuch ab, wegen der Fliegen. Den Rest will ich in meine Plastikdose packen, aber das klappt nicht, weil der Deckel nicht passen will, ohne den Kuchen zu zerquetschen. Ich finde eine zweite große Dose und verstaue alles in einer Plastiktüte aus der Apotheke. Damit herumzulaufen ist mir aber ein wenig peinlich.

Jetzt erst entdecke ich auf dem Tisch ein kleines Päckchen: schmal, länglich und mit einer Schleife zugebunden. »Für Leon von Mama« steht darauf. Schnell reiße ich es auf. Es ist eine Armbanduhr. Meine erste eigene Uhr. Keine Kinderuhr, nein, eine große Uhr mit allerlei Funktionen, wie in der Bedienungsanleitung zu lesen ist. Meine liebe Mama! Ich küsse sie ganz vorsichtig, damit sie nicht aufwacht. Sie merkt es aber doch, murmelt etwas und schlingt ihre Arme um mich. Dann schläft sie wieder ein.

Mein Geigenspiel macht Fortschritte. »Große Fortschritte«, sagt Leticia. Viele neue Stücke hat sie für mich ausgesucht: Quer Beet durch die Musikgeschichte. Mein Üben verläuft ein wenig vom Kopf her gesteuert. »Macht nichts«, sagt Leticia. »Lote jeden Winkel deines Körpers aus, bahne dir einen Weg, deinen ganz persönlichen Weg.« Die Solo-Partiten von Johann Sebastian Bach haben es mir angetan. Sie klingen ein wenig strenger, brausen nicht so ungestüm daher. Aber es geht eine unglaubliche Kraft von ihnen aus, eine große Energie, die mich innerlich stärkt.

Wenn ich nicht Geige spiele, dann lese ich. Ich bin begierig zu wissen, wie berühmte Komponisten gelebt haben, tauche voll Begeisterung in ihre Schicksale ein. Biographien nennt man diese Bücher, und Leticia besorgt mir ständig neue. So erfahre ich, wie Mozart gelebt hat, lese von Beethoven, der, welch schreckliche Vorstellung, taub wurde, von Schubert, der so früh starb, dass er die Veröffentlichung seiner Werke nicht mehr erleben konnte, von Robert Schumann, der trotz glücklichem Familienleben gemütskrank wurde und von einer Brücke in einen Fluss gesprungen und ertrunken ist. Mich berühren diese Geschichten sehr. Mit welchen Widrigkeiten mussten diese außergewöhnlichen Menschen fertig werden, und doch haben sie der Nachwelt so wunderbare Musik hinterlassen.

In der Schule bekomme ich seit einiger Zeit Extra-Aufgaben. An und für sich habe ich das Pensum der sechsten Klasse längst beendet, aber es gibt in der Nähe keine weiterführende Schule. Oft sitze ich bei unserem Direktor im Büro und wir beide pauken deutsche Grammatik. Das macht riesigen Spaß. Mit Leticia hat er über das Musikgymnasium gesprochen. Nach dem erneuten Wettbewerb wollen sie den Wechsel dorthin für mich in die Wege leiten. In drei Monaten ist der Vorspiel-Termin. Leticia scheint sehr sicher zu sein, dass es dieses Mal klappt. Ich denke nicht so viel darüber nach.

Wir sitzen vor unserer Hütte, Mama und ich, und schlürfen eine köstliche Mango. Der Saft läuft uns von den Fingern. »Wunderbar, dass es immer wieder Menschen gibt, die einem gut tun. Du hast Glück gehabt, auf Menschen zu treffen, die dich fördern. Das macht auch mich glücklich«, sagt Mama. Wir müssen beide an Marta denken. Sie ist der Keim für die Lichtblicke in unserem Leben.

»Leon, ich habe einen Zeitplan aufgestellt. Bald ist es so weit, wir werden zielgerichtet arbeiten.« Leticia faltet einen XXL-Kalender auseinander, den sie auf dem Tisch ausbreitet. »Den hängen wir an die Wand, damit wir alle Termine immer vor Augen haben.«

Mit einem Mal ist sie wieder da: Die Vorfreude, das ungestüme Verlangen, den Wettbewerb zu gewinnen. Aber es fühlt sich anders an. Nicht so flatterhaft, nicht wie ein Blitz, der durch alle Adern schießt. Meine Gefühle scheinen sich mit ihren Wurzeln in einem gut genährten Boden zu verankern, wie ein kräftiger Baum. Leticias Zeiteinteilung ist großartig. Sie hat darauf geachtet, dass ich alle Stücke mindestens zwei Mal innerhalb der Konzerte im Konservatorium vorspielen kann: Einmal als Werkstatt-Konzert vor einem kleineren Zuhörerkreis, einmal öffentlich als Vorprogramm bei den Semesterabschluss-Konzerten. Ich darf Korrepetitions-Stunden besuchen. Das sind feste Zeiten, in denen mich ein Klavierspieler begleitet. Zum Beispiel beim Mendelssohn-Violinkonzert, das ich mir als Wahlstück ausgesucht habe. Leticia gibt mir eine Partitur mit, und so kann ich mir die Orchesterinstrumente gut vorstellen. Ich muss an das deutsche Jugendorchester denken, an Jessica. Diese Gedanken durchzucken mich wie Blitze.

Einmal nimmt mich Leticia mit zu einem Orchesterkonzert. Schauer laufen mir über den Rücken, wie elektrisiert kribbelt es in meinem Körper, so sehr bin ich fasziniert. Ein anderes Mal darf ich die Generalprobe eines Konzerts mit Leticia erleben. Das überwältigt mich. Meine Lehrerin, oben auf der großen Bühne, so fern und so nah zugleich. Jeder Ton berührt mich. Sie scheint wirklich jedem einzelnem Ton liebevoll »Guten Tag« zu sagen. Ich kann in ihrem Gesicht lesen, was sie empfindet. Ich beobachte ihre weit ausholenden Armbewegungen, das leichte Mitgehen ihres Körpers. Wenn es sehr dramatisch wird, geht sie ein wenig in die Knie, oder sie scheint auf ihre Zehenspitzen zu schnellen, um abheben zu wollen. Plötzlich bricht sie jäh ab und stampft mit dem Fuß auf. »Mist, noch einmal von vorn.« Ich suche vergeblich ihr verschmitztes Lächeln. »In der Probe darf man sich mal gehen lassen. Im Konzert geht das natürlich nicht«, sagt sie später.

Solche Erlebnisse beflügeln mein Geigenspiel. »Genau richtig, Leon, wunderbar. So muss es klingen: Spielerisch, ursprünglich, aber auf keinen Fall willkürlich«, sagt Leticia. Wie gut mir ihr Lob tut. Wie es mir Sicherheit gibt, wie ein stabiles Seil, mit dem man sich beim Felsenklettern absichert.

Ich gehe zum Friseur. Er soll meine Haare nicht zu kurz schneiden, ein paar Locken sollen bleiben. Es ziept fürchterlich, weil die Haare sich verfilzt haben. Ich bin ja selber schuld, deshalb gebe ich keinen Mucks von mir.

Noch sind es drei Tage bis zum Wettbewerb. »Ich glaube, ich kann alleine gehen.«

»Das denke ich auch«, sagt Leticia.

»Meinen Tagesrhythmus ändere ich nicht, mache alles so wie immer. Dann gibt es in meinen Gedanken nicht so viel Platz fürs Lampenfieber.«

»Genauso machst du es, Leon. Schau am Wettbewerbstag kurz bei mir vorbei. Kannst dir noch ein paar Kurzzeit-Tipps abholen und Hals- und Beinbruch-Wünsche. Die wirken nämlich nur an dem bewussten Tag.« Leticia lacht mich aufmunternd an.

In der Nacht schlafe ich nicht so gut. Lampenfieber quält

mich nun doch. Ein Traum, kurz vor dem Aufwachen, bringt mich ein wenig durcheinander. Ich sitze zusammen mit unserem Schuldirektor in einem Boot und wir fragen uns gegenseitig Deutsch-Vokabeln ab. »Komm, wir rudern jetzt nach Deutschland«, sagt er. »Das ist doch viel zu weit«, protestiere ich. »So viele Ozeane und Meere sind zu überqueren und das mit solch einem kleinen Boot.« »Wir schaffen das«, sagt er.

»Na, was macht's Lampenfieber«, fragt Ricardo, als ich ihn am nächsten Vormittag auf dem Weg zum Konservatorium treffe.

»Geht so.«

»Ich bin auf dem Weg zu Leticia. Ich muss heute Abend ein paar Soli spielen. Ich will ihr das mal vorspielen. Leticia soll mir ihre beiden Ohren leihen. Vier Ohren hören besser als zwei, zumal ihre Ohren hundert Mal besser sind als meine«, lacht Ricardo. Ricardo ist ein Clown. Eine Sache kann noch so ernst sein, er findet garantiert eine lustige Seite daran.

»Ich will auch zu Leticia. Sie will mir noch ein paar Geheimnisse verraten, damit ich dieses Mal den Wettbewerb überlebe.«

Ich wundere mich über mich selbst. Dass ich so locker sein kann, hätte ich nicht für möglich gehalten.

»Du bist bestens vorbereitet. Du wirst es schaffen. Spiel ruhig auf Risiko, du kannst es dir leisten. Denk nur an die Musik, an nichts anderes, fühl sie, hör in dich hinein, lass sie frei strömen.« Jetzt wird mir doch ein wenig mulmig. Diese großartige Geigerin, meine Lehrerin, glaubt an mich, schenkt mir ihre ganze Energie. »Lass dich umarmen, Leon.« Leticia spuckt mir drei Mal über die linke Schulter, angedeutet natürlich. »Das wird dir das notwendige Quäntchen Glück bringen.«

Wie vor einem Jahr empfängt mich lebhaftes Treiben im

Konservatorium. Aus allen Räumen und Fluren schallen Geigentöne. Dazu ein aufgeregtes Hin- und Hereilen von Erwachsenen; Eltern und Lehrer, schätze ich. Ich gehe zur Tafel, noch 45 Minuten habe ich Zeit. Ich suche mir einen freien Raum, spiele mich ein, wie ich es von Leticia gelernt habe. Ich bin immer noch relativ ruhig. Mein Herz klopft allerdings schon etwas schneller. Ein bisschen Aufregung muss sein. Kaum zu glauben, dass es erst ein Jahr her ist, dass ich an dieser Stelle vor Aufregung fast geplatzt bin. Ich fühle mich mindestens drei Jahre älter und 20 Zentimeter größer als damals.

Auch mein Vorspiel fühlt sich gut an. Keine Schweißtropfen gefährden meine Finger, keine Schulterschmerzen lähmen meinen Bogen-Arm. Meine Geige folgt mir, ich folge ihr mit Hingabe und Zuversicht und auch mit einem kleinen bisschen Risiko.

Dieses Mal muss ich nicht hinter der Bühne warten. »Bravo, Leon«, kommt es aus dem Halbdunkel und dazu ein paar Beifallklatscher. »Wir, die Jury, müssen uns gar nicht besprechen. Es ist eindeutig. Wir alle sind der Meinung, dass du großartig gespielt hast, Leon. Du hast eine fantastische Leistung gezeigt. Was du aus diesem Jahr Warteschleife gemacht hast, ist unglaublich. Du hast mit einer Reife und Leidenschaft musiziert, wie wir es nur ganz selten von einem noch so jungen Geiger hören. Obendrein strahlt deine Körperhaltung Sicherheit aus.« Ich fühle, dass ich feuerrot werde, mein Strahlen bis zu beiden Ohren reicht und mich das Glück bis in die Zehenspitzen durchströmt. »Alles weitere, Probenpläne, Termine für Konzerte und Tournee gehen schriftlich an deine Lehrerin. Du hast diesen Wettbewerb mit Auszeichnung gewonnen.«

Ich laufe sofort zu Leticia in die Musikschule. Atemlos

klopfe ich an ihre Tür, warte kurz, schließlich ist sie mitten im Unterricht, und beinahe wäre ich mit ihr zusammengeprallt: Ich stürze hinein, sie eilt mir entgegen.

»Glückwunsch, Leon. Der Jury-Vorsitzende hat mich eben angerufen. Ich freue mich, dass du die strengen Damen und Herren beeindruckt hast.«

»Danke«, flüstere ich, »danke für alles!« Mehr kriege ich jetzt nicht heraus. Aber sie versteht es sicherlich.

Den Studenten, den Leticia gerade unterrichtet, kenne ich. Er klopft mir auf die Schulter: »Bravo, Leon, den Erfolg hast du echt verdient!«

»So, nun geh rasch nach Hause, darfst dich heute auf deinen Lorbeeren ausruhen. Grüß deine Mama von mir. Sie kann stolz auf ihren Jungen sein. Ab Morgen kehrt auch bei dir wieder der Alltag ein: üben wie immer. Übermorgen, beim Unterricht, besprechen wir die nächsten Schritte für deine Aufnahme ins Musikgymnasium.«

Mama kommt mir mit Fee entgegen. Ich winke von weitem. »Geschafft!«, rufe ich laut.

Sie umarmt mich, lacht und weint gleichzeitig. »Mein Leon, mein großer Junge, wie stolz ich auf dich bin!« Sie drückt mich immer wieder, immer fester.

»Mama, nicht so heftig, ich kriege kaum noch Luft.«

»Ich habe Fejoada gekocht, mit Speck und Wurst. Und zum Nachtisch gibt´s eine Orange.«

Meine liebe Mama, sie hat mein Leibgericht nicht vergessen, obwohl sie es schon so viele Jahre nicht mehr gekocht hat.

Die Aufnahme ins Musikgymnasium verändert mein Leben gewaltig. Viel mehr, als ich dachte. Die Aufnahmeprüfung selbst ist ein Klacks, aber alles Weitere … ein nicht enden wollender Papierkram. Leticia und unser Schuldirektor müssen helfen. Etliche Seiten muss Mama unterschreiben. Der Direktor und Leticia müssen Gutachten erstellen, Zeugnisse schreiben. Versicherungs-Fragen werden geklärt, Unfälle, Krankheiten notiert, der Name des Vaters, mein Geburtsort ist wichtig. »Das ist zwar ein riesengroßer Aufwand, aber ich verstehe es«, meint Mama. »Schließlich bezahlt eine Stiftung deinen Aufenthalt und Unterricht im Gymnasium.«

Was wir nicht wussten, oder vielleicht verdrängt hatten: Das Musikgymnasium ist ein Internat. Ich werde dort wohnen und nur jeden zweiten Sonntag nach Hause dürfen. Und natürlich in den Ferien. Da kullern erst einmal eine ganze Menge Tränen: Bei Mama, bei meinen kleinen Geschwistern und auch bei mir. In einer Woche ist es soweit. Erst jetzt bemerke ich, dass Mamas Augen ihren Glanz verloren haben, dass sie müde aussieht und ihre Haut grau schimmert. Kleine Falten kräuseln sich um ihren Mund und zwei Falten haben sich in ihre Stirn gegraben.

»Wie kommt ihr zurecht, wenn ich nicht mehr bei euch wohne? Wer bringt Pedro zur Schule? Wie passt das mit deiner Nachtarbeit zusammen?«

»Wird schon irgendwie gehen«, murmelt Mama. Sie zuckt hilflos mit den Schultern und seufzt.

Mama besorgt eine Reisetasche für mich. Meine Noten packe ich ganz nach unten, auch meine Bücher. Die Schulhefte der vergangenen Jahre überlasse ich Pedro und Fee. Ich setze mich auf den Schemel und blättre sie noch einmal wehmütig durch. Mama, Pedro und Fee bringen mich zum Busbahnhof. Mama trägt meine Reisetasche, ich natürlich meinen Geigenkasten. An meinem anderen Arm und der freien Hand klammern sich Pedro und Fee fest. Sie ziehen, jammern und klagen den ganzen Weg über.

»Warum verlässt du uns, Leon, was sollen wir ohne dich machen? Wer passt auf uns auf?«

»Ich verlasse euch doch nicht für immer, ich komme wieder, schon am übernächsten Sonntag, und in allen Ferien bin ich bei euch. Ich vergesse euch nicht, niemals, versprochen. Nicht nur für mich beginnt ein neues Stück Leben, für euch genauso. Jeder Augenblick ist ab jetzt ein Neubeginn.« Sie blicken mich verständnislos und kummervoll an.

»Nun hört auf zu jammern.« Aber mir ist genauso elend zu Mute. Am Busbahnhof wollen sie mich gar nicht mehr loslassen. Pedro und Fee hängen an meinem Hals, springen auf meinen Rücken. Mama muss sie regelrecht loszerren.

»Wir haben dich lieb!«

»Ich habe euch auch lieb!«

»Guten Tag, Leon. Ich bin Luiz, ich gehe in die 11. Klasse und bin für die Neuankömmlinge zuständig. Ich zeige dir jetzt dein Zimmer. Du wohnst mit Fernando zusammen. Wenn du Hilfe brauchst, komm zu mir.«

So ein großes, helles Zimmer habe ich noch nie gesehen. Ich blicke mich staunend um. Zwei Betten stehen sich gegenüber, jeweils am anderen Ende der Wände. Ich habe ein Bett für mich ganz allein. Darüber liegen eine bunt gewebte Decke und ein paar Kissen. »Hier kannst du es dir auch tagsüber bequem machen. Deine Schulkleidung hängt im Schrank.« Ich beiße mir auf die Lippen, weil ich nicht zeigen will, wie ungewohnt solch ein nobles Zimmer für mich ist. Nicht nur das große weiche Bett ist für mich alleine, auch ein eigener Schrank, ein Schreibtisch und Regale. Das alles befindet sich in der einen Hälfte des Zimmers. Die andere Hälfte, die Möbel spiegelbildlich zu meinen angeordnet, ist Fernandos Reich. Sein Teil zeigt ein buntes Durcheinander von Büchern, Noten, Heften, und auf seinem Schreibtisch liegen Geldscheine herum, einfach so, staune ich.

»Fernando wird gleich hier sein. Er ist auch in der siebten Klasse und spielt Klavier.« Fernando ist ein netter Junge, aber er scheint aus einer anderen Welt zu stammen. Wie er spricht, klingt vornehm, er wählt seine Worte mit Bedacht. Sein Zuhause, erzählt er, ist eine Villa mit sieben Zimmern. Er hat eine Mama, die er kaum sieht, weil sie als berühmte Pianistin in der ganzen Welt Konzerte gibt. Sein Papa ist viel unterwegs, Geldverdienen. Um Fernando kümmert sich eine Haushälterin. Das alles erfahre ich kurz vor dem Einschlafen. »Ein Drachen«, kommt es aus Fernandos Ecke. »Und immer wieder neue Kindermädchen. Mal waren sie nett, mal weniger.«

Fernando kann sich gar nicht vorstellen, dass man mit vier Personen in einer Wellblechhütte wohnen kann. Aber er beneidet mich um meine Geschwister. »Es ist sehr langweilig, in einem großen Haus allein zu sein. Ich konnte mit niemanden spielen, außer mit den Kindermädchen. Ein Lehrer kam ins Haus und hat mich unterrichtet. Und ich musste den ganzen Tag Klavier üben.«

»Musstest?«, frage ich ungläubig.

»So toll war das nicht. Ich habe es mir nicht ausgesucht. Meine Eltern wollten das, vor allem meine Mama. Und jetzt kann ich nichts anderes. Aber seit ich hier bin, geht es mir viel besser.«

»Du Armer!«

Er tut mir schrecklich leid. Obwohl Fernando so reich ist, scheint sein Leben doch ziemlich arm zu sein. Mir wird klar, dass Reichtum nichts mit Glück zu tun hat. Ich fühle mich durch die Liebe meiner Familie viel reicher als Fernando zu sein scheint. Ich sehne mich nach meiner Familie, vermisse sie so sehr.

»Wir können ja mal gemeinsam musizieren, wenn du Lust hast«, schlage ich vor.

Fernando schaut mich skeptisch von der Seite an. »Wäre schön. Als Pianist sitzt man immer allein vor dem großen Instrument und muss sich immer wieder an andere Instrumente gewöhnen. Ich kann meinen Flügel ja nicht mitschleppen. Als Pianist ist man ziemlich einsam.«

Wie gut es mir geht. Ich darf auf einem ganz besonderen Instrument spielen, habe die beste Lehrerin der Welt und ich darf üben. Ich fühle mich sehr reich. Aber das Allerwichtigste ist, Leticia bleibt meine Lehrerin!

Da ich an das frühe Aufstehen gewöhnt bin, kann ich auch, wie gewohnt, vor dem Schulbeginn Geige üben. Es gibt schalldichte Übungsräume, mit und ohne Klavier. Man muss nur seine Übungszeiten auf einem Zettel an der Tür eintragen.

»Du bist der erste Mensch, der mir begegnet, der vor dem Wecken freiwillig übt.«

»Aber wenn ich doch schon wach bin.«

»Du könntest für mich Übungszeiten rund um die Mittagspause eintragen. Wenn ich aufgestanden bin, sind die meisten Räume schon belegt.«

»Klar, mach ich das.«

Die Schulstunden, der allgemeine Unterricht, alles ist anspruchsvoller geworden. Für mich ist es neu, dass ich abends am Schreibtisch Aufgaben zu erledigen habe. Fernando hat schnell herausgefunden, dass mir Mathematik gut liegt. »Kannst du mir das mal erklären? Ich habe heute in Mathe nichts verstanden.« In Englisch ist es umgekehrt. Ich muss ein Jahr nachholen. Fernando hilft mir. Er spricht perfekt Englisch.

Dafür kann ich in der Arbeitsgemeinschaft Deutsch einen Kurs überspringen.

Endlich ein freier Sonntag, ich darf nach Hause, endlich meine Familie besuchen. »Diese Sonntage sind immer die schlimmsten«, brummt Fernando. »Keiner bleibt hier, alle fahren heim.«

»Warum gehst du nicht nach Hause?«

»Da ist es ja noch einsamer. Mein Vater, wenn er überhaupt da ist, hat seinen Kopf voll mit allen möglichen Dingen und telefoniert ständig. ›Tut mir leid, Fernando‹, sagt er dann, ›wenn man Erfolg haben und Geld verdienen will, muss man auf vieles verzichten. Wenn du Geld brauchst, du kennst ja die Nummer von unserem Tresor‹.«

»Und deine Mutter?«

»Meine Mutter kann ich im Fernsehen angucken. Sie ist zurzeit in Amerika. Für mich hat sie eine DVD besprochen.«

Mich schaudert es. Der arme Fernando. »Wie kannst du mit so wenig Liebe leben?«

»Man gewöhnt sich daran«, sagt er lakonisch.

»Ich habe eine Überraschung!« Mama umarmt mich lachend. Sie läuft mir mit Pedro und Fee entgegen und macht ein geheimnisvolles Gesicht. »Gut schaust du aus, mein Junge. Wie geht es dir?«

»Prima, aber ich vermisse euch.«

»Nun erzähl erst einmal von dir, bevor ich mit unseren Neuigkeiten herausrücke.«

Ich erzähle vor allem von Fernando, dem reichen, armen Jungen, mit dem ich das riesengroße Zimmer teile. Die Kleinen sind ganz begierig, alles zu erfahren und fragen mir Löcher in den Bauch.

Ich bemerke ein merkwürdiges Glitzern in Mamas Augen. Hoffentlich kein neuer Mann und nicht schwanger, schießt es mir durch den Kopf.

»Ich gehe jetzt auch zur Schule«, verkündet Fee, reckt ihren Hals und macht ein wichtiges Gesicht.

»Aber du bist doch erst fünf Jahre alt.«

»Es ist ein Kindergarten, eine Art Vorschule«, erklärt Mama. »Ich habe die Nachtarbeit aufgegeben und eine neue, sehr schöne Beschäftigung gefunden.« Ihr Blick geht zur Leine, die immer noch quer durch die Hütte gespannt ist. Kein Glitzerkleid hängt dort, nur Handtücher und Hosen von Pedro und ein weißer Kittel. »Eure Schule hat eine Küchenhilfe gesucht. Es ist eine gut bezahlte Arbeit, sie macht mir Spaß, und meine Teigtaschen von früher sind heiß begehrt. Weißt du noch, Leon, damals, als wir glücklich in einem Haus am Strand gewohnt haben und eine lange Schlange vor meiner Strandbar mittags immer nach meinen Teigtaschen angestanden hat?«

Und wie ich mich erinnere. Es ist meine früheste Erinnerung aus meiner Kindheit, und der Duft von Mamas Köstlichkeiten scheint mir sofort wieder in die Nase zu steigen.

»Unser Tagesablauf ist jetzt wunderbar, ganz ohne Stress.« Mama lacht wieder ihr gurrendes Lachen, wie früher. »Wir machen uns alle drei morgens um 7 auf den Weg. Von 8 bis halb 10 helfe ich im Kindergarten, den der Pfarrer im Gemeindesaal der Kirche eingerichtet hat und in den alle kleinen Kinder aufgenommen werden, deren größere Geschwister zur Schule gehen. Mit Fee sind es schon zehn Kinder. Wir singen, basteln, spielen. Und wenn die Jungen draußen mit ihrem Fußball herumrennen, tanze ich mit den Mädchen.«

Fee zeigt mir stolz ein niedliches Röckchen aus Tüll. »Hat mir Mama genäht, ziehe ich zum Tanzen an. Im nächsten

Monat kauft mir Mama Tanzschuhe. Ich will Samba-Tänzerin werden.«

Mama schmunzelt, ihre Augen leuchten. »Manchmal erzähle ich den Kindern eine Geschichte …«

»… und ich habe Mama von deinem Kolibri erzählt«, unterbricht Pedro sie, »von dem Kolibri, der uns manchmal auf dem Schulweg begleitet hat.«

»Pedro ist sich ganz sicher, dass der Kolibri mit seinem Tirili auch für ihn Zaubermelodien gesungen hat und euch damit in eine andere Welt lockte. Den Kindern erzähle ich dann eine Geschichte, die immer mit den Worten beginnt: ›Wenn der Kolibri singt‹, und sie lauschen dann ganz hingebungsvoll.«

Wie froh ich bin, dass meine Familie so glücklich ist!

Dieser Sonntag geht zu schnell vorbei. Ich muss an Fernando denken. Er wird nichts zu erzählen haben. »Habe gelesen und Klavier geübt«, wird er sagen und fragen: »Wie war es bei deiner Familie? Erzähl mir von deinen Geschwistern, das sind immer so spannende Geschichten.« Fernando wird mir ein richtig guter Freund. Wir spielen alle Mozart-Sonaten zusammen und eine wunderbare Sonatine von Antonin Dvorak. Wir lernen zeitgenössische brasilianische Musik kennen. Und ich merke, dass er nicht nur mein Begleiter am Piano ist, sondern dass wir echte Partner werden. Es ist ein Hören und Zuhören, ein gegenseitiges Geben und Nehmen.

Fernando kommt immer mehr aus seinem Schneckenhaus heraus. Er ist wirklich ein sehr guter Klavierspieler und bald nicht mehr zu bremsen. »Klavierspielen kann ja richtig Spaß machen«, ruft er mit funkelnden Augen. Bin ich zu laut?«

»Auf keinen Fall!«

Unser erstes gemeinsames Konzert steht auf dem Programm. »Fernando ist gar nicht wiederzuerkennen«, wundern sich die Lehrer. Leticia ist glücklich, dass ich so einen guten Musizierpartner gefunden habe. Das bin ich auch.

In der Zwischenzeit laufen die Proben für das Jugendorchester. Bis zur Tournee sind es noch sechs Wochen, die ebenso in den Ferien stattfindet wie auch die intensive Probenphase davor. Im Augenblick haben wir an jedem Wochenende sogenannte Registerproben. Das heißt, aller mitspielenden Jugendlichen aus der gesamten Region treffen sich zu getrennten Proben im Konservatorium. Leticia leitet die Proben der Violinen. Manchmal steht eine Tutti-Streicherprobe auf dem Plan. Es ist sehr spannend zu hören, wie sich die Musik aus einzelnen Teilen zusammenfügt, um zu einem wunderbaren Klang zu verschmelzen, wie bei einem Puzzle, oder zu leuchten beginnt, wie die farbenreichen Mosaike in manchen Kirchenfenstern. Ich kann es kaum erwarten, bis die Bläser dazukommen. Die beiden letzten Wochen verbringt dann das gesamte Jugendorchester, wir sind 95 Jungen und Mädchen, in einem Camp in Rio de Janeiro. Es ist meine erste große Reise und ich bin sehr aufgeregt.

Einen Sonntag vorher hat man uns frei gegeben, um unsere Familien zu besuchen. Zuhause ist etwas ganz Außergewöhnliches passiert. Ich kann es immer noch nicht glauben. Mama hat eine kleine Zweizimmer-Wohnung gefunden, ganz in der Nähe von der Schule. Meine Familie verlässt die Favela und ich helfe beim Umzug. Pedro und Fee hopsen vor Freude herum und Mama kämpft mit den Tränen. »Ich weine vor lauter Freude, ich kann es kaum fassen. Wir haben ein richtiges Klo mit Wasserspülung und eine Dusche, aus der kaltes und heißes Wasser fließt, ganz für uns allein. Es gibt ein Schlafzimmer mit drei Betten, sogar unser Schrank passt noch hinein und die Kommode. Das Wohnzimmer müssen wir noch einrichten. Den Tisch nehmen wir mit und die Stühle, natürlich auch die Liege, für dich, wenn du nach Hause kommst. Die Küche hat einen Ausgang zu einem kleinen Balkon. Dort werde ich Blumen pflanzen und ein paar Küchenkräuter.« Mamas Augen leuchten wieder wie früher. Es ist wie ein wunderschöner Traum, der wahr geworden ist.

»Pass auf deine Hände auf, Leon, verletz dich bloß nicht. Trag bitte keine Möbel, nur die leichten Sachen oder Wäsche. Nachher kommen Männer, um uns zu helfen.« Wie lieb Mama sich um mich sorgt. Ich muss sie mal eben zwischendurch umarmen und ihr einen dicken Kuss geben. Wie stolz ich auf sie bin! Aus eigener Kraft hat sie es geschafft, das armselige Leben in der Favela zu verlassen, hat immer einen Weg gefunden, selbstständig für uns Kinder zu sorgen. »Du hast mir Mut gemacht, Leon. Du hast mir und deinen Geschwistern Kraft gegeben, gezeigt, dass man etwas schaffen kann, wenn man etwas wirklich will. Deine Suche nach dem Licht, deine Lichtblicke haben auch uns geholfen.«

Mama und ich sitzen auf der Treppe vor unserer Hütte. Pedro will noch einmal mit seinen alten Kumpels Fußball spielen, und Fee will den Nachbarn adeus sagen. Kartons, Kisten und viele Taschen und Tüten stapeln sich um uns herum und warten darauf, dass sie abgeholt werden. Der Mann vom Kiosk hat einen kleinen Transporter besorgt und zwei junge Männer zum Tragen.

»Neulich habe ich euren Schuldirektor kennengelernt. Wegen Pedro sollte ich in seine Sprechstunde kommen. Pedro war immer wieder in Prügeleien verwickelt, innerhalb der Schule und außerhalb, und immer ging es um Fußball. Ich war ganz verzweifelt. Wir müssen etwas unternehmen, hat der Direktor eindringlich gesagt. Wir müssen etwas finden, was ihn vom Fußball ablenkt. Auf seinen Rat hin habe ich ihn in einer Trommelschule angemeldet, wo er zwei Mal in der Woche sein wildes Temperament austoben kann.«

»Prima, das ist die Lösung.«

»Du solltest ihn mal sehen, wie sein ganzer Körper vibriert und wie seine Trommelschläge in rasanten Schwingungen durch die Luft sausen. Beim nächsten Straßenfest darf er schon vorne in der ersten Reihe mitmachen.«

Ich bin begeistert, hätte nie gedacht, dass ihm außer Fußball irgendetwas anderes gefällt.

»Der Direktor ist wirklich ein sehr netter Mann. Er hat mir einen alten Reiterspruch verraten: »Wirf dein Herz über das Hindernis und spring hinterher.« »Wusstest du, dass er als kleiner Junge sehnsüchtig den Gauchos auf der Farm seiner Großeltern nachgeschaut hat, wenn sie auf ihren Pferden wild durch die Steppe galoppierten?«

»Nein, davon hat er mir nie erzählt«, staune ich.

»Wie gern wäre er mitgeritten. Seine Versuche scheiterten aber immer, weil jedes Mal seine Brille kaputt ging. Ohne Brille bin ich blind wie ein Maulwurf, hat er lachend zu mir gesagt. Und er hat mir ein paar kluge Ratschläge mitgegeben: Dass in jedem Schatten auch ein Licht verborgen ist und dass man die Suche danach nicht aufgeben darf. Niemals darf man die Hoffnung aufgeben.« Wie Recht er hat.

»Euer Direktor ist ein weiser Mann, er hat seinen Platz im Leben gefunden. Wir können viel von ihm lernen.«

»Ich bin ihm unendlich dankbar, er hat mir immer sehr geholfen, hat auf mich geachtet und mich gefördert, wann immer er konnte. Man muss Visionen haben, hat er oft zu mir gesagt.«

Das letzte Konzert vor der Tournee findet bei uns in Salvador da Bahia statt. Ich habe für meine Familie Karten in der ersten Reihe besorgt. Fee hat darauf bestanden, ihren Tüll-Rock anzuziehen, und Mama hat ihr eine große Schleife ins Haar gebunden. Pedro trägt eine lange Hose und ein weißes Hemd. Seinen struppigen Lockenkopf hat Mama mit etwas Gel gebändigt. Fee baumelt mit den Beinen. Pedro zappelt ausnahmsweise nicht herum, er sitzt kerzengerade auf seinem Platz, nur seine Finger trommeln leise auf den Oberschenkeln einen Rhythmus.

Mama hat sich ein neues Kleid aus bunt geblümtem Stoff genäht. Aus dem gleichen Stoff hat sie sich fantasievoll einen Turban gebunden. Nur ein paar kleine Löckchen aus ihrer Löwenmähne lugen daraus hervor. Aufrecht sitzt sie auf ihrem Stuhl, ihre Augen leuchten, und um ihren Mund spielt ein stolzes Lächeln.

Ich sitze erwartungsvoll am Pult der ersten Violinen. Der große Saal ist gefüllt bis zum letzten Platz. Zunächst brodelt die Stimmung, dann flüsterndes Raunen. Der Dirigent betritt die Bühne, das Orchester erhebt sich, jubelnde Begrüßung, die sich nur langsam bis zu einem leisen Knistern abschwächt. Dann gehcimnisvolle Stille, eine Stille, die man hören kann. Die Musik beginnt mit der Ouvertüre zu Mozarts Oper »Die Zauberflöte«. Nach der Pause werden wir mit den ungezügelt stampfenden Rhythmen und den stürmischen, glutvollen Klängen von Strawinskys »Feuervogel« die Zuhörer verzaubern.

Später erzählt mir Mama, wie sehr Leidenschaft und Innigkeit in meinem Gesicht geglüht haben. Auch innerlich brenne ich – vor Neugier, vor Erwartung und vor Sehnsucht. Nicht nur wegen des Konzerts, ja nicht einmal wegen der bevorstehenden Tournee. Es ist eine Flamme, die viel weiter züngelt, hinein in eine unbekannte Zeit, bis hinein in meine Zukunft. Tief in mir lodert diese Flamme begierig und ungeduldig. Fieberhaft steigt sie hoch und sucht nach neuem Brennstoff. Ich denke, das sind Visionen, Zukunftsbilder, von denen der Schuldirektor immer gesprochen hat. Ich bin Feuer und Flamme. Ich will wissen, was das Leben für mich bereithält.

DEM HIMMEL GANZ NAH

Das Flugzeug gleitet über den Wolken. Auch ich scheine zu schweben. Alles ist leicht, schwerelos. Ich fühle mich frei wie ein Vogel, fliege wie der Kolibri und fühle mich dem Himmel ganz nah.

Es ist das erste Mal, dass ich in einem Flugzeug sitze. Meine Aufregung schlummert vor sich hin. Meine Geige liegt sicher im Gepäckteil über mir. Zuerst wollte ich sie gar nicht hergeben, habe den Kasten fest an meinen Körper gepresst, aber dann habe ich eingesehen, dass sie dort gut aufgehoben ist, wie alle anderen Instrumente auch. Nur die Cellisten und die Kontrabass-Spieler mussten sich natürlich von ihren Instrumenten trennen. Am Flughafen wurden sie in überdimensional großen Kisten sorgfältig verstaut und kamen als Extra-Fracht in den Flugzeugbauch. Wenn man in einem berühmten Orchester spielt oder als Solist sehr berühmt ist, wird für Cellisten ein zweiter Sitzplatz für sein Instrument reserviert. Aber da muss man schon sehr berühmt sein und über sehr viel Geld verfügen.

Ich habe einen Fensterplatz erwischt. Mein Blick wandert über die geballten, sich ständig verändernden Wolkentürme. Ich muss an den Tag mit Jessica denken, als wir an meinem Fluss auf dem moosbewachsenen Boden lagen und die unterschiedlichsten Figuren, Gesichter und Formen erspähten. Ob ich Jessica wiedersehe? Wird dasselbe Knistern uns noch verbinden? Wird wieder der Blitz in uns fahren, wenn sich unsere Hände berühren? Auf jeden Fall werde ich mich trauen, sie zu küssen.

Ein Stückchen Blau lugt durch die Wolkengestalten, ein Hoffnungsblau, es wird größer, breitet sich aus. Plötzlich leuchtet ein Streif am Horizont, flammengleich in orange-roten Tönen. Dann bohren sich die ersten Strahlen durch die Wolken, und der glutrote Ball der Morgensonne scheint zum Greifen nah.

In einer Stunde werden wir in Portugal landen. Lissabon ist die erste Station unserer Tournee. Die Wolken brechen ausei-nander. Unter mir, im Morgenlicht, wie in ein milchiges Glas getaucht, der Atlantik. Wie eine Krake greifen die Flächen inei-nander, als hätte man eine Riesenlandkarte auseinander gefal-tet. Ganz allmählich gleitet das Flugzeug tiefer. Meine Ohren verschließen sich. Aber ich gerate nicht in Panik. Man hat uns vorher erklärt, was passiert, wenn der Luftdruck sich verän-dert: wir sollen ein bisschen schlucken, oder versuchen zu gähnen, oder ganz einfach abwarten. Spätestens wenn man den Boden unter den Füßen spürt, ist es vorbei. Die Landung ist ziemlich hart, weil von allen Seiten kräftige Winde am Flug-zeug rütteln, wie uns der Pilot mitteilt. Trotzdem bewundere ich unseren Flugkapitän sehr. So eine riesige Maschine mit beinahe 200 Menschen an Bord aus 12.000 Metern Höhe sicher auf dem Boden landen zu können, verdient Respekt.

Ich schnaube mir die Nase, gähne, schlucke. Meine Ohren sind immer noch verstopft. Hoffentlich geht das Gefühl bald weg. Ich bin ein wenig wackelig auf den Beinen und benebelt im Kopf, als ich die schmale Treppe hinunter steige. Warme, schwüle Luft schlägt mir entgegen. Logisch: Es ist Mitte August, in Europa also Hochsommer, in Brasilien haben wir jetzt Regenzeit mit milden Temperaturen. In der Ankunftshalle erwarten uns die künstlichen Temperaturen einer Klimaanlage. Mich fröstelt, allen anderen scheint es genauso zu ergehen. Wir blinzeln schläfrig. So ein Nachtflug verschlingt Zeit, macht aber nicht munter. Wir sind um 19.00 Uhr in São Paulo gestartet und dann zehn Stunden lang durch die Nacht geflogen. Unsere Uhren sollen wir aber um vier Stunden vorstellen. Jetzt wird in São Paulo bald die Sonne aufgehen, und ich drehe brav die Zeiger auf neun Uhr.

Alle Koffer sind mitgekommen, unser Reiseleiter ist zufrieden. Der fröhliche Empfang mit Fähnchen und Willkommensrufen soll uns aufmuntern. Wir steigen in Busse und fahren in ein Hotel. Es ist ein Jugendhotel, eine Art Camp außerhalb von Lissabon gelegen. Ich fühle mich immer noch schwerelos, setze meine Füße mechanisch. Vor mir spielt sich alles ab wie in einem Film: Die Landschaft, die Menschen, der Straßenverkehr. Eben noch über den Wolken, versuche ich mir vorzustellen, an welcher Stelle des Globus ich mich befinde. In ein paar Stunden solch eine enorme Entfernung überwunden zu haben, erscheint mir wie ein Traum. Meine Gedanken hinken der Zeit hinterher. An die Stadtrundfahrt kann ich mich später nicht mehr so gut erinnern. Ich bin nämlich im Bus eingeschlafen, wie die meisten von uns. Das Geplapper der engagierten Reiseführerin folgt mir bis in meinen traumlosen Schlaf.

Unser Dirigent scheint ein wenig nervös. Bei der Probe ist er ungeduldig, gar nicht so aufmunternd, wie wir es von ihm kennen. Ständig springt er vom Podium in den Zuhörersaal. Er ist mit der Akustik nicht zufrieden. »Die Bühne ist wie ein Käfig, sie schluckt den ganzen Klang«, schimpft er und probiert es mit einer Umbesetzung: »Europäische Aufstellung, zweite Violinen auf die rechte Seite, Celli in die Mitte, Kontrabässe links, Bratschen rechts daneben, Hörner auf die rechte Seite«, kommandiert er.

Trotzdem wird das Konzert ein Erfolg. Die Menschen

jubeln. Zwei Tage später fliegen wir nach Spanien. Ich genieße den Flug nach Barcelona, diese Schwerelosigkeit bis in jeden Winkel meines Körpers. Obwohl die beiden Städte im Vergleich zu den Entfernungen in Brasilien nahe beieinander liegen, scheinen die Menschen in Spanien ganz anders zu sein als in Portugal. Überschäumende Lebensfreude, alles scheint sich im Freien abzuspielen. Auf den Straßen und Plätzen sieht man überall lachende, tanzende Menschen. Ich fühle mich ein bisschen wie zu Hause, obwohl alle Spanisch sprechen. Doch durch ihre Mimik und Gesten kann man sie recht gut verstehen. In Portugal und Brasilien spricht man zwar die gleiche Sprache, aber sie klingt hier anders, denn in Brasilien sprechen wir ein ursprünglicheres Portugiesisch. Obendrein wirken die Portugiesen verschlossener auf mich. Sie sind freundlich und hilfsbereit, doch lassen sie einen nicht so nah an sich heran. Das Leben selbst spielt sich mehr im Inneren der Häuser ab. Sicherlich hat das geschichtliche Hintergründe. Das werde ich später mal erforschen.

In Barcelona ist der Konzertsaal perfekt, der Dirigent zufrieden und die Menschen springen beim Applaus sogar von ihren Sitzen auf, so begeistert sind sie. Die obligatorische Stadtrundfahrt verschlafe ich dieses Mal nicht, und so prägen sich mir nachhaltige Erinnerungen an diese faszinierende Stadt ein: Die märchenhaften Gebäude des Architekten Gaudi, seine fantasievollen Anleihen aus der Natur bei der Umsetzung und Gestaltung seiner Ideen.

Weiter geht's nach Paris. Jetzt bin ich doch etwas nervös. Wir bleiben vier Tage in dieser berühmten Stadt und werden zwei Konzerte geben. Es ist die letzte Station vor unserem Aufenthalt in Berlin. Dort werde ich hoffentlich Jessica wiedersehen. Die Begegnung mit dem Jugendorchester, das uns vor zweieinhalb Jahren besucht hatte, steht auf dem Programm, und wir werden die Ungarischen Tänze von Brahms zusammen spielen. Die Musik, die mich damals beim Zuhören beinahe vom Stuhl gerissen hat. Ich werde immer aufgeregter, kann kaum an etwas anderes denken und müsste doch, hier in Paris, meine ganze Konzentration, meine Energie, mein Herzblut auf das Heute und Jetzt lenken.

In Paris werden wir in einem ehrwürdigen alten Gebäude empfangen, dem Conservatoire. Ein Professor hält eine Rede, in der Mensa gibt es leckeres Essen und ein Streichquartett spielt für uns zur Begrüßung. Danach beginnen sofort die Proben. Unser Dirigent fiebert dem Konzert geradezu entgegen, und auch ich bin gespannt wie ein Flitzebogen. Wir werden das Cello-Konzert von Lalo spielen. Das Abenteuerliche daran ist, wir kennen den Solisten noch nicht. Es ist ein 17-jähriger Student vom Pariser Conservatoire und wir haben den Orchesterpart ohne Solisten einstudiert. Man spielte uns zwar verschiedene Aufnahmen vor, und einmal kam auch ein Celloprofessor in eine Orchesterprobe. Das war's aber.

Nun brennen wir alle auf das erste Zusammentreffen. Mal sehen, wie sich das fügt. Ich bin doppelt aufgeregt, denn ich darf für dieses Stück als Konzertmeister die ersten Violinen und so auch das ganze Orchester anführen. Da muss ich hellwach sein, mit allen Sinnen, und aufpassen, genauso wie der Dirigent. Aber alles geht gut. Pierre, der Solist, ist sehr nett und spielt sehr sicher. Seine Natürlichkeit, sein Temperament, seine Musizierfreude und Sensibilität strahlen auf das ganze Orchester. Wir verstehen uns sofort, mit wenigen Worten, mit Blickkontakten und offenen Ohren. In der Pause trinken wir eine Cola zusammen. Dieses Konzert wird ewig in meinem Gedächtnis bleiben, es wird zu einem beeindruckenden Erlebnis, zu einem Höhepunkt der gesamten Tournee. »Ich bin sicher, wir sehen uns wieder«, sagt Pierre nach dem Konzert. Auch ich spüre, dass wir uns nicht zum letzten Mal begegnet sind.

Endlich Berlin! Kaum sind wir in Paris gestartet, schon beginnt eineinhalb Stunden später der Landeanflug. Wir schweben über Seen und Wälder, kleine Wolken tummeln sich neben uns wie Schaumkrönchen am blauen Himmel. Plötzlich sehen wir ganz dicht unter uns viele Autos, die sich auf grauen Straßen schlängeln, und es ist, als ob wir beinahe zwischen den Häusern hindurch fliegen. Der Flughafen liegt mitten in der Stadt. Hier scheint die Landung auch nicht einfach zu sein. Das Flugzeug wird scharf abgebremst und es holpert mächtig, als die Räder den Boden berühren.

Als wir unsere Koffer durch eine Pendeltür in die Wartehalle ziehen, empfängt uns eine johlende Gruppe Jugendlicher mit Transparenten, die sie durch die Luft schwenken. Bemvindo, Orquestra Sinfonica Jovem do Brasil. Jessica steht in der ersten Reihe. Ich erkenne sie sofort. Sie lacht und winkt, doch sie schaut nicht nach mir, sondern scheint alle anzustrahlen. Wie hübsch sie ist. Genauso hatte ich sie in Erinnerung. Aber irgendwie scheint sie mir so viel erwachsener zu sein. Mehr als zwei Jahre sind vergangen; ich habe mich ja auch verändert. Ob sie mich wiedererkennt? Sie begrüßt die ersten Orchestermitglieder: Eine kurze Umarmung, Küsschen rechts, Küsschen links, ein lächelnder Blick … da sind sie wieder, ihre beiden Grübchen!

Jetzt sieht sie mich, sie winkt mir zu. »Hey Leon, como

está?« Ihre Umarmung dauert nicht länger als bei den andren, obwohl ich versuche, sie ein wenig festzuhalten. Ihre schnellen Küsschen rechts und links sind noch nicht einmal ansatzweise in Richtung Mund gerutscht, obwohl ich meinen Kopf extra gedreht habe. »Liebe Jessica, ich freue mich sehr, dich wiederzusehen«, sage ich auf Deutsch, gut artikuliert, und meine Augen müssen gestrahlt haben, wie die Sonne.

»Wow, Leon, du hast Deutsch gelernt«, ruft sie überrascht. »Ich bin beeindruckt.«

»Natürlich, ich habe es doch versprochen.«

Aber da ist sie schon bei dem Nächsten: Küsschen rechts, Küsschen links. Eine leise Enttäuschung kriecht in mir hoch. Ich wische sie weg. Hier sind zu viele Menschen, da wird sie sich nicht getraut haben, eine Ausnahme-Begrüßung bei mir zu machen. Wenn wir uns allein gegenüberstehen, wird es sicherlich anders sein. Ich werde mich jedenfalls trauen. Ich habe die ganzen Tage zuvor darauf gewartet, nein, mehr als zwei Jahre warte ich schon auf meine Jessica.

Noch am Flughafen werden wir auf unsere Gast-Familien verteilt. Als ich zusammen mit meinem Pultnachbarn Guilherme aufgerufen werde, quetscht sich ein Junge durch die Menge und kommt auf uns zu. »Hallo, ich heiße Andreas, spiele Bratsche und freue mich, dass ihr beide bei mir wohnt«, sagt er höflich und betont langsam. »Versteht ihr mich?«

»Danke, sehr gut«, antworte ich, und Guilherme wirft mir einen dankbaren Blick zu. Er lernt noch nicht lange Deutsch.

Der Vater von Andreas schnappt sich gleich unsere Koffer und seine Mutter legt ihre Arme um unsere Schultern. »Ihr werdet müde sein. Wir fahren erst einmal zu uns nach Hause, da könnt ihr euch ein wenig erholen. Heute Abend findet eine Begrüßungsparty für euch statt. Da könnt ihr euch ein wenig beschnuppern. Versteht ihr mich? Oder spreche ich zu schnell?«

»Nein, nein, ist schon okay.« Das Wort »beschnuppern« finde ich allerdings merkwürdig, in dem Zusammenhang. Scheint ein anderes Wort für kennenlernen zu sein. Guilherme schaut mich etwas ratlos an und ich versuche eine Erklärung: »Ich lerne schon seit drei Jahren Deutsch, Guilherme erst seit einem Jahr. Ich kann für ihn übersetzen.« Guilherme ist das ein bisschen peinlich, sagt jedenfalls sein Blick. Vielleicht hätte ich es anders formulieren müssen. »Wir zwei sind Pultnachbarn, Guilherme ist ein großartiger Geiger und ein sehr guter Freund von mir«, sage ich betont langsam und knuffe ihn in die Seite. Guilherme lächelt befriedigt.

Andreas hat sein Zimmer geräumt und ist in das Zimmer von seinem älteren Bruder gezogen. Das finde ich sehr nett. »Das wäre nicht nötig gewesen.« »No Problem«, kommt prompt als Antwort. Wir haben sogar das zweite Badezimmer für uns alleine. Die Familie ist wirklich für uns zusammengerückt. Sie bewohnen eine Haushälfte in einer Siedlung und keine Sieben-Zimmer-Villa wie mein Schulkamerad Fernando. Diese Gastfreundschaft durchströmt mich wie eine warme Welle. Das Duschen ist herrlich. Ich lasse mir das kühle Wasser über Gesicht und Körper rieseln. Man kann sogar den Brausekopf verstellen, und schon prickelt es wie Sprudel.

Ich spiele ein paar Töne auf meiner Geige. Ich will sehen, ob sie den Flug gut überstanden hat. Ein paar Tonleitern, ein paar Passagen, das muss reichen für heute. Morgen Vormittag ist Probe und abends dann das erste Konzert. Jetzt brauche ich erstmal nur ein frisches Hemd. »Konzertklamotten bitte für morgen aufsparen. Jeans reichen für die Party«, ruft Andreas, als er grinsend in der Tür steht und mitkriegt, dass ich mich für kein Hemd entscheiden kann. Erklären kann ich ihm aber schlecht, dass ich an Jessica denke und nur ihr gefallen möchte. Andreas Vater fährt uns mit dem Auto zur Party. »Der Saal ist eine Mehrzweckhalle, sie liegt in einem anderen Stadtteil. Ich hole euch kurz vor 23 Uhr wieder ab. Viel Spaß!«

Der große Saal ist schon toll geschmückt, mit Luftballons, bunten Papiergirlanden und Lichterketten. Andreas Mutter hat uns noch eine Schüssel Salat und einen Kuchen mitgegeben. Auf einer langen Tafel hat man ein Buffet aufgebaut. Dort türmen sich die herrlichsten Sachen: verschiedene Salate, Fleischbällchen, die man hier in Berlin Bouletten nennt, Kuchen, Brot, Käse, Obstsalat. Ich kriege Appetit. Ein paar ältere Jungs haben zwei Kästen Bier reingeschmuggelt. Verschwörerisch halten sie einen Finger vor den Mund. »Psst, dürfen die Eltern nicht merken. Die meisten sind noch nicht 18 Jahre und Alkohol ist tabu heute Abend.«

Als die Eltern sich verabschiedet haben, und das geht nicht ohne mahnende Worte, wird die Musikanlage voll aufgedreht: Disco-Musik. Leider nicht mein Fall. Zu laut, mir dröhnen die Ohren. Man kann sich gar nicht unterhalten, oder man muss ganz nah an die Person herangehen. Ich sehe den Lärm als Chance und suche Jessica. Da steht sie. Ich laufe zu ihr und will ihr endlich einen Kuss geben. Sie windet sich lachend aus meiner Umarmung und zieht mich auf die Tanzfläche. Wir tanzen, obwohl die Musik mir nicht gefällt. Aber der Rhythmus fährt einem doch in die Glieder. Wir tanzen, ohne uns zu berühren, Jessica umkreist mich, klatscht in die Hände und lacht ihr unbeschwertes Lachen. Sie blickt mich an. Funkeln ihre Augen, oder ist es das Licht, das sich in ihnen spiegelt? »Wollen wir uns setzen und ein bisschen reden? Ich kann schon ganz gut Deutsch«, schreie ich ihr ins Ohr.

Jessica wirft den Kopf in den Nacken, dass ihre langen Haare nur so herumwirbeln. Lachend schüttelt sie ihren Kopf, schaut mich direkt an und tippt mit ihrem Finger kurz auf meine Brust. »Die Musik ist doch toll, ich liebe es, zu tanzen. Herumsitzen ist doch öde.« Wenigstens ist sie beim Sprechen mit ihrem Mund ganz nah an meinem Ohr, aber enttäuscht bin ich doch.

Später sehe ich, dass Jessica dann doch auf einer Bank sitzt, neben ihr unser Trompeter. Er ist schon 17 Jahre alt. Sie sitzt ziemlich eng neben ihm. Jetzt legt er doch tatsächlich den Arm um ihre Schultern und zieht sie noch enger an sich. Jessica springt lachend auf und zieht ihn mit auf die Tanzfläche. Engumschlungen tanzen sie, gleich werden sie sich bestimmt küssen. Aber da will ich schon gar nicht mehr hinschauen. Es tut so verdammt weh, ich bin zutiefst verletzt.

Doch plötzlich dreht sich Jessica lachend aus der Umarmung, wirft dem Trompeter eine Kusshand zu und wirbelt ausgelassen zu unserem Schlagzeuger, der am Rand der Tanzfläche steht. Jetzt tanzt sie mit ihm, wirft ihm feurige Blicke zu, dreht sich im Kreis und lacht wieder ihr lockendes Lachen.

Ich suche Guilherme und Andreas, kann sie aber in dem Menschen-Gewimmel und dem flimmernden Licht nicht entdecken. Also schlage ich mir den Bauch mit Nudelsalat voll und hoffe, dass die Zeit schneller vergeht. Es hilft auch nicht, dass Jessicas Freundin sich zu mir setzt. Sie hat ihren Teller ebenso mit Nudelsalat gefüllt und versucht eine Unterhaltung mit mir.

»Soll ich uns was zum Trinken holen? Magst du Fassbrause? Erkennst du mich wieder? Ich bin die Freundin von Jessica. Wir haben damals die Plätze getauscht. Ich bin freiwillig in die zweiten Violinen gewechselt, damit ihr zusammen sitzen konntet. Erinnerst du dich?«

»Ja, natürlich«, nicke ich mit vollem Mund und kaue weiter. Sie bringt mir ein Glas mit sprudelnder Limonade und lächelt mir aufmunternd zu.

»Danke für die Limo. Wie heißt du eigentlich?«

»Sarah.«

»Ich muss an die frische Luft«, falle ich ihr ins Wort, lasse den leeren Teller, das Glas mit der Limonade und eine Sarah zurück, die mich mit ratlosen Blicken verfolgt. Draußen setze ich mich auf die Eingangstreppe, stütze den Kopf in beide Hände und wundere mich, dass es noch nicht dunkel ist. Es ist doch schon nach neun Uhr abends. Ich hatte vergessen, dass wir uns auf der anderen Erdhälfte befinden, mit einer ganz anderen Zeitzone. Sogar die Mondsichel, die sich am milchig gefärbten Himmel zeigt, steht auf ihrer Spitze und wiegt sich nicht liegend am Himmel, wie bei uns in Brasilien. Ein einsamer Stern funkelt durch die Dämmerung, der Abendstern. Daran halte ich mich jetzt fest.

»Was machst du denn hier draußen ganz allein?« Jessica steht neben mir und schaut mich verständnislos an. »Bist du sauer, weil ich auch mit anderen Jungen tanze?«

Ich schüttle wortlos den Kopf.

»Du meine Güte, Leon! Du nimmst alles so ernst. Beinahe drei Jahre sind vergangen, dass wir uns begegnet sind. Wir waren Kinder damals. Ich bin gerade dabei, das Leben zu spüren. Es fühlt sich so spielerisch an, so leicht. Ich fühle mich wie ein Schmetterling. Ich genieße das Fliegen, das freie Atmen und das Schwirren, das es in mir erzeugt. Solltest du auch mal ausprobieren.«

Aber ich kann im Moment nichts anderes, als sie unglücklich anzublicken.

»Nun schau nicht so traurig, Leon. Nimm das Leben nicht

so schwer. Es bietet tausend Möglichkeiten, man sollte schon ein paar davon ausprobieren.«

Ich fühle mich sehr schwer, und das nicht nur wegen der Menge Nudelsalat in meinem Magen.

»Du hast dich die ganze Nacht hin und her gewälzt«, sagt Guilherme am nächsten Morgen.

»Zuviel gegessen«, murmle ich.

Die Proben für das gemeinsame Konzert laufen gut. Wir haben viel Spaß miteinander und meine Gedanken kreisen mehr um die Musik, als um Jessica.

»Hey Leon, como está?« Jessica drückt ein wenig meinen Arm und lächelt mich an. Der Trompeter und der Schlagzeuger und noch ein paar andere Jungen und Mädchen kriegen ein Küsschen rechts, ein Küsschen links und eine Umarmung. Ich sehe es genau.

Nachmittags treffen wir uns zum Quartettspiel. Guilherme und ich wechseln uns bei der ersten und zweiten Violine ab, Andreas spielt Bratsche und ein Mädchen aus dem deutschen Orchester Cello. Sie spielt sehr gut, stelle ich fest und muss an Pierre aus Paris denken, an das Lalo-Cello-Konzert. Mit Pierre würde ich gern mal Kammermusik machen.

Jessica spielt in einer anderen Besetzung, aber in den Pausen gehen wir uns nicht aus dem Weg. Wir sprechen miteinander, tauschen unsere Erfahrungen aus, die das Geigenspiel betreffen. Bei einer kniffeligen Stelle kann ich ihr sogar mit einem guten Fingersatz helfen. Jessica ist bei dieser Unterhaltung ganz unbefangen. Bei mir klemmt es noch ein wenig, ich habe einen Kloß im Hals, aber es schmerzt nicht mehr so arg.

Wir genießen noch ein paar unbeschwerte Stunden mit der Familie von Andreas, machen kleine Ausflüge und ich freue mich staunend über die grüne Umgebung. Die Schifffahrt auf der Spree gefällt mir ganz besonders gut. Ein Fluss, der sich, so scheint es, vergnügt und gleichzeitig selbstbewusst mitten durch die Großstadt schlängelt. »Es gibt bei uns mehr Brücken als in Venedig, man mag es kaum glauben, aber es stimmt«, erklärt Andreas Mutter. »Außerdem sind wir die grünste Stadt Europas«, fügt sie hinzu. »Wir freuen uns, dass du ein paar schöne Erinnerungen mitnehmen kannst. Erinnerungen bleiben im Herzen, die kann dir keiner nehmen.«

»Wir sollten in Verbindung bleiben«, sagt Andreas Vater. »Dieses Treffen von euch Jugendlichen ist ein wichtiger kultureller Austausch. Es bedeutet interkulturelles Lernen und die Möglichkeit, mit der Musik als Weltsprache Kontakte zu knüpfen, ein anderes Land, eine andere Kultur, aber nicht zuletzt auch die eigene Kultur besser kennenzulernen. Ich bin überzeugt, dass die Musik es vermag, über politische und weltanschauliche Barrieren hinweg Brücken zu schlagen. Musik ist die Sprache, die jeder versteht. Diese Chance solltet ihr unbedingt nutzen.«

Andreas Vater ist in seinem Element. »Er ist Lehrer«, flüstert mir Andreas zu. »Er hat manchmal den Drang zum Dozieren.«

»Aber es stimmt, was er sagt. Ich glaube, er hat Recht.« Mich spricht seine Leidenschaft an, mit der er die Kraft seiner Worte bildhaft untermauert und sie somit auf ein Podest setzt.

Ein warmes Gefühl steigt in mir auf, warm und wohlig, und ich fühle mich sehr geborgen in der Nähe dieser Menschen. Fühlt sich so Freundschaft an?

»Lass uns Freunde bleiben«, sagt Jessica zum Abschied. Lächelnd umfasst sie meine Hände. »Übrigens, den schönen Kieselstein, den du mir damals geschenkt hast, besitze ich noch.« Jetzt muss auch ich lächeln und drücke ihre Hände. Ich werde versuchen, mich mit dem Gefühl für Freundschaft zu arrangieren.

HÖHENFLÜGE

Meine Gedanken scheinen zu fliegen. Sie gleiten zurück, flattern auf der Stelle, schwirren vorwärts. Wie auf einer Schaukel schwingen sie sich auf in die Lüfte, haschen nach all den Erlebnissen der vergangenen 16 Tage. Ich schließe die Augen und schwebe in der Buntheit einer »Feuervogel-Traumwelt«, wie in der Musik von Strawinsky.

Das Laufen vor dem Frühstück wird mir in Erinnerung bleiben. Nicht nur das Laufen an sich, das körperliche Auspowern. Mein Berliner Gastvater ist sehr konsequent. »Raus aus den Federn«, schallte es jeden Morgen auf dem Flur und wir vier Jungen mussten uns sputen, dass wir mit ihm mithalten konnten. »Das Waldgebiet vor unserer Haustür müssen wir ausnutzen. Das Joggen bringt unseren Körper und Kreislauf in Schwung.« Auch dieses Mal gebe ich ihm Recht. Es ist wie beim morgendlichen Einspielen meiner Geige. Danach fühle ich mich fit. Der Tag kann kommen, mit allem, was er für mich bereithält. Guilherme geht es genauso, obwohl er anfangs brummte: »Ich komme morgens nicht so schnell in die Gänge.« Aber nach dem ersten Mal findet auch er das Laufen toll.

Das deutsche Frühstück werden wir beide nicht so schnell vergessen. Allein schon das duftende Vollkornbrot, das meine Gastmutter selber backt; der Tee aus frischer Minze, das knackige Müsli mit Nüssen und Äpfeln. Die Franzosen tauchen ein verführerisches, buttriges Croissant in ihren Milchkaffee, mehr nicht. Maisbrei zum Frühstück isst niemand.

Ich bin lachenden Menschen begegnet, habe ihre Zuverlässigkeit, ihre Fairness, das Entgegenkommen, das Aufnehmen, das Sich-Einlassen auch außerhalb der mir vertrauten Musikwelt erfahren und all das hat mich tief beeindruckt.

Am Flughafen hat die Mutter von Andreas, unsere Gastmutter, mir und Guilherme ein Kissen unter den Arm geschoben, ein wunderbares Kräuterkissen, das mich, nachdem ich auf dem langen Flug nach Brasilien meinen Kopf hinein gekuschelt hatte, mit Lavendel, Kamillen- und Minze-Düfte in den Schlaf begleitete.

Helles Licht weckt mich unsanft, der Getränkewagen klappert, eine freundliche Stimme verkündet, wie hoch wir fliegen, wann wir in São Paulo landen werden, und dass wir unsere Uhren jetzt fünf Stunden zurückstellen können. Es ist mitten in der Nacht, aber das Umstellen der Uhr lässt Vorfreude aufkommen, aufs Ankommen, auf Zuhause.

In São Paulo bleiben wir noch für zwei Tage zusammen: Relaxen, um den Jetlag auszubalancieren, bevor wir in alle Himmelsrichtungen verstreut unsere individuelle Heimreise antreten. Ich muss mich von Guilherme trennen. Er hat es nicht weit, wohnt in São Paulo wie auch 15 weitere Orchestermitglieder. Die meisten aber fliegen nach Rio de Janeiro, einige wenige in den Süden nach Porto Alegre, ein paar in den Norden nach Fortaleza, und für 10 Jugendliche geht's nach Belo Horizonte. Nach Salvador da Bahia sind es mit mir nur vier.

»Du musst mich unbedingt besuchen, du kannst jederzeit bei uns wohnen. Meine Familie möchte dich unbedingt kennenlernen«, verabschiedet sich Guilherme von mir. Meine Freude darüber ist ein wenig getrübt, aber ich versuche, es zu verbergen. Was soll ich sagen? Ich kann mich nicht revanchieren, bei uns zu Hause ist es zu eng. Gleichzeitig wird mir bewusst, wie sehr mir mein Vater fehlt. »Danke, Guilherme, vielen Dank, ich komm bestimmt, wenn ich mal in der Gegend bin«, kommt es viel fröhlicher aus mir heraus als ich tatsächlich bin.

Die trüben Gedanken sind allerdings schnell vergessen, als mich meine Familie am Busbahnhof abholt. Mama, Pedro und Fee schwenken Fähnchen und springen vor Freude in die Höhe, als sie mich aus dem Bus klettern sehen. Mama hat Fejoada gekocht, mein Leibgericht. Wie gut das schmeckt. Zehn Tage Ferien bleiben mir noch, bis die Schule wieder anfängt, und natürlich muss ich viel erzählen. Meine Familie will alles wissen, jedes Erlebnis ausgemalt haben, fragt mir Löcher in den Bauch. Nur über Jessica will ich nicht reden.

Ich versuche, Pedro zum morgendlichen Joggen zu überreden. Er tippt sich gegen die Stirn.

»Spinnst du? Laufen für nix und dann noch in den Ferien!«

»Aber fürs Fußballspielen tauge ich nicht so gut.«

»Nee, stimmt. Weit unter Niveau«, winkt er ab.

»Habt ihr denn Lust, mit mir einen Strandausflug zu machen?«, starte ich einen weiteren Versuch, um mit meinen Geschwistern gemeinsam etwas zu unternehmen.

»Ans Meer, wir fahren ans Meer!« Fee hüpft vor Freude in die Höhe und auch Pedro ist nicht abgeneigt. Er kann schon gut schwimmen und stürzt sich gern übermütig in die Wellen. Außerdem verspreche ich ihm ein Eis. Für Fee nehmen wir einen aufblasbaren Schwimmgürtel mit. Sie ist ja grade erst sieben Jahre alt. Mama hat uns Nutella-Brote geschmiert und zusammen mit den Badesachen und einer Decke packen wir alles in zwei Rucksäcke. Natürlich nimmt Pedro seinen Fußball mit.

»Pass gut auf deine Geschwister auf«, ermahnt mich Mama. Sie kommt nicht mit, denn sie muss ein paar Röcke und

Kleider weiter oder enger machen und Reißverschlüsse in Hosen, Jacken oder Röcke einnähen. Ja, da habe ich nicht schlecht gestaunt: Sie hat eine kleine Änderungs-Schneiderei aufgemacht. Sie ist ja sehr geschickt in diesen Dingen und verdient sich so einiges dazu. Vor allem in den Ferien, wenn der Küchendienst in der Schule wegfällt, rattert ihre Nähmaschine beinahe den ganzen Tag.

Der Schuldirektor lädt mich ein, bei einer Tour durch den Regenwald mitzumachen. Seine Augen glänzen, als er mich sieht. Es ist ein Tagesausflug, den er zusammen mit jungen Sozialarbeitern unternimmt. Sie kommen aus Deutschland und wollen für ein soziales Projekt in einer Favela ein Jahr in Brasilien bleiben. Wir unterhalten uns natürlich auf Deutsch. Der Schuldirektor ist in seinem Element. Er kennt alle Baumarten, macht uns auf Früchte aufmerksam, die man essen kann oder lieber meiden sollte, erklärt Pflanzen und ihren Nutzen, und wir lauschen den unterschiedlichsten Stimmen im Wald. Die Vögel zwitschern. Papageien flattern mit ihrem bunten Gefieder in den Baumkronen umher. Ich höre einen oder vielleicht doch meinen Kolibri. Hoch oben, in den Wipfeln der Araukarien, singt er seine Lieder.

In diesen Tagen läuft mein Geigenüben auf Sparflamme. So, als wolle ich mich sammeln für einen neuen Start. Am letzten Schultag scheinen in den frühen Abendstunden alle 300 Schüler auf einmal einzutrudeln. Ein Geschnatter und Gedränge, ein quirliges Hin und Her in den Fluren und Räumen. Später ertönen die ersten Klänge der verschiedenen Instrumente durch das Schulgebäude. Das spornt mich an, und ich stürze mich in mein Übungsprogramm. Die Zeit vergeht wie im Fluge.

Fernando unterbricht mich. »Hast du nicht allmählich genug geübt? Du musst mir unbedingt von deiner Europa-Tournee erzählen.« Bis Mitternacht fliegen die Wörter ohne Unterlass von meinem Bett aus zu Fernandos Ecke auf der anderen Zimmerseite.

Ich kann einen weiteren Deutschkurs überspringen und bin nun im Abschlusssemester. Ich belege einen Französisch-Kurs für Fortgeschrittene. Englisch und Spanisch lasse ich so weiter laufen wie bisher und bin gespannt auf meinen ersten Geigenunterricht. Leticia freut sich offensichtlich sehr, mich zu sehen. Ich brenne auf neues Noten-Material. Natürlich hat meine Lehrerin vorgesorgt, macht es aber sehr spannend. »Überraschung!« Leticia spielt die einzelnen Stücke abschnittweise an und lässt mich raten. Sie spielt mit Hingabe und Leidenschaft und ihre Augen funkeln triumphierend, wenn ich etwas länger überlegen muss. »Das ist ja wie in einer Quiz-Sendung«, rufe ich gespielt empört. Aber ich errate sie alle, bis auf eine Sonate von einem noch lebenden brasilianischen Komponisten.

Wir beginnen mit einer schwierigen Paganini-Etüde.

»Ich kann noch mehr vertragen.«

»Gut, dann widmen wir uns der César-Franck-Sonate, ein wunderbares Stück, du wirst es lieben.«

So ist es auch. Ungebremst mache ich mich an die Arbeit. Bei der Paganini-Etüde treibt mich der Übermut an die Tempo-Grenze. Ich habe geradezu ein diabolisches Vergnügen daran zu testen, wie schnell es möglich ist.

»Da hast du wirklich ein ordentliches Tempo hingelegt.« Leticia nickt anerkennend.

»Für die Franck-Sonate aber bitte mehr Tiefe. Das Auskosten der Leidenschaft, das Verweilen in der Innigkeit ist hier gefragt.«

Ich versenke mich in diese Musik mit meinem ganzen Herzblut, mit aller Vitalität, um sie feurig und elektrisierend herauszulassen. Ein euphorisches Gefühl. Es züngelt wie eine Flamme durch meine Glieder. Ich versuche, Fernando anzustecken. Er soll unbedingt den Klavierpart dieser Sonate einstudieren. Ich will sie unbedingt beim Semester-Abschlusskonzert mit ihm zusammen vorspielen. Schon bald ist er genauso begeistert wie ich, und wir proben, dass die Fetzen fliegen.

Ich habe keine Lust, zum Friseur zu gehen, reine Zeitverschwendung. Ich lasse meine Locken wild wachsen. Mit einem Band binde ich sie straff zurück, damit sie mich beim Spielen nicht stören. Seit Neuestem spiele ich nur im Stehen und probiere es ohne Schuhe. Barfuß will ich erspüren, ob der Widerstand meiner Schuhe einen Unterschied macht. Tatsächlich scheinen meine Füße zusammen mit dem Holzfußboden zu vibrieren. Ich nehme mir vor, mit Leticia über dieses Phänomen zu sprechen. In der nächsten Unterrichtsstunde ziehe ich meine Schuhe aus und stelle sie neben die Tür.

Hier ist ein Marmorfußboden, und der fühlt sich ziemlich kühl an. Leticia scheint zunächst ein wenig überrascht, dann lächelt sie.

»Das habe ich früher auch probiert. Es ist schon ein tolles Gefühl, barfuß zu spielen. Allerdings sollte es ein Holzfußboden sein, auf dem man steht. Holz lebt, Marmor ist ein unnachgiebiger, kalter Stein.«

Verdutzt bewege ich meine Füße, die schon recht kalt geworden sind.

»Auf Holzbühnen kann man es probieren. Allerdings musst du bedenken, dass es bei Männern recht komisch aussieht, wenn sie beim Konzert in Frackhose barfuß spielen. Das kann auf das Publikum leicht befremdlich wirken und von der Musik ablenken. Bei einer Frau, die mit einem bis zum Boden reichenden Abendkleid auftritt, fällt das Barfußspielen nicht so auf.«

Nun muss ich doch laut lachen. »Aber in den Proben werde ich es probieren, natürlich nur auf Holzfußböden.«

»Das solltest du auf jeden Fall.«

Immer noch lachend ziehe ich meine Schuhe wieder an. Die Kälte will doch tatsächlich meine Beine hochklettern.

Das Ausprobieren verschlingt noch nicht einmal Zeit, im Gegenteil. Ich eile durch die Zeit, scheine abzuheben, zu nicht enden wollenden Höhenflügen. Dadurch scheint auch in meinem Kopf frische Luft zu wehen. Den Unterrichtsstoff sauge ich im Nu auf und er nistet sich abrufbereit in meinem Kopf ein. Ich bin hungrig auf neues Wissen. Mein schnelles Lernen verhilft mir nicht nur zu mehr Zeit fürs Üben, sondern auch zum Überspringen eines ganzen Schuljahres. Ich bin nun in der zehnten Klasse. Für die Bibliothek besorge ich mir einen Ausweis, weil mich jetzt geschichtliche Hintergründe immer mehr interessieren. Vergangenheit und Gegenwart will ich ergründen, um Fäden für die Zukunft zu knüpfen. Ich bin so neugierig, was das Leben mit mir vorhat. Ich belege einen neu gegründeten Kurs in Philosophie, möchte die Zusammenhänge der Dinge in der Welt erkennen. Es fasziniert mich, darüber nachzudenken.

Nebenbei kann ich mein Taschengeld aufbessern. Das ist wirklich eine feine Sache. Meine Fähigkeiten in Mathematik sind gefragt. Je zwei Schülern aus der achten und neunten Klasse gebe ich Nachhilfe-Unterricht. Fernando helfe ich natürlich weiterhin, wenn er es braucht.

Mein Deutschlehrer hat eine gute Idee: Er bietet mir an, für das zweite und dritte Semester einen Konversationskurs zu übernehmen. So fließen noch ein paar Reais zusätzlich in mein

Portemonnaie und ich kann mir Noten kaufen, nicht nur ausleihen. Meist bleibt noch etwas übrig, um für meine Familie kleine Geschenke zu besorgen. Oder ich kann Mamas Geldbeutel ein bisschen entlasten, wenn Fee ein Paar neue Tanzschuhe braucht oder Pedro aus seinen Fußballschuhen herausgewachsen ist. Geigenunterricht mag ich nicht geben. Ich habe ein ganz besonderes Verhältnis zu meiner Geige und zu dem, was sie mit mir macht. Um mich in Schüler hineinversetzen, dazu bin ich viel zu ungeduldig.

Wir haben ein Streichquartett gegründet. Man sagt, dass stelle die reinste Form der Kammermusik dar. Tatsächlich können diese vier Instrumente zu einem ausgewogenen Klang-Ideal verschmelzen. Ein Cellist aus der Abiturklasse hat mich angesprochen und einen guten Bratscher finden wir in meiner Parallelklasse. Nun suchen wir noch eine zweite Violine. Dafür machen wir einen Aushang am Schwarzen Brett. Lange warten müssen wir nicht.

»Ich heiße Lisa und würde gern mit euch zusammen spielen. Darf ich es probieren?«

Ein schmales, fast unscheinbar wirkendes Mädchen mit hellen Augen und glatten braunen Haaren, die sie als dicken, langen Zopf im Nacken geflochten hat, steht vor uns. Ihre Stimme klingt leise, doch mit einem entschlossenen Zug um ihren Mund. Dabei schaut sie uns ganz offenherzig an.

»Wir haben einen hohen Anspruch, doch wir können es probieren«, sage ich und es klingt sicherlich arg hochnäsig.

»Warum nicht. Gute Ohren musst du mitbringen«, sagt unser Cellist und grinst.

»Mut hast du jedenfalls«, sagt Edouardo, unser Mann mit der Bratsche. »Und du musst wissen, Leon spielt ziemlich genial, er ist ein Überflieger.«

»Ich weiß, ich habe ihn schon ein paar Mal gehört.« Sie schaut mich an, und wieder klingt ihre Stimme leise, aber bestimmt. »Wann probt ihr? Kann ich schon mal die Noten haben, damit ich mich vorbereiten kann?«

»Wir fangen mit Schubert an, da sind die Stimmen ziemlich gleichwertig verteilt. Übermorgen um 19 Uhr im Musikraum. Später wollen wir uns auch an neue Musik wagen: Bela Bartok zum Beispiel und an die Franzosen Debussy, Fauré.«

Einschüchtern lässt Lisa sich allerdings nicht. »Zu Hause haben wir schon Beethoven-Quartette gespielt, zusammen mit einem Kollegen von meinen Eltern. Sie spielen Geige und Bratsche in einem Orchester. Kammermusik ist mir also ganz gut vertraut.«

Nun sehen wir uns staunend an und sind sprachlos. Lisa ist tatsächlich vorbereitet. Sie scheint sehr ehrgeizig zu sein, hört aber auch gut zu.

»Du bist anpassungsfähig«, meint Luiz, der Cellist, und Edouardo nickt zustimmend. Das finde ich auch, obwohl es mich manchmal nervt, dass sie mich nicht nur während der Probe ständig im Blickwinkel hat, sondern auch auf dem Flur, oder wo wir uns gerade begegnen, meine Nähe sucht und um Ratschläge für Fingersätze, Artikulation, Gestaltung, oder was ihr sonst noch einfällt, bittet. Plötzlich steht sie vor mir und einmal hat sie sogar an Fernandos und meine Zimmertür geklopft, um etwas zu fragen. Fernando fand es nicht schlimm, aber mir war es peinlich.

Unser Quartettspiel klappt prima, die Proben verlaufen effektiv, und wir planen unser erstes Schulkonzert. Ich habe mich daran gewöhnt, dass Lisa anhänglich ist, und auf eine gewisse Art schmeichelt es mir, dass sie mich anscheinend bewundert.

»Sie verehrt dich, sie himmelt dich geradezu an«, meint Edouardo.

»Sie ist in dich verliebt, sieht doch jeder«, fügt Luiz hinzu.

»Ihr spinnt, nein, sie meint nur mein Geigenspiel.«

Auf alle Fälle will Lisa mithalten und übt wie eine Besessene. Sie bleibt sogar am Wochenende in der Schule, statt nach Hause zu fahren wie die anderen. Ich habe so viel zu tun, dass ich nur jedes zweite freie Wochenende nach Hause fahre; manchmal auch nur für einen Sonntag, aber dann ohne Geige. Meine Familie versteht das und wir nutzen die wenigen gemeinsamen Stunden umso intensiver.

»Leon, kannst du mir helfen? Ich verstehe diese Phrase nicht. Was will der Komponist denn damit sagen?« Lisa steht plötzlich mitten in meinem Übungsraum. Das Klopfen habe ich wohl überhört. Ein wenig unwirsch drehe ich mich um. »Störe ich dich? Tut mir leid. Soll ich später wiederkommen?« Sie schaut mich mit großen Augen an, neigt ihren Kopf zur Seite und berührt meinen Arm leicht mit ihrer Hand.

»Ist schon okay, worum geht's?«

Der Raum ist ziemlich klein. Es wird mir ein wenig eng. Lisa kommt ganz nah an meine Seite und hält mir die Noten vors Gesicht. Ihre Geige hat sie nicht dabei. Wieder berührt sie meinen Arm, ich spüre sogar ihren Atem, als ich mich zu ihr herunterbeuge. Sie riecht gut. Ich nehme betont forsch meine Geige und spiele die Stelle ein paar Mal hintereinander in verschiedenen Versionen, was die Artikulation betrifft, ich singe und versuche zu erläutern. Lisa steht vor mir, lauscht hingebungsvoll und strahlt mich an. Ihre Augen sind ein wenig dunkler geworden. »Danke, Leon, das war sehr lieb von dir. Ich hab's verstanden, du hast etwas gut bei mir.« Dabei lächelt sie keck, ihr Gesicht ist gerötet, ihre Augen blitzen. Und dann stellt sie sich auf die Zehenspitzen und legt ihre Lippen zart auf meinen Mund. Sie sind zunächst weich, anschmiegsam, dann begehrlich, lustvoll, als ich ihren Kuss erwidere. Mir ist ein wenig schwindelig, aber es fühlt sich gut an.

Seit diesem ersten Kuss sucht Lisa öfter meine Nähe. Ihre speziellen Fragen sind manchmal nur ein Vorwand, um mich zu sehen. Gar nicht mehr schüchtern trifft sie Verabredungen mit mir, möchte allein mit mir sein und macht keinen Hehl daraus, dass wir ein Paar sind. Es bleibt auch nicht bei diesem einen Kuss. Mir ist es ein bisschen zu viel, nagt an meiner Zeit und raubt mir andere wichtige Gedanken. Bei den Quartett-Proben hält sich Lisa mit ihren Zärtlichkeiten zum Glück zurück und stürzt sich mit uns gemeinsam in die Musik.

Wir probieren etwas Ungewöhnliches. Ich möchte, dass wir, außer dem Cellisten natürlich, im Stehen musizieren. Körperlich aktiver können wir uns die Bälle besser zuspielen. Wir müssen auf Augenhöhe kommunizieren. Der Atem fliegt freier, als wenn er durch das Sitzen abgeknickt ist. Man atmet im Sitzen flacher. Ich animiere sie auch zum Barfuß-Spielen, natürlich nur in den Räumen mit Holzfußboden. Zunächst kriegt aber Luiz ein Podest. Er kann ja nicht im Stehen spielen, er ist kein Kontrabassist. Dann habe ich die nächste Idee: »Die Notenständer stören. Wir müssen unsere Stücke auswendig lernen. Wenn wir nicht in die Noten blicken, können wir uns allein mit den Augen verständigen.« Frei atmend, mit unverstelltem Blick zu einem Klang zusammenzuschmelzen, das stelle ich mir grandios vor.

Lisa hinterfragt nichts, sie macht alles mit, und sie übt noch eifriger. Die beiden anderen sperren sich ein wenig. »Alle Noten auswendig lernen, wohlmöglich die anderen Stimmen noch dazu, das grenzt an Wahnsinn«, stöhnen sie. »Lasst es uns trotzdem versuchen!« Und tatsächlich: Durch das viele Üben, das nie aufhörende Wiederholen, durch das ständige Ausprobieren und Verbessern hat man nach einiger Zeit wirklich nicht nur die eigene Stimme im Kopf und im Herzen.

Unser erstes Konzert wird ein sensationeller Erfolg. Leticia ist gekommen und ist tief beeindruckt.

»Diese Spielweise wird sich wahrscheinlich nicht durchsetzen. Den Meisten wird es zu mühsam sein und zu viel Zeit kosten. Aber es ist tatsächlich von großem Klangvorteil, wenn ihr nur mit den Augen kommuniziert, wenn alles wie aus einem Guss, aus einem Atem, aus einer Seele zu fließen scheint.«

»Bist du nächsten Sonntag bei deiner Familie?« Lisa ist während des Mittagessens nah an mich herangerückt und flüstert mir ins Ohr. »Wir könnten zusammen Geige üben und CDs anhören, wir haben eine super Anlage zu Hause. Außerdem kannst du in einem riesigen Notenfundus stöbern.«

Ich fühle mich ein wenig überrumpelt und schaue sie verblüfft an.

»Meine Eltern sind am kommenden Wochenende mit dem Orchester in Rio und sie kommen erst am Montag zurück.«

Ich werde rot bis über beide Ohren und schaue, ob irgendjemand etwas mitbekommen hat. Ich bin siebzehn Jahre alt, Lisa siebzehneinhalb, und sie macht mir gerade ein eindeutiges Angebot.

»Klingt verlockend, ich überlege es mir«, sage ich leise, kann mir aber ein Lächeln nicht verkneifen und stupse sie unter dem Tisch mit meinem Knie.

»Denk nicht zu lange darüber nach, ich könnte es mir sonst anders überlegen.« Sie lacht gleichzeitig spitzbübisch und lieb.

Mich durchfährt es heiß, und mein Herz klopft ganz schön

schnell. Die heimlichen Küsse, die schnellen Umarmungen in Nischen, Fluren und engen Übungsräumen, auf kurzen Spaziergängen, die vorsichtigen Zärtlichkeiten seit beinahe einem Jahr, all das verlangt wohl eine Fortsetzung in ungestörter Umgebung. Lisa scheint es zu erwarten und möchte dafür eine schöne, liebevolle Atmosphäre schaffen.

Lisa ist am Samstag schon nach Hause gefahren. Ich will am Sonntagmittag nachkommen. Ich brauche eine gute Stunde mit dem Bus und muss einmal umsteigen, um zum östlichen Teil der Stadt zu gelangen. Lisa hat mir den Weg genau erklärt. Meine Geige habe ich nicht mitgenommen.

Sie hat einen Salat vorbereitet und Pizza bestellt. Wir trinken Cola dazu.

»Ich kann leider nicht so gut kochen«, sagt sie mit unschuldiger Miene und legt ihren Kopf ein wenig verlegen auf meine Schulter.

»Macht nichts, ich esse Pizza sehr gern.« Ich schnuppere. »Hm, Frutti di Mare."

»Die andere Pizza ist vegetarisch. Wenn du willst, können wir teilen.«

»Prima Idee, sehr lieb von dir. Ich hätte ja auch was mitbringen können. Daran habe ich aber nicht gedacht.«

Ein wenig verlegen küsse ich sie. Wir hören verschiedene Quartette von Haydn, Mozart, Beethoven. Ihre CD-Sammlung ist wirklich beachtlich. Lisa lässt mich wählen. Sie scheint ein wenig nervös, unruhig springt sie auf. Ich lege beruhigend meinen Arm um ihre Schulter. Wir stöbern in den Noten-Regalen. Alles ist wie in einer Bibliothek geordnet. Wieder springt Lisa auf und schaut mich verschwörerisch an.

»Ich benötige ein paar Minuten, ich rufe dich, wenn du kommen kannst.« Sie gibt mir einen schnellen Kuss und verschwindet in ihrem Zimmer. Lisa hat die Vorhänge zugezogen und im ganzen Raum Kerzen angezündet. Wir ziehen uns aus. Die Dämmerung umhüllt schützend unsere Verlegenheit. Die Kerzen tauchen unsere unbeholfenen Bewegungen in ein mildes Licht.

»Hast du …? Ich meine …«, stottert Lisa.

»Ja, daran habe ich gedacht.« Zuerst verheddere ich mich mit dem Kondom, dann bin ich ein wenig zu schnell. Trotzdem fühlt es sich gut an. Wie lieb Lisa lächelt. Es ist das erste Mal und ganz bestimmt nicht perfekt, aber wir haben kein schlechtes Gewissen.

»Es war schön.« Lisa seufzt glücklich und kuschelt sich an mich. Gemeinsam fahren wir zur Schule zurück. Wir müssen uns ein wenig beeilen und schlüpfen gerade noch rechtzeitig vor 22 Uhr durchs Schultor. Fernando grinst, als ich ins Zimmer komme. Ich bin ihm dankbar, dass er weder Fragen stellt, noch sonst etwas sagt. Ich bin müde, trotzdem kann ich nicht einschlafen. Meine Gedanken und meine Gefühle schlagen Purzelbäume. Vielleicht hätten wir es nicht so perfekt vorher planen sollen.

Es vergehen ein paar Wochen in einem Schwebezustand. Diese Zeit ist mir ein wenig unheimlich. Lisa verschlingt mich geradezu mit ihren Blicken. Es sind fragende, begehrliche Blicke. Nicht immer kann ich fliehen. Ich spüre, wie ich mich innerlich dagegen stemme. Wir müssen unbedingt reden. Wir gehen durch den nahegelegenen Park, Hand in Hand. Es ist heiße Mittagszeit. Die meisten Menschen machen jetzt Siesta in kühlen Räumen. Wir suchen Schutz unter dem Schatten von Araukarien, setzen uns auf den weichen, mit Moos bewachsenen Boden, lehnen uns an einen knorrigen Baumstamm.

»Liebst du mich?«, fragt Lisa unvermittelt. Ihre Augen füllen sich mit Tränen.

»Natürlich liebe ich dich. Aber manchmal raubt mir diese Liebe ein wenig die Luft. Ich benötige auch Zeit für mich, für mein Leben. Ich kann nicht so viel *gemeinsam* oder *wir* denken.«

»Wahrscheinlich ist meine Liebe zu dir größer«, flüstert sie ganz leise. »Ich will dich nicht einengen. Bei mir ist es eben anders. Ich fühle mich durch unsere Beziehung doppelt und unendlich reich beschenkt. Vielleicht wächst deine Liebe zu mir ja noch, aber ich werde dich nicht drängen.«

Ihre Worte berühren mich tief und ich schäme mich. Ich bin hin- und hergerissen, ich möchte sie nicht verletzen und tue es doch. Wir küssen uns, so wild und ungestüm wie noch nie. Wir kullern auf dem weichen warmen Moos, lodernd wie eine Flamme vor Begehren und Leidenschaft. Wir lieben uns bedenkenlos, ohne Schutz. Lisa lässt einen glockenhellen Jauchzer erklingen. Atemlos liegen wir ein wenig später nebeneinander. Gewissensbisse nagen an mir. Ich fürchte Folgen.

»Lass uns etwas Zeit, Lisa. Bei unseren Wegen ins Leben sollten wir uns nicht so schnell festlegen. Manchmal gehen unsere Wege ein Stück zusammen, das ist auch schön, manchmal laufen sie parallel, oft driften sie aber auch auseinander. Sich zurechtzufinden im Labyrinth des Lebens ist ein Abenteuer. Und jeder muss für sich seinen Weg finden.«

»Willst du dich von mir trennen?« Lisas Stimme klingt angekratzt.

»Nein, ich möchte nur unsere Freundschaft nicht blockieren durch festgefahrene Weichen.«

»Glaubst du, dass wir trotzdem zusammen im Quartett spielen können?«

»Ich bin davon überzeugt. Durch die Musik werden wir uns gegenseitig beflügeln und zu Höhenflügen aufschwingen.«

Nun lächelt sie wieder, und ihre Augen sind so blau wie der Himmel.

Eine aufreibende Zeit beginnt. Ich habe viel zu tun. Die Abitur-Klausuren stehen vor der Tür, und ich will gut abschneiden. Gleichzeitig bereite ich mich auf die Abschluss-prüfungen am Konservatorium in den Fächern Violine und Kammermusik vor. Die Klavierbegleitung hat Fernando übernommen; wir sind ein sehr gut eingespieltes Team. Unser Quartett gibt vielbeachtete Konzerte; wir spielen immer noch im Stehen und auswendig. Ein paar Mal werden wir für Feierlichkeiten von Firmen engagiert. Das bedeutet jedes Mal eine enorme Taschengeld-Aufbesserung.

Die Abiturfeier findet im großen Rahmen im Festsaal statt. Ein Meer von Strelitzien, Orchideen und anderen tropischen Blumen verwandeln den Raum in eine blühende Parkland-schaft. Die Eltern sind eingeladen und meine Familie hat es geschafft, in der vierten Reihe, direkt hinter den Abiturienten zu sitzen. Fee hat sich viele Zöpfchen aus ihren Locken flechten lassen. Pedros Locken sind verschwunden. Seine kurzgeschorenen Haare erinnern mich an meinen zehnten Geburtstag, als mich Mama zum Friseur geschleppt hat. Er ist ganz schön groß für seine knapp dreizehn Jahre, kräftig und muskulös, nur sein Blick verrät die Unsicherheit eines heranwachsenden Jugendlichen. Er hat die sechste Klasse bald beendet und Mama überlegt, ob er bis zur achten Klasse bleiben soll. Meine alte Schule hat inzwischen zwei Erweiterungs-Schuljahre aufgebaut. Der Schuldirektor musste lange dafür kämpfen und hat es nun endlich mit Hilfe der Kirchengemeinde und einiger Sponsoren geschafft. Mama muss Pedro noch überzeugen, dass man nach der achten Klasse mehr Möglichkeiten für einen Job oder eine Ausbildung hat als nach der sechsten.

»Ich will sowieso Fußballer werden, ob mit oder ohne zwei weitere Schuljahre. Außerdem hätte ich in diesen zwei Jahren mehr Zeit fürs Trainieren.«

»Aber du gehst doch schon drei Mal in der Woche zum Fußball-Training, hast sogar die Trommelschule geschmissen, weil sich die Zeiten überschnitten haben.«

Hoffentlich kann sich Mama durchsetzen. Auf mich hört Pedro leider nicht.

Meine Schule hat sich große Mühe gegeben, den musikalischen Rahmen der Feier möglichst ohne mich zu gestalten, aber ohne unser Quartett geht es natürlich nicht. Wir haben ein frühes Beethoven-Quartett aus seiner Sturm- und Drang-Zeit gewählt, das finden wir passend. Beim Applaus klatschen die Zuhörer so lange und trampeln sogar mit den Füßen, dass wir uns noch zu einer Zugabe hinreißen lassen. Der Direktor schaut nervös auf seine Uhr. Er ist wohl in Zeitnöte geraten. Das ganze Programm lässt Zugaben nicht zu. Er will eine Rede halten, an der er lange gefeilt hat und die sicherlich von wichtigen und ernsten Dingen handelt. Als das Schulorchester spielt, entfacht das ein kribbeliges Gefühl in mir. Vom Zuhörerplatz aus meine Schulkameraden zu erleben, ohne dass ich als Konzertmeister Einfluss nehmen kann, ist schon sehr merkwürdig. Aber sie machen ihre Sache gut.

Die Namen aller 36 Abiturienten werden aufgerufen, um die Zeugnisse abzuholen. Das geht in alphabetischer Reihenfolge. Beim Buchstaben N hätte ich genannt werden müssen. Man wird mich doch nicht vergessen haben? Ich hab's geahnt: Man ruft mich als letzten auf. Ich habe als Bester das Abitur bestanden und man glaubt, das hervorheben zu müssen, weil es nicht nur seit sechs Jahren kein besseres Ergebnis gab, sondern auch mit einem Stipendium verbunden ist. Ein Stipendium für ein Studium an einer der renommiertesten Universitäten Brasiliens, in Rio de Janeiro. Nun bin ich total überrascht. Das habe ich nicht gewusst und mein Gesicht wird feuerrot. Ich glühe dermaßen, so wie damals nach dem bestandenen Wettbewerb für die Aufnahme ins Jugendorchester.

Alle klatschen mit lauten Bravo-Rufen und ich muss nach vorne, um mich zu verbeugen. Meine Familie, auch mit hochroten Köpfen, jubelt begeistert. Die Gratulationen wollen kein Ende nehmen. Ich weiß gar nicht, wie ich mit so vielen Umarmungen, Küssen, Schulterklopfen, Lobesworten und guten Wünschen umgehen soll. Beim Fest hinterher bin ich ganz berauscht, auch ohne Alkohol. Ich schwebe wie auf Wolken.

Erst später wird mir das ganze Ausmaß dieser Auszeichnung bewusst. Sie bedeutet Abschiednehmen, Loslassen, Trennung. Abschiednehmen von meiner Familie, von meinen Freunden, Loslassen meines behüteten Schullebens und meiner liebgewordenen Gewohnheiten.

»Ich werde dich vermissen«, sagt Fernando.

»Ich dich noch mehr. So einen guten Klavierpartner werde ich in meinem ganzen Leben nicht mehr finden!«

»Nun übertreibst du aber.«

»Jedenfalls hast du für ein ganzes Jahr das Zimmer für dich alleine. Nach deinem Abitur kommst du einfach nach Rio und wir teilen uns eine Studentenbude.«

Unser Quartett löst sich auf. Luiz möchte für weitere Cello-Studien nach Europa, Edouardo will Lehrer werden, Lisa braucht eine Auszeit, wie sie sagt. Beim Abschiedskonzert wollen wir uns noch einmal gemeinsam zu Höhenflügen aufschwingen. Wir beginnen mit Bartok, der durch seine peitschenden Rhythmen und schillernden Farbmixturen mitreißt. Die Leidenschaft des Romantikers Robert Schumann verleiht uns Flügel. Wir enden mit einem späten Quartett von Josef Haydn, das sich prickelnd entwickelt und einen Wechsel von Erregung und Stille entfesselt.

Die Trennung von Leticia schmerzt gewaltig. Ich möchte ihr so viel sagen und kriege doch keinen Ton heraus. Ich möchte ihr etwas schenken und weiß doch nicht was. Ich fühle mich hilflos, ratlos, wie ein zehnjähriger Junge. Mehr als acht Jahre hat sie mich begleitet, beschützt, geformt.

»Sich nah sein, muss nicht räumliche Nähe bedeuten. Ich lasse dich von Herzen gern ins Leben hinaus ziehen. Du wirst es meistern, da bin ich mir sicher.« Leticia umarmt mich lange, hält mich dann mit ausgestreckten Armen fest, drückt meine Hände und blickt mir vertrauensvoll in die Augen.

»Ich habe mitgeholfen, dir Wege zu zeigen, dir Wege zu ebnen. Du hast dich immer darauf eingelassen, ich habe dich immer erreicht, und das sind für mich die glücklichsten Momente.«

»Und meine Geige?«

»Deine Geige kannst du noch eine Weile behalten; das wäre zu viel Trennung auf einmal«, lacht Leticia. »Ich wünsche dir viele glückliche, spannende, abenteuerliche Momente in deinem Leben, eine Fülle von Augenblicken, aber auch ein Innehalten, einen verweilenden Blick, auch auf Menschen, die dir gut tun.«

Eine Welle von Zuneigung erfüllt mich für diese wunderbare Frau. Welche Sehnsucht treibt sie an? Kann sie ihre Träume mit jemandem teilen? Ich habe es mich in all den Jahren nie gefragt.

Ich bin mit Lisa verabredet. Ich möchte mich endgültig von ihr trennen. Sie weiß es noch nicht. Ahnt sie etwas?

»Meine Eltern sind am kommenden Wochenende auf Tournee. Du könntest über Nacht bleiben, damit wir Zeit haben, um in aller Ruhe ungestört Abschied zu nehmen.« Sie schaut mich dabei nicht an, sondern kuschelt ihr Gesicht an meinen Hals und knabbert an meinem Ohrläppchen.

Nach dem »ersten Mal« vor einem Jahr war ich nicht mehr bei ihr zu Hause. Jetzt will ich das auch nicht. »Lieber nicht. Lass uns eine kleine Wanderung machen.«

Es wird dann aber doch schmerzlicher, schlimmer, als ich befürchtet hatte. Lisa weint, bettelt, trommelt mit ihren Fäusten auf meine Brust, versucht mich mit Zärtlichkeiten umzustimmen.

»Ich verspreche, dass ich nicht klammere. Wir müssen uns auch nicht so oft sehen, aber bitte, bitte, gib unserer Liebe eine Chance für unsere Zukunft.«

Da ist es wieder, das Wörtchen »unser«, was mich in Panik versetzt. Ich weiß ja noch nicht einmal, wie meine Zukunft aussieht. Ich bin auf der Suche, auf einer wild entschlossenen Suche, neugierig und voller Sehnsucht auf mein Leben. Ich kann Lisa diese für sie bittere Erfahrung nicht ersparen.

»Ich bin mir sicher, dass auch du deinen Weg finden wirst. Ich bin froh, ein Stück Weg mit dir gemeinsam gegangen zu sein. Ich wünsche sehr, dass du glücklich wirst.«

Das klingt kitschig und auch ein wenig von oben herab, aber es scheint Lisa doch zu trösten. Ein letzter Kuss, und dann geht sie zurück, ohne sich umzuschauen. Erleichtert lehne ich mich an einen Baumstamm. Ich schließe die Augen. Über mir rauschen die Blätter im Wind. Und hoch oben in den Wipfeln singt ein Kolibri. Mein Kolibri? Seine Melodien scheinen weit in die Ferne zu schwingen.

Ein paar unbeschwerte Stunden verbringe ich noch bei meinem alten Schuldirektor. Ganz entspannt, zufrieden und gut gelaunt lachen und reden wir über vergangene Zeiten. Ohne ein paar gute Ratschläge entlässt er mich natürlich nicht. »Nimm dir Zeit, überstürze nichts, halte ab und zu an, schaue vorwärts, aber habe den Mut, auch Umwege zu wagen.«

So komisch es klingt: Der Abschied von meiner Familie fällt mir am Leichtesten. Sie bleiben meine Familie mein Leben lang, auch wenn wir uns nicht mehr so oft sehen. Sie sind ein Teil von mir, und ich bin ein Teil von ihnen.

»Ich beneide dich«, sagt Fee. »Du gehst in meine Traumstadt. Einmal im Leben an der Copacabana Samba tanzen; das ist mein größter Traum.«

»In Rio de Janeiro trainiert die beste Fußball-Mannschaft Brasiliens und du interessierst dich noch nicht einmal dafür.« Pedro schlägt mir auf die Schulter, dass ich ein wenig einknicke, und grinst. »Ich würde alles dafür geben, einmal in meinem Leben dort zu sein.«

»Nun beeile dich, du wirst noch das Flugzeug verpassen.« Mama schnäuzt umständlich in ihr Taschentuch, um ihre Tränen zu verbergen. Ich beuge mich zu ihr hinunter, sie muss sich auf die Zehenspitzen stellen, um mich zu umarmen und zu küssen. »Mein Leon, mein lieber, großer Junge, wie stolz ich auf dich bin.« Und sehr leise: »Wie stolz wäre auch dein Vater, wenn er es erleben dürfte.« »Melde dich mal ab und zu, lass uns ein wenig teilhaben an deinem Leben. Das wird mich sehr glücklich machen.«

Ich verlasse mein Zuhause und fliege nach Rio de Janeiro. Hellwach und aufgeregt fiebre ich der Landung entgegen. Dem Start in ein neues Leben. Die Flamme in mir brennt lichterloh.

TURBULENZEN

Liebe Mama,

mein Leben ist wieder einmal im Wandel. Besser gesagt: Es ist total umgekrempelt. Alles ist anders als daheim. Es ist lauter, oft ohrenbetäubend, bunter, grell und knallig, wie ein nicht enden wollendes Feuerwerk.

Ich sitze in meinem Zimmer im achten Stock und muss das Fenster schließen, um ein wenig Ruhe zu finden. Brausende Motoren, ständig aufheulende Hupen in schrillen Dreiklängen, dazu Sirenen der Polizei oder der Ambulanz. Es ist ein Höllenlärm! Aber ich habe ein Zimmer für mich allein, mit einem bequemen Bett, einem geräumigen Schrank, jeder Menge Regale für meine Noten und Bücher und einem kleinen runden Tisch mit zwei Stühlen. Der Schreibtisch steht mitten vor dem Fenster. Mein Blick geht direkt auf die gegenüberliegende Wand eines zweiundzwanzigstöckigen Hochhauses. Unser Studentenhochhaus hat vierzehn Stockwerke. Tagsüber malt die Sonne Schattenbilder, weil sie es nicht schafft, ihre Strahlen zwischen all den riesigen Gebäuden hindurchzuzwängen, nachts wirft flackernde Leuchtreklame groteske Masken und gespenstische Figuren auf diese Wand. Den Himmel sehe ich vom Schreibtisch aus nicht. Ich teile mir mit drei anderen Studenten eine große Küche, die hat sogar einen kleinen Balkon, wie alle anderen Wohngemeinschaften in diesem Haus. Von außen sehen sie aus, wie an den Beton geklebte Vogelnester. Aber ein kleines Stückchen Himmelsblau kann man hier draußen erspähen, wenn man den Kopf ein wenig verrenkt.

An dem langen Küchentischtisch sitzen wir oft zusammen, um zu kochen, essen oder auch zu diskutieren. Wir sind ein bunt zusammengewürfeltes Häuflein: Haruki stammt aus Japan und studiert Architektur. Frederico kommt aus Mexiko. Er will Schriftsteller werden. Rudolpho ist Peruaner und studiert Sozialwissenschaft. Mit dem Aufräumen und Abwaschen wechseln wir uns ab, wir versuchen es jedenfalls. Den Müll runterzutragen, ist eine ziemlich lästige Sache, genauso das Toilettenputzen. Jetzt hat Haruki einen Wochenplan an den Kühlschrank gehängt, unübersehbar für jeden von uns. Nun gibt's also keine Ausreden mehr.

In unserem Wohnheim leben ungefähr 180 Studenten aus allen Ländern, verteilt auf kleine Wohngemeinschaften. Auf unserer Etage gibt es noch eine Frauen-WG mit Studentinnen aus den USA und England, und eine brasilianische Männer-WG, die verschiedene Kunstrichtungen studieren. Für sie ist im Dachgeschoss extra ein großzügiges Atelier eingerichtet. Am Eingang im Erdgeschoss haben die Pförtner ihr Domizil. Sie passen auf, wer in das Gebäude hereinkommt und wer hinausgeht. Gäste müssen angemeldet werden.

Jetzt bist du sicherlich beruhigt, liebe Mama, dein Sohn ist beschützt.

Unser Studentenhaus gehört nicht zu den prachtvollen Häusern an der Copacabana in der ersten Reihe. Wir befinden uns quasi in der fünften Reihe. Das ist mir auch recht so. Der Luxus in einigen Wohnvierteln tut geradezu weh, weil der Kontrast heftig zubeißt. Ein wenig unbequem sind die Aufzüge. Es gibt zwar zwei davon, doch leider funktioniert meistens nur einer, manchmal sind alle beide kaputt. Mir macht das nicht so viel aus, der achte Stock ist für mich noch einigermaßen gut zu Fuß zu bewältigen. Aber diejenigen, die im vierzehnten Stock wohnen, stöhnen und jammern, wenn sie die Treppen nehmen müssen.

Zur Universität ist es nicht weit. Stell' dir vor, es gibt hier eine Schnellbahn, die unter der Erde fährt, eine Metro. Eine Strecke geht in Nord-Süd-Richtung, die andere fährt von Ost nach West. Mit der Metro geht es oft viel schneller, als die Fahrt mit dem Bus, der immer irgendwo im Verkehrsstau stecken bleibt. Ich laufe nur zehn Minuten bis zur Haltestelle. Ich habe mir eine Monatskarte gekauft, die ist für Studenten extrem günstig. Übrigens habe ich mir als erstes ein Konto bei einer Bank einrichten lassen. Dorthin fließt nun jeden Monat pünktlich das Stipendium-Geld. Ich hebe nur ab, was ich brauche. Zuviel Geld mit sich herumzuschleppen, verführt nur zum Stehlen.

Das Universitätsgelände ist riesig und das Gewimmel von jungen Leuten kannst du dir nicht vorstellen. In den ersten Tagen habe ich mich oft verlaufen. Dabei musste ich manchmal an Bruno denken, den traurigen dünnen Bruno aus der Favela, der den richtigen Weg aus jedem Labyrinth fand.

Das wird dich auch noch interessieren: Alle Hautfarben scheinen hier versammelt zu sein: hell, wie die Europäer, schwarz wie die Afrikaner, viele Asiaten, und einige haben indigene Wurzeln. Ein internationales, buntes, fröhliches Gemisch mit verschiedenen Sprachen. Natürlich hört man meistens Brasilianisch, aber sehr oft auch Spanisch und Englisch, Französisch und Deutsch weniger. Die Japaner unterhalten sich untereinander gern Japanisch. Diese Sprache hat wiederum einen ganz eigenen Klang und, wie jede andere Sprache auch, eine eigene Sprechmelodie. Ich bin umgeben von einem lautmalerischen Klanggemisch. Es kommt mir vor, als ob ich in den verschiedenen Hörsälen und Seminarräumen gleichzeitig in unterschiedliche Länder reise.

Bis ich alle notwendigen Unterlagen zusammen hatte,
vergingen viele Tage mit Suchen, in einer Schlange Anstehen,
Warten, Anträge ausfüllen. Ich habe mich für Philosophie und
Brasilianische Geschichte eingeschrieben und eine Woche
später besuchte ich die erste Vorlesung. Das Studieren an der
Uni und das Lernen in der Schule scheinen ein verschiedenes
Paar Schuhe zu sein. Die Hörsäle sind tatsächlich zum Zuhö-
ren gedacht. Vorne steht ein Professor, der über ein Thema
doziert. Manche von ihnen können die Zuhörer einfangen und
mitnehmen in eine andere Welt, so fasziniert sind sie von ihrem
Thema und vermitteln das dann auch mit Leidenschaft. Das
macht den Studenten natürlich mehr Spaß, als wenn jemand
seinen Vortrag betonungslos herunterleiert, mag der Inhalt
auch noch so interessant sein. Aber auch solche Professoren
gibt es. Ein paar Seminare habe ich in der Zwischenzeit schon
besucht. Dort geht es in kleinen Gruppen um ein spezielles
Thema. Du siehst, ich fische mal hier, mal dort in einem Meer
von Angeboten und Möglichkeiten. Ehrlich gesagt, einen
echten Überblick habe ich immer noch nicht.

Nun habe ich noch gar nichts von meiner Geige geschrie-
ben. Obwohl ich eine Menge an Zeugnissen und Gutachten
vorlegen konnte, musste ich trotzdem vorspielen. Dann hat
man mich in die Klasse vom ersten Konzertmeister der Natio-
nal-Philharmonie eingeteilt. Das ist eine Art Auszeichnung,
hörte ich, aber bis jetzt bin ich diesem Konzertmeister noch
nicht begegnet. Da staunst du, nicht wahr? Er befindet sich auf
einer Konzerttournee und ein Assistent vertritt ihn. Dieser
Assistent ist ein merkwürdiger Vogel. Zuerst gab er an, wie
großartig er sei, weil man ihm die Vertretung für so einen
berühmten Professor angeboten hatte. Dann vollführte er ein
paar Kapriolen auf seiner Geige. Es waren Teile aus Paganini-

Etüden und weil ich sie kannte, habe ich sie gleich nachge-
spielt. Da war er zunächst sprachlos und hat mich verdutzt
angeschaut. »So, so, du spielst ja nicht schlecht. Ich kann dir
für dieses Semester das Tschaikowsky-Violinkonzert anbieten.
Oder hast du das etwa auch schon gespielt?«

Hatte ich nicht, habe jetzt aber schon die dritte Unterrichts-
stunde hinter mir und bin mir nicht sicher, ob ich viel bei ihm
lernen kann. Ich hoffe auf die Rückkehr des berühmten Profes-
sors und harre ungeduldig aus.

Du kannst dir denken, wie sehr ich Leticia vermisse. Diese
wunderbare Lehrerin wusste immer, was mich weiter bringt,
hat nicht nachgegeben, bis sie alles aus mir herausgeholt
hatte. Es gibt ein Studentenorchester. Sie proben einmal in der
Woche. Der Assistent hat wohl mit dem Dirigenten gesprochen.
Jedenfalls wurde ich gleich als stellvertretender Konzertmeis-
ter eingesetzt. Der erste Solo-Geiger ist ein Japaner. Er spricht
nicht viel, dafür übt er ununterbrochen. Ich habe ihm angebo-
ten, mit ihm Englisch zu sprechen, aber außer einem dankba-
ren Blick und einer höflichen Verbeugung seinerseits haben
wir noch kein Wort gewechselt. Mal sehen, ob mein Geigen-
spiel, ob die Musik es schafft, die Barriere zu überwinden.
»Musik ist die Sprache, die jeder versteht!« Das hat mein deut-
scher Gastvater in Berlin gesagt und seine Worte sind mir noch
gut im Gedächtnis.

So, nun weißt du, wie es deinem Großen geht. Wie du siehst,
komme ich gut zurecht. Ich bin neugierig, wie es weiter geht.

Aus der quirligen, bunten, lauten neuen Welt grüßt dich mit
einer herzlichen Umarmung und einem dicken Kuss dein Leon.

Natürlich sende ich besonders liebe Grüße auch an Pedro
und Fee!

Ich weiß noch nicht, wie ich mit der Zeit umgehen soll. Was ist wichtig für mich, was weniger? Wie kann ich die Zeit am besten nutzen? Mal bleibt sie stehen, mal rennt sie mir davon, mal zerbröselt sie mir zwischen den Fingern. Mein Leben scheint mit mir zu spielen, wie mit einem Ball. Ich bin noch nicht angekommen, weder in Rio, noch bei mir.

Die vier Mädels von der WG gegenüber haben uns eingeladen. Sie wollen etwas kochen, wir sollen die Getränke mitbringen. Bier und Zuckerrohrschnaps wird besorgt und Limonen. Der Caipirinha-Krug macht die Runde und wird anscheinend nie leer. Immer wieder wird Rum nachgegossen, Limonen werden zerstampft und mit braunem Zucker vermischt. Zugegeben, das Gesöff schmeckt wunderbar. Doch ich trinke mehr, als ich vertragen kann. Ich bin Alkohol überhaupt nicht gewohnt. Es wird ein sehr lustiger Abend, wir lachen, bis uns die Tränen kommen. Später wird mir schlecht und ich schaffe es gerade noch bis zum Klo. Noch später hängen wir alle in irgendwelchen Ecken herum. Haruki schnarcht, die Mädels kichern. Irgendwann wache ich mitten in der Nacht auf. Neben mir, auf dem Sofa, liegt Betty. Ich kann mich an nichts erinnern, merke aber, dass ich, bis auf meine Schuhe, noch angezogen bin. Betty auch. Ich rolle mich langsam vom Sofa, schleiche aus der Tür, über den Gang, und schlafe dann in meinem Bett weiter, bis zum anderen Morgen.

»Du meine Güte, haben wir gestern gesoffen! Hast du auch so einen Brummschädel?« Frederico sieht ziemlich zerknautscht aus. »Die beiden anderen pennen noch.«

»In meinem Kopf summt es, wie ein ganzer Bienenschwarm.«

Ich verschweige, dass ich zum ersten Mal in meinem Leben betrunken gewesen bin. José, der Vater von meinem Bruder

Pedro, fällt mir ein und seine Brutalität, wenn er zu viel getrunken hatte. Ich setze den Wasserkessel auf, finde einen letzten Rest Kaffee, öffne den Kühlschrank.

»Mist, er ist leer. Ich gehe runter und besorge was im Supermarkt.«

»Streuselschnecken oder Muffins«, brüllt Frederico aus seinem Zimmer.

Unten, am Ausgang zur Straße, stolpere ich beinahe über einen kleinen Jungen. Er hat sich in eine Nische am Hauseingang gedrückt und schaut mich mit großen Augen an. Es ist sein leerer, müder Blick, der mich trifft, wie ein Pfeil. Zitternd streckt er seine Hand aus. »Hunger!« Zum zweiten Mal an diesem Morgen fahren Erinnerungen aus meiner Kindheit wie ein Dolch durch meinen Körper, heftig und schmerzvoll. Für einen Augenblick bin ich wieder der kleine, sechsjährige Straßenjunge, der schutzlos und ausgehungert in einem feuchten Pappkarton von der Sozialarbeiterin Marta gefunden und gerettet wird.

Ich kaufe für den Kleinen gefüllte Maisfladen, zwei Bananen und stecke ihm etwas Geld zu, was mich verlegen macht. Er schenkt mir einen matten, aber dankbaren Blick und rennt auf seinen dünnen Beinchen mit rabenschwarzen Füßen hastig davon. Ich erzähle oben nichts von ihm, aber er verfolgt mich in Gedanken den ganzen Tag.

Am nächsten Morgen hocken vier Straßenkinder vor unserem Hauseingang und sehen mich mit bettelnden Augen mitleiderregend an. Als ich mit Milch, Pizza und Obst wiederkomme, taucht der Wachmann vom Haus auf.

»Macht, dass ihr wegkommt. Herumlungern ist hier verboten! Soll ich euch Beine machen?« Er rollt bedrohlich mit den Augen. Entsetzt fahre ich dazwischen.

»Das sind doch arme Kinder. Sie können doch nichts dafür!«

»Du kannst mit ein paar Brotstücken die Welt nicht retten. Morgen sind hier doppelt so viele und übermorgen haben wir in unserer Straße ein Problem. Sie stehlen wie die Raben.«

Sein Sarkasmus tut mir weh, aber ich bin wie gelähmt. Ich kann nichts tun, drücke nur den Kindern die Tüte mit den Lebensmitteln in die Hand und schäme mich furchtbar. Ich schäme mich, dass es mir so gut geht, dass ich unfähig bin, ihnen zu helfen. Oben in meinem Zimmer laufen mir die Tränen über das Gesicht. Ich muss weinen, wie seit meiner frühesten Kindheit nicht mehr.

Mein lieber Leon!

Wie glücklich und froh hat mich dein Brief gemacht! Ich habe ihn viele Mal gelesen. Was du alles zu erzählen weißt ... Nun kann ich mir dein Leben gut vorstellen. Eine Fülle von vielfältigen, aufregenden, abenteuerlichen Ereignissen scheint dich mit solch einer Wucht zu überfallen, dass mir ganz schwindelig wird, wenn ich darüber nachdenke. Hoffentlich fühlst du dich nicht einsam. Du triffst zwar so viele Leute, aber man kann sich auch in einer großen Menschenmenge ganz schön allein fühlen. Ich wünsche dir, dass du recht bald Freunde findest.

Hier ist alles wie immer. Ich habe jetzt die Arbeit von unserem Koch in der Schulmensa übernommen. Er hat eine Stelle in einem Restaurant erhalten. Ich stelle den wöchentlichen Speiseplan zusammen und verdiene natürlich mehr. Es macht mir großen Spaß!

Pedro konnte ich überreden, noch zwei weitere Jahre zur Schule zu gehen. Darüber bist du sicherlich genauso glücklich wie ich. Fee probt ein paar Solo-Nummern für die nächste

Samba-Veranstaltung. Deine Geschwister beneiden dich, dass du in solch einer tollen Stadt leben kannst. Sie glauben, dort ist immer Party-Stimmung.

Du fehlst mir sehr, und ich vermisse dich. Mach' dir darüber aber keine Gedanken. Wenn du gelegentlich Zeit für einen Brief an mich findest, freue ich mich riesig. Aber mach' dir deshalb keinen Stress.

Pass gut auf dich auf!!!

Es umarmt dich deine Mama

Die Begegnung mit den Straßenkindern hat mich mehr mitgenommen, als ich dachte. Ich habe mit keinem Menschen darüber sprechen können. Das Geigenüben hat mich auch nicht abgelenkt, und gejoggt bin ich schon seit Tagen nicht mehr. Mit meinem japanischen Pultnachbarn im Orchester ergab sich immer noch kein Gespräch. Er ist nicht nur besonders fleißig, er übt wie besessen. Er hat auch Unterricht, wie ich, bei dem Meister, wie er ihn ehrfürchtig nennt. Nächste Woche wird er von der Tournee zurück sein. »Mirko ist scharf auf den Assistentenjob«, verrät mir ein Bratscher aus dem Orchester, als wir in der Pause zusammen in der Cafeteria eine Cola trinken. »Dich sieht er als Konkurrenten.« Dann erzählt er mir ein wenig von Mirko und seinen hartnäckigen Kämpfen um die erste Konzertmeister-Stelle. »Die meisten Streicher lauern darauf, einen der vorderen Plätze im Orchester zu ergattern. Manche kommen deshalb extra früh zur Probe. Nur die Plätze der beiden Konzertmeister muss man sich hart erarbeiten.« Das ist mir auch schon aufgefallen. Doch solch ein Konkurrenzkampf ist mir fremd. Ich werde mit Mirko darüber sprechen. Auf die Assistentenstelle bin ich überhaupt nicht scharf; ich würde sie sogar dankend ablehnen.

Ich habe die erste Geigenstunde bei dem berühmten Professor. Er lässt sich von mir ein paar Passagen aus dem Tschaikowsky-Violinkonzert vorspielen, dabei schaut er mich über den Rand seiner Brille freundlich an.

»Da hat mein Assistent ja schon gut mit dir gearbeitet.«

Ich schlucke eine Bemerkung herunter.

»Aber deine Bogenhaltung ist nicht optimal. Der kleine Finger muss lockerer auf der Stange liegen. Aber deine Intonation ist gut.«

»Hm.« Ich bin ein wenig ratlos, was er wohl damit meint, will aber nicht, dass mein Blick Skepsis verrät.

»Spiele die erste Passage zur Übung mit unterschiedlichem Griff. Halte den Bogen etwas mehr zur Mitte hin, spüre, wie unterschiedlich der kleine Finger auf der Bogenstange balanciert.«

Bis zur nächsten Unterrichtsstunde werde ich das ausprobieren. Aber nur um zu testen, worin der Unterschied liegt. Natürlich führe ich den Bogen bei Bach anders als bei Paganini. Ich kenne sehr gut die Aufgaben des Bogens. Mal muss ich ihn schwer und saftig in die Saiten tauchen, mal luftig und locker über die Saiten gleiten lassen.

Der Professor wundert sich, dass ich in der nächsten Unterrichtsstunde den ersten Satz von Tschaikowsky auswendig vorspiele. »Aha, du hast fleißig geübt und deine Bogenhand ist auch schon viel flexibler geworden.« Es dauert wirklich eine Weile, bis wir miteinander warm werden, bis er mein Geigenspiel einschätzen kann und er mich akzeptiert. »Du bist wirklich ein sehr guter Geiger, ein außergewöhnlich begabter junger Mann. Ich habe nicht viel zu korrigieren. Ich werde dir ein paar Tipps für die Interpretation geben und ansonsten mit dir dein Repertoire erweitern.«

Er reist mit mir tatsächlich durch alle großen Violinkonzerte. Sein Erfahrungsschatz ist enorm und er spielt mit einer bewundernswerten Lockerheit. Da kann ich einiges abgucken. Allerdings fühle ich mich nicht so gut beobachtet, nicht so sorgsam geführt, wie von Leticia. Aber sie ist ja auch eine Ausnahme-Lehrerin, eine Ausnahme-Frau. Mein Professor scheint auch nicht immer ganz genau hinzuhören. Kleine Fehler höre nur ich. Das wäre bei Leticia nie passiert.

Frederico, mein mexikanischer Mitbewohner, hat Chili con Carne gekocht und die Mädels von gegenüber dazu eingeladen. Dieses Mal halte ich mich mit dem Schnaps zurück und trinke nur Bier. Betty und Rahel aus den USA studieren Psychologie, die beiden anderen haben von ihrer Londoner Uni ein Stipendium erhalten. Jane studiert irgendwas mit Sprachwissenschaften. Silva schreibt gerade ihre Masterarbeit über Umwelt und Nachhaltigkeit am Beispiel des Tropischen Regenwaldes. Wir beide unterhalten uns angeregt. Sie ist eine hübsche, lustige Person, sehr selbstbewusst und ein wenig forsch. Silva ist 24 und macht keinen Hehl daraus, dass sie mich attraktiv findet. »Na, wie viele Frauen hast du schon vernascht? Bist du zurzeit in festen Händen?« Sie zieht mich vom Stuhl hoch, nimmt meine Hand, und wir verschwinden unauffällig durch die Tür, über den Flur in ihr Zimmer.

Sie ist so ganz anders als Lisa. Weder besonders zärtlich, noch sanft. Sie ist wild, leidenschaftlich, hemmungslos. Ich lasse mich ein auf ein Liebesspiel, was mich überrascht, erregt und eine neue Gefühlswelt in mir aufreißt. »Sex mit dir macht Spaß.« Silva beißt mich leicht in den Hals, genau dorthin, wo meine Geige sitzt. »Nun ist dein Geigenfleck ein Knutschfleck geworden«, lacht sie laut. »Das fällt gar nicht auf.« Ein wenig beschwipst schleiche ich in unsere WG zurück. Die anderen scheinen unser Verschwinden gar nicht bemerkt zu haben. Silva kommt etwas später nach. Sie hat ihre Lippen rot geschminkt und ihre langen Haare zu einem wippenden Pferdeschwanz zusammengebunden.

Mein Geigenüben ist unkonzentriert, zu viel geht mir durch den Kopf. Meine Gedanken tanzen in alle Richtungen. Wenigstens jogge ich wieder regelmäßig. Ich umrunde den kleinen Park in der Nähe mehrere Male und achte darauf, dass ich tief durchatme. »Keine Sorge, ist alles ohne Verpflichtung«, ruft Silva lachend quer über den Gang, als sie mich schwitzend und schnaufend aus dem Aufzug kommen sieht. »Bei Gelegenheit ist Wiederholung aber erwünscht.«

Wir feiern eine Party. Bei uns im Studentenhaus gibt es im Dachgeschoss einen großen Saal, der extra für Veranstaltungen genutzt werden kann. Ich muss an die harmlose Fete in Berlin denken, mit Nudelsalat und Fassbrause und meinem ersten großen Liebeskummer. Die Zeit ist wie im Fluge vergangen. Wie in Berlin bringt jeder etwas zum Essen mit und stellt es auf einen langen Tapeziertisch. Getränke werden besorgt und aus einer Gemeinschaftskasse bezahlt. Zum Sitzen gibt es kaum etwas: Ein paar Kissen und Matratzen auf dem Fußboden, ein paar Hocker, wir verteilen uns im Raum nach Lust und Laune. Ich soll Geige spielen. »Nichts Klassisches, Improvisieren wäre das Beste«, lässt mich Silva wissen. Die Luft ist stickig, obwohl das große Dachfenster weit geöffnet ist. Blauer Dunst zieht wolkenartig durch den Raum. Mit einem penetrant süßlichen Geruch schlängelt er sich den Weg zum Dachfenster. Das sind wahrscheinlich keine normalen Zigaretten. Die Rumflasche kreist, auch Krüge mit Caipirinha. »Nimm einen Schluck, das macht locker, und du kannst besser improvisieren«, ermuntert mich Silva. Ich schüttle den Kopf. »Später vielleicht.«

Mindestens 70 Personen sitzen in kleinen Gruppen auf dem Boden, lehnen an Wänden, trinken, rauchen, diskutieren, lachen. Ich hole meine Geige aus dem Kasten, stimme kurz die Saiten und beginne mit Melodien, die mir gerade einfallen. Melancholische Melodien verweben sich miteinander, zärtlich und hingebungsvoll. Ich verbinde sie mit Paganini-Capricen, variiere sie mit geheimnisvollen Schattierungen, wilden Rhythmen, umranke sie mit verführerischem Glissando und Flageolett-Tönen wie ein zwitschernder Vogel. Lampen werden gelöscht und Kerzen angezündet. Aus einer anderen Ecke vibrieren Trommel-Rhythmen, zuerst behutsam, dann kräftiger, immer wilder wirbeln sie zu mir herüber, verschmelzen mit meinen Geigentönen zu einem Ozean der Klänge. Alle lauschen wie gebannt unserer Musik, die mitreißt, eine Musik, die in die Seele dringt. Wie ein Orkan umschlingt sie mich und schleudert mich durch Augenblicke. Irgendwann schwingt sie langsamer, pendelt sich in ruhigere Bewegungen ein, verharrt in einer gespenstischen Stille, bevor Begeisterungsstürme losbrechen.

Total erhitzt und immer noch benommen, packe ich meine Geige in den Kasten, bahne mir einen Weg zur Tür, presse meine heiße Stirn gegen das kühle Metall des Aufzugs, und während er mich, beginnend mit einem scharfen Ruck, rasant sechs Stockwerke tiefer transportiert, will mein Magen langsam die Gegenrichtung nehmen. Ich bringe meine Geige in mein Zimmer und verschnaufe. Als ich zurückkomme, hält mir jemand ein großes Glas Cola an den Mund und zieht mich auf eine Matratze. »Ich hab die Cola mit einem Schuss Rum aufgepeppt«, flüstert Silva mit rauer Stimme. »Kuba Libre …« Bedenkenlos trinke ich das Glas in einem Zug leer und fühle mich noch mehr in Trance als vorher. Ein himmelhoch jauchzender Rausch wirbelt durch meinen Körper.

»Du machst tolle Musik, soviel Leidenschaft und Temperament strömt aus dir heraus. Ich möchte mit dir schlafen, am liebsten jetzt sofort.« Silva sieht mich herausfordernd an, lockend und verführerisch, und verlässt betont langsam den Raum. Ich lasse sie noch ein wenig warten, bevor ich meinen Gefühlen nicht mehr widerstehen kann und auch nicht will. Ich eile ihr hinterher. Schon im Aufzug können wir uns nicht beherrschen und stürzen uns in ein turbulentes, hemmungsloses Liebesduell. In ihrem Zimmer überfällt uns unersättliches Begehren. Es ist schon hell, als ich aufwache, meine Sachen zusammensuche und über den Flur in mein Zimmer taumle. Wie wohltuend kühl mich mein Bett empfängt. Ich falle in einen tiefen Schlaf bis in die Nachmittagsstunden.

Ein ganzer Tag ging so verloren, zerronnen in den Turbulenzen der Nacht. Ich muss versuchen, wieder Einfluss auf meine Zeit zu nehmen, sie festzuhalten und sinnvoller zu nutzen. Das Geigenüben will gar nicht funktionieren, und den Rest des Tages dümple ich faul vor mich hin. Aber morgen, morgen werde ich wieder joggen und mich fit fühlen.

Ich wache mit höllischen Kopfschmerzen auf. Frederico bringt mir zwei Aspirin und einen sauren Hering. »Das hilft!« Ich verziehe mein Gesicht. Auch diesen Tag verliere ich und übermorgen habe ich Geigenunterricht.

Liebe Mama,
wie schön, von dir zu hören! Gefreut hat mich natürlich Pedros weiterer Schulbesuch und dass es euch gut geht. Bei mir ist alles im Lot. Der Geigenunterricht beim Professor macht mehr Spaß, als bei seinem Assistenten. Er ist zufrieden mit mir und ich mache gute Fortschritte. Im Orchester muss ich mich noch eingewöhnen. Da rennt jeder nach Beachtung und Aufmerk-

samkeit, vor allem die Streicher. Ich habe keine Lust, mich an
diesem Wettrennen zu beteiligen. Nicht jeder kann Solist sein.
Mein Geschichts- und Philosophiestudium geht gut voran. Das
Leben in der WG funktioniert prima. Wir sind ein gutes Team.
Du siehst, alles ist bestens, obwohl du wieder viel zu lange auf
ein Lebenszeichen von mir warten musstest.
Liebe Grüße an Pedro und Fee.
Es umarmt dich dein »Großer Junge«, dein Leon!

P.S. Du musst nicht schreiben, dass ich auf mich aufpassen soll.
Das mache ich doch!! Du musst dir wirklich keine Sorgen
machen!

Obwohl ich ziemlich ungeübt in den Geigenunterricht komme,
klappt es ganz gut. Beinahe wie von selbst sprudeln die Töne
heraus. »Du hast eine Menge Talent mit in die Wiege gelegt
bekommen. Du entwickelst Solisten-Qualitäten. Wir sollten das
Tschaikowsky-Violinkonzert mal dem Studenten-Orchester
anbieten, fürs nächste Semester.« Der Professor blickt mich, wie
immer, freundlich über seinen Brillenrand an, macht sich ein
paar Notizen und spielt den Anfang vom letzten Satz feurig und
mit Verve. »In diesen Satz kannst du noch ein wenig Schwung
bringen. Er muss die Zuhörer von den Bänken reißen.«

Mama hat postwendend geantwortet.

Mein lieber Leon!
Natürlich mache ich mir Sorgen. Dein Brief klingt leer und
unbestimmt. Er wirkt auf mich, als ob du außerhalb von dir
stehst. Ist dein Leben so turbulent? Ich hoffe so sehr, dass etwas
Ruhe in dich einkehrt. Geh raus in die Natur (ich hoffe, es gibt

so etwas in der riesigen Stadt), umarme die Bäume, atme mit dem Wind, höre auf die Stimmen im Wald und sage jetzt nicht, dass deine Mutter verrückt ist.

Es umarmt dich, wie immer mit Liebe, deine Mama
Trotzdem wiederhole ich meine inständige Bitte: Pass auf dich auf!!!

Auf unserer Etage leben ja brasilianische Kunststudenten aus São Paulo in einer WG. Sie studieren hier in Rio an der Kunstakademie und wollen Maler oder Bildhauer werden. Die vier Jungs nehmen mich mit auf eine Vernissage: Reiche Leute kennenlernen, Kontakte knüpfen, das kann mal wichtig werden. Das Atelier liegt in einer vornehmen Gegend an der Copacabana. So viele fantasievoll angezogene Menschen habe ich noch nie gesehen. Manche sind sehr elegant gekleidet, mit edlen Anzügen, feinen, figurumspielenden Kleidern, andere eher schrill, mit bunten Federn oder riesengroßen Ketten und Ringen geschmückt. Auffallen will hier wohl jeder.

»Das ist Leon, ein außergewöhnlich guter Geiger«, werde ich vorgestellt. Ich lächle höflich, obwohl es mir peinlich ist. »Ich brauche musikalische Umrahmung für meine nächste Vernissage. Was kannst du anbieten?« Eine auffallend gut aussehende Frau, ganz in schimmernde weiße Seide gehüllt, mit schwarzen, kurzen Haaren, die helmartig und glänzend ihr Gesicht umrahmen, schaut mich mit aufreizend rot geschminkten Lippen und schwarz umrandeten, bernsteinfarbenen Augen direkt an. »Ich heiße Laura, bin die Kuratorin, und mir gehört das Atelier hier. Ich habe Vielversprechendes von dir gehört. Als Geigenvirtuose, selbstverständlich.« Ihr Lächeln ist geheimnisvoll, ihr Blick aus den ein wenig schräg gestellten Augen mustert mich amüsiert.

Ich schlage Paganini-Capricen vor. Die sind wirkungsvoll und ich muss keinen Begleiter suchen. Die Vernissage wird ein großer Erfolg und die Presse lobt nicht nur die Bilder, sondern auch mein feuriges Violinspiel. Es gibt prickelnden Champagner aus zarten hohen Gläsern und die Menschen kommen mir vor, wie von einem anderen Stern. Beim Kauf einiger Bilder werden unvorstellbar hohe Summen verhandelt. Auch meine Gage ist fürstlich.

»Kunstsammler sind nicht immer Kunstkenner, den wenigsten ist Kunst eine Herzensangelegenheit, aber viel Geld haben hier alle«, klärt mich Francesco aus unserer Künstler-WG auf. Ich werde für ähnliche Veranstaltungen gebucht. Ich spiele alles, was brillant und bravourös klingt, dazwischen streue ich ein paar melancholische Phrasen. Mehr erwartet man nicht und es kommt immer sehr gut an. Ich muss mich nicht allzu sehr vorbereiten, und das Honorar fließt üppig. Laura scheint überall zu sein. Sie besitzt mehrere Ateliers und wird als Kuratorin in der Szene sehr geschätzt.

»Wir müssen die nächste Vernissage besprechen. Ich möchte dir ein paar Bilder zeigen, damit du die passende Musik dazu findest.« Laura zieht mich ein wenig beiseite in eine Nische. Sie blickt mich offen an, nicht fragend, sondern selbstbewusst mit glitzernden Augen. »Kannst du morgen Abend zu mir kommen? Ich bereite einen kleinen Imbiss vor. Ist dir acht Uhr recht?« Sie gibt mir ihre Adresse.

Es ist eine der feinsten Gegenden an der Copacabana. Der Concierge behandelt mich mit einer vornehmen Höflichkeit, der Aufzug bringt mich in das 28. Stockwerk. Laura empfängt mich in ihrem Appartement. Auch ungeschminkt sieht sie hinreißend aus. Sie küsst mich mit schneller Gewohnheit rechts und links auf die Wange, so, wie es allgemein üblich ist.

Sie verströmt einen verführerischen Duft. Ich halte mich an meinem Geigenkasten fest. »Du hast deine Geige mitgebracht?« Amüsiert, erstaunt zieht sie ihre Augenbrauen hoch. Vorsichtig nimmt sie mir den Geigenkasten ab und legt ihn auf eine Kommode.

Ich bin sprachlos. Eine breite Fensterfront zeigt die fantastischste Aussicht, die sich mir je geboten hat: Über funkelnde Lichterfluten hinweg bis zum Zuckerhut, der sich schemenhaft und geheimnisvoll am Horizont abzeichnet, schweifen meine Blicke und ich glaube zu träumen.

»Ich liebe diese Aussicht!« Laura breitet überschwänglich ihre Arme aus. Lass uns erst einmal mit einem Glas Champagner anstoßen.« Sie zeigt auf eine großzügige Sitzlandschaft, ganz aus hellem Leder, die mit roten Samtkissen gepolstert ist.

»Es ist das Wunderschönste, was ich je in meinem Leben gesehen habe.« Mehr fällt mir nicht dazu ein. Ich ärgere mich, dass ich so unbeholfen bin, aber die knisternde Atmosphäre und die Situation überfordern mich total. Doch der Champagner prickelt unbeschwert in meinem Mund.

»Nun schau dir erst einmal die Bilder an. Welche Musik könnte dazu passen?«

Erst jetzt bemerke ich an der gegenüberliegenden Wand nebeneinander in einer Reihe in Vierer-Blöcken ordentlich gestapelt, Bilder in relativ kleinen Formaten.

»Das sind alles Aquarelle von einem aufstrebenden jungen Maler, von dem noch einiges zu erwarten ist.«

Die Bilder sind zarter in der Farbgebung, nicht so explosiv wie Öl-Gemälde oder Bilder in Acryl, die mir sonst bei den Ausstellungen begegnet sind. Zwar abstrakt, scheinen sie in flirrenden, schwingenden Linien und Flächen ineinander zu fließen und Licht durchschimmern zu lassen.

»Die Französischen Impressionisten fallen mir dazu ein, Debussy, Fauré. Die Sonaten sind aber mit Klavierbegleitung.«

»Dann werden wir einen Pianisten engagieren und eine Klavierfabrik kann den Flügel liefern, quasi als Werbung für ihre Instrumente.«

Laura legt leicht ihre Hand auf meinen Arm. »Entschuldige mich kurz für ein paar Telefonate. Ich erledige gern die Dinge sofort und so schnell wie möglich.«

Ich bewundere ihre Leichtfüßigkeit, die keine Eile ausstrahlt, nur Zielstrebigkeit.

»Es hat geklappt. Ein Freund hat mich mit einem erfahrenen Pianisten verbunden, der dich begleiten kann. Habe schon mit ihm gesprochen.«

Meinen verwunderten Blick beantwortet sie mit einem Lächeln.

»Er spielt alles vom Blatt, was man ihm vorlegt, keine Sorge. Ein bis zwei Proben werden reichen. Er wird sich auch um den Flügel kümmern.«

Eine Platte mit verlockenden Häppchen: Lachsröllchen, Garnelen, Petit Fours, Trauben, Melonen. Mir läuft das Wasser im Mund zusammen. Ich hätte es mir denken können: alles nur die Ouvertüre. Wie verzaubert folge ich Lauras Inszenierung, füge mich bereitwillig der Regie ihrer Liebesspiele. Sie sind geprägt von verführt werden und verführen, entdecken und entdeckt werden. Ein Spannungsbogen von zarter Berührung, von sanftem und lustvollem Verweilen bis zur Ekstase umschlingt mich und trägt mich auf einer riesigen Welle in ein Traumland der Sinnlichkeit.

»Mein Zaubergeiger, in dir schlummern ja noch einige andere Talente.«

Während ich mich im Morgengrauen leise anziehe, taumelnd vor Glück, schnurrt Laura wie ein zufriedenes Kätzchen. »Du musst noch nicht gehen, aber du musst mir versprechen, wiederzukommen.«

Draußen in der frischen Morgenluft bin ich nicht fähig, nach Hause zu gehen. Ich bin gefangen im Strudel meiner Gefühle. Ich möchte den Augenblick festhalten, doch er entweicht auf verschlungenen Pfaden. Ich setzte mich in den Sand. Eine ungewohnte, unheimliche Stille umgibt mich. Kaum ein Mensch ist an der Copacabana, außer ein paar trägen, übriggebliebenen Nachtschwärmern. Der Himmel erwacht. Die Morgenröte meiner Kindheit hat sich in eine goldene, glänzende, bersten wollende Kugel, die sich am Horizont mit einer Fülle von schimmernden Strahlen ins Meer ergießt, verwandelt. Ich habe meine Schuhe ausgezogen und lasse kleine Wellen, die sich am Strand kräuseln, mit meinen Zehen spielen. Mein Blick wird magisch von der unendlichen Weite des Himmels angezogen. Ich verharre ein paar Minuten, dann gehe ich zurück bis zur Promenade und setze mich auf einen Stein. Ich öffne den Geigenkasten und wickle meine Geige aus dem schönen Seidentuch, in das Leticia sie vor über zehn Jahren gehüllt hat. Ich drücke mein Gesicht in dieses Tuch und plötzlich durchströmt mich eine Woge von Gedanken an Leticia; es sind Sehnsuchtsgedanken. Mein Herz ist in Aufruhr: Erlebtes und Ersehntes in einem Chaos, auf der Suche nach einem unergründlichen Dialog. Ich spiele ein paar melancholische Melodien, der Wind trägt sie fort – bis zum Horizont.

Heute ist mein 21. Geburtstag und ich habe wirklich keinen Grund, betrübt zu sein. Nicht einmal darüber, dass ich allein im Morgenlicht an der Copacabana sitze und mir selbst ein Geburtstagsständchen spiele. Mein Leben pulsiert.

Liebe Mama!

Du musst dir wirklich keine Sorgen machen; ich bin schon groß. Wenn du mich sehen könntest, würdest du bestimmt staunen. Schon seit ein paar Monaten habe ich einen ordentlichen Haarschnitt! Betty, eine Amerikanerin aus der Frauen-WG auf unserer Etage, kann sehr gut Haare schneiden. Meine Locken sind gebändigt und ich kann mich überall damit sehen lassen.

Ich werde zu allen möglichen Veranstaltungen eingeladen, um Geige zu spielen: Studentische Ereignisse, Feierlichkeiten. Ich komme wirklich viel rum. Durch die Kunststudenten im Haus habe ich wichtige Leute aus der Kunstszene kennengelernt, die mich einladen, ihre Ausstellungen musikalisch zu untermalen. Dadurch lerne ich immer wieder eine Menge interessanter Leute kennen, habe Kontakte zu den verschiedensten Ateliers, Malern und Bildhauern. Sie alle wohnen auf der Sonnenseite des Lebens, also in der ersten Reihe der Copacabana. Der Kontrast zwischen arm und reich ist hier in Rio extrem und überall zu spüren und man wird täglich damit konfrontiert. Aber man lernt, damit zu leben und irgendwie gewöhnt man sich daran.

Mein Professor hat Wort gehalten, in zwei Wochen ist es soweit: ich werde das Tschaikowsky-Violinkonzert zusammen mit dem Hochschul-Orchester spielen. Ich bin in jeder Probe dabei, auch wenn nur Orchesterstellen geübt werden. Dann setze ich mich ganz hinten ans letzte Pult der zweiten Violinen und spiele mit.

Mein Geschichtsstudium werde ich im kommenden Semester abschließen. Philosophie mache ich auf jeden Fall weiter. Du kennst mich ja: Ich will unbedingt meinen Master-Abschluss schaffen. Die Seminare sind sehr interessant und ich habe schon mehrere Referate gehalten, die mir einige Punkte einbrachten. Bestimmt lächelst du jetzt und bist zufrieden mit deinem Sohn.

Ich umarme dich und bleibe immer dein Leon
(der ganz schön erwachsen geworden ist)

Die Wahrheit ist, ich schwänze ziemlich oft die Vorlesungen, weil ich keine Zeit dafür finde. Mein Leben gleicht einem mittleren Erdbeben, gefühlsmäßig, natürlich. Es sind nicht nur die Tschaikowsky-Proben, es sind die vielen Einladungen zu Festen, Veranstaltungen, Club-Abenden, wo ich als Geiger gefeiert werde. Teufelsgeiger nennen sie mich, was mir sehr schmeichelt. Natürlich geht das nicht, ohne zu üben, aber ich beherrsche mein Repertoire, das ich jederzeit abrufen kann.

Der Debussy zu Lauras Vernissage hat tatsächlich mit eineinhalb Proben geklappt. Der Pianist, ein älterer erfahrener Spieler, der den Notentext wie aus einem Buch liest, hat mich begleitet. Natürlich sind dabei nicht so viele Impulse zu erwarten und man kann nicht so sehr auf Feinheiten achten, aber wir waren zusammen, sind nirgends ins Stolpern gekommen, den Leuten hat's gefallen und das Honorar hat gestimmt. Was will man mehr?

Laura will mich oft sehen und ich bin ganz verzaubert von dieser wunderbaren Frau. Sie öffnet in mir ganz neue Wege der Leidenschaft, ganz andere Dimensionen in der Liebe. Die Geige nehme ich nicht mehr mit und der Concierge in ihrem Haus öffnet mir die Tür ohne aufzusehen, allerdings auch ohne Gruß, nur mit einem Lächeln in den Mundwinkeln. Ich fühle mich sehr erwachsen und sehr großartig. So könnte das Leben ewig weitergehen. Ich könnte die ganze Welt umarmen.

Es ist kurz nach dem Tschaikowsky-Konzert: ich sortiere gerade die Pressemitteilungen, sonne mich in den Lobeshymnen, als es an meine Zimmertür klopft. Schon wieder Post von Mama. Ich wende den Brief hin und her. Aber es ist nicht ihre Schrift. Etwas erschrocken reiße ich den Umschlag auf. Es ist ein Brief vom Sinfonie-Orchester Salvador da Bahia.

Lieber Leon,
als ein Kind unserer Stadt (ich darf Sie doch so nennen), möchte ich Sie einladen, in der kommenden Saison das Mendelssohn-Violinkonzert mit uns zu spielen. Wir haben einen jungen, sehr begabten Dirigenten aus Italien verpflichten können, und bei der gemeinsamen Konzertplanung kam mir die Idee. Auch der Orchestervorstand ist einverstanden. Unsere Terminvorschläge lege ich bei und würde mich freuen, wenn Sie sich möglichst rasch entscheiden könnten. Ich hoffe sehr, dass unser Vorhaben in Ihre Zeitpläne passt.

Ich erinnere mich noch sehr gut an Sie. Nicht nur, weil Sie vor sieben Jahren den Wettbewerb für das Brasilianische Jugendorchester mit diesem Mendelssohn-Konzert gewonnen haben, sondern auch an Ihre viel beachteten Konzerte im Musikgymnasium.

Ich grüße Sie sehr herzlich aus Ihrer alten Heimat und freue mich, bald von Ihnen zu hören.
Ihr B. Lorenzo
(Intendant des Sinfonie-Orchester Salvador da Bahia)

Mich überfällt riesige Freude, Jubel, Stolz und Rührung mit einem Schlag. Ich antworte sofort.

Die Zeit zerrinnt mir wieder zwischen den Fingern. In zwei Wochen werde ich in meiner Heimatstadt meinen Mendelssohn spielen und ich habe kaum dafür geübt. Aber er sitzt noch sehr gut. Das Auswendigspielen macht mir auch keine Mühe.

Trotzdem bin ich furchtbar aufgeregt, habe Schmetterlinge im Bauch vor lauter Vorfreude. »Bleib nicht solange weg, ich brauche dich«, bittet Laura.

Ich werde meine Familie wiedersehen, meine Schulfreunde, Leticia. Seit zweieinhalb Jahren lebe ich nun schon in Rio. Einerseits kommt es mir vor wie eine Ewigkeit: So viel hat sich in der Zwischenzeit ereignet. Andererseits schrumpft die Zeit in meinen Gedanken, als hätte ich gestern erst meine Heimat verlassen.

Vom Flughafen geht's gleich mit dem Taxi zum Konzerthaus. Es sind noch zwei Tage bis zum Konzert und jede Probe ist wichtig. Tausend Gedanken schießen mir durch den Kopf, die Vorfreude fegt jetzt wie ein Wirbelsturm durch meinen Körper. Alles scheint wie immer: Die roten Plüschsessel im Zuhörersaal, der braune Samtvorhang auf dem Podium, die Lampen, sogar der Geruch, allerdings erscheint mir der Saal kleiner als früher. Ich hoffe, Leticia bei der Probe zu sehen. Aber sie ist nirgends zu entdecken, ich bin enttäuscht. Man hat ein Abendessen mit meiner Familie arrangiert, sogar Ricardo, mein erster Geigenlehrer aus Kindertagen ist eingeladen. Und man hat ein Zimmer im Hotel für mich reserviert. Das sehen alle ein, vor dem Konzert muss der Solist Ruhe haben. Doch wo ist Leticia? »Leticia lässt dich grüßen, sie kommt natürlich morgen Abend zum Konzert«, richtet mir Ricardo aus.

Am nächsten Tag, in der Mittagspause, fahre ich zum Konservatorium. Ich muss unbedingt Leticia sehen, ich will sie überraschen. Ihr Raum ist immer noch in der zweiten Etage, ich nehme zwei Stufen auf einmal und stehe mit klopfendem Herzen vor ihrer Tür. »Ein Schüler hat abgesagt, ich muss noch etwas besorgen, bin in zwei Stunden wieder da«, hat sie auf einen Zettel geschrieben und an die Tür geheftet. Ich schaue auf die Uhr und stampfe mit dem Fuß auf. In zwei Stunden bin ich mit dem Dirigenten und Konzertmeister verabredet, um noch einige Übergänge und Fragen zu klären, Tempofragen vor allem.

Im Hotel, eine Stunde vor dem Konzert, überfällt mich ein Anfall von Müdigkeit. Ich stehe vor dem Spiegel und bin mit meinem Aussehen zufrieden. Betty hat mir vor drei Tagen die Haare geschnitten und das schwarze Seidenhemd sitzt wie angegossen. Vor dem Tschaikowsky-Konzert in Rio habe ich mir mehrere schwarze Seidenhemden auf Lauras Rat hin schneidern lassen und trage sie seither zu allen Konzerten. Ich bestelle mir einen Espresso, rühre viel Zucker hinein und fahre ins Konzerthaus. Der Saal scheint bis auf den letzten Platz gefüllt zu sein. »Alles ausverkauft«, raunt mir die Garderobenfrau zu.

Das Konzert beginnt und mich treibt ein Tempovergnügen, eine diabolische Lust an Geschwindigkeit vorwärts. Der Dirigent schwitzt, der Konzertmeister sitzt auf der vordersten Stuhlkante und schwitzt auch. Ich bin wie elektrisiert, immer schneller jage ich meine Finger, peitsche die Melodien wie einen Kreisel. Ich bin wie in einem Rausch. Mein Seidenhemd klebt an meinem Körper. Schweißgebadet bringen wir das Konzert gemeinsam zu Ende. Applaus, Jubel, Standing Ovation. Blumen werden aufs Podium geworfen, ich verbeuge mich tief, werfe Kusshände in den Saal.

»Vor nicht einmal zweieinhalb Jahren als hochbegabter Jugendlicher nach Rio de Janeiro gegangen, als tollkühner Meister zurückgekommen. Ein grandioser Erfolg für Leon Navarro in seiner Heimatstadt«, werden am nächsten Tag die Zeitungen berichten.

Da ist sie endlich: Leticia erscheint im Türrahmen vom Solistenzimmer. Wir eilen aufeinander zu. Sie umarmt mich lange. Ich merke, dass ich einen ganzen Kopf größer bin als sie. Sie scheint in mich hineinzuhören. Ihre Augen funkeln, aber es sind zornige Blitze, die mich erreichen. Weit von sich gestreckt, hält sie mich fest.

»Was ist mit dir passiert? Wer hat das zugelassen?«

Ich bin starr vor Schreck. »Ich verstehe nicht«, stammle ich hilflos.

»Du verschleuderst dein Talent. Dein Spiel klingt oberflächlich, ist ungenau. Du spielst wie der Teufel, rasant und selbstverliebt. Die Menschen jubeln dir zu, aber nur wegen deiner atemberaubenden Tempi, nicht wegen deiner Hingabe an die Musik. Du musst wieder zur Demut finden, Leon.«

Ich falle ins Bodenlose, wie in ein schwarzes Loch.

»So, nun ist es heraus. Aber ich musste es dir sagen. Wir sind uns so nah, ich halte es nicht aus, stumm mitanzusehen, was mit dir geschieht.«

Eine gewaltige Welle scheint mich zu verschlingen. Mir wird schwindelig, ich muss mich setzen.

»Wann geht dein Flieger morgen? Wir müssen unbedingt miteinander reden. Heute bin ich zu aufgewühlt.« Sie umarmt mich nochmals und ich spüre wie ihr Herz klopft. Oder ist es mein eigenes? Ich buche meinen Flug um und will die letzte Maschine am Abend nehmen. Ich treffe Leticia in der Mensa, sie lädt mich zum Mittagessen ein. Ich habe die ganze Nacht kaum geschlafen. Leticias Worte verfolgen mich immer noch. Sie haben mich tief getroffen und meinen Stolz und meine Eitelkeit verletzt.

»Du musst etwas an deinem Leben ändern. Ich werde verrückt, wenn ich sehe, was es mit dir gemacht hat. Du siehst fabelhaft aus, bist ein toller Mann geworden, scheinst das Leben zu genießen. Aber das ist nur bunter Firlefanz, Äußerlichkeiten, zu kurzlebig. Du musst deine attraktive Hülle mit nachhaltigen Dingen füllen. Wo ist dein Herzblut, deine Innigkeit, wo ist deine Liebe zur Musik, deine Leidenschaft für die wirklich wichtigen Dinge im Leben?«

Sehr langsam begreife ich, was Leticia mir sagen möchte. Sie will eine Richtungsänderung in meinem Leben, weil sie weiter blicken kann als ich in meiner kurzsichtigen Selbstverliebtheit.

Eine weitere Flugänderung auf den nächsten Tag kostet Storno-Gebühren, doch die sind es mir wert. Ich brauche Zeit zum Nachdenken. Ich glaube immer noch, in einem bösen Traum gefangen zu sein. Aber ein paar unbeschwerte Stunden will ich trotzdem mit meiner Familie verbringen. Sie jubeln, springen an mir hoch.

»Das war ein Superkonzert, du hast ganz toll gespielt. Hast du uns aus Rio etwas mitgebracht?« Ich schaue zerknirscht.

»Das habe ich vergessen, hatte so viel zu tun. Ich werde euch ein Paket schicken, versprochen!«

Mama runzelt die Stirn. Ihr Blick sagt: Pass auf dich auf!

Wie soll ich es anstellen, die Richtung meines Lebens zu ändern? An mein Studentenzimmer klebe ich ein Schild: Bitte nicht stören! Anrufe wimmle ich ab. Außer meinen WG-Mitbewohnern scheint sich niemand ernsthaft für mein Befinden zu interessieren.

Silva steckt nach kurzem Klopfen ihren Kopf durch den Türspalt.

»Soll ich dich ein bisschen aufmuntern«, fragt sie kess. Ich schüttle den Kopf.

»Lieb gemeint, aber Sex ist jetzt das Letzte, was ich brauche.«

»Na, dann nicht«, sagt sie schmollend und tut so, als wäre sie beleidigt.

Laura meldet sich am Telefon: »An und für sich renne ich den Männern nicht hinterher. Aber du hättest dich wirklich mal melden können.« Ihr pikierter Ton ist nicht zu überhören.

In der nächsten Zeit bin ich meistens in der Uni, beschäftige mich viel mit Philosophie, hocke ganze Tage in der Bibliothek oder übe Geige. Mein Professor ist wieder auf Tournee, bei seinem Assistenten habe ich mich noch nicht gemeldet.

Post von Leticia!

Lieber Leon,
ich habe noch gute Kontakte zum Musikkonservatorium in New York, der berühmten Elite-Schule für Instrumentalisten aus der ganzen Welt. Wenn du willst, aber nur, wenn du es aus ganzem Herzen wirklich willst, kann ich dir dort für das nächste Semester einen Vorspieltermin für ein Stipendium besorgen. Ich kann nicht versprechen, ob sie dich nehmen, aber ich bin mir sicher, dass du gute Chancen hast. Melde dich bei mir.
Deine Leticia.

P.S. Nimm dir mal wieder die Bach-Solo-Partiten vor, auch Mozarts Violinkonzerte. Aber das ist nur ein gutgemeinter Rat von deiner alten Lehrerin.

Ich heule wie ein kleiner Junge.

AUF DER SUCHE NACH DER BALANCE

Der Tag heute scheint merkwürdig vernebelt. Zuerst reibe ich mir die Augen, weil ich glaube, der unruhige Schlaf hat meinen Blick verschleiert. Dann überlege ich, ob ich mal wieder die Fenster putzen müsste. Aber nach wie vor bleibt alles verschwommen. Draußen wabern dicke Nebelschwaden wie Gespenster zwischen den Hochhauswänden; es will einfach nicht hell werden.

Ich möchte Leticia einen Brief schreiben, sitze vor einem Bogen Papier und weiß nicht, wie ich beginnen soll. Ich bin überwältigt von ihrem Angebot, von ihren Worten, ihrem großen Herzen. Das will ich in schöne, dankbar klingende Worte kleiden, aber es will nicht gelingen. Zuerst habe ich eine Schreibblockade, dann schreibe ich drauflos, finde aber, dass meine Worte banal und hohl klingen, zerknülle das Papier und greife nach einem neuen Blatt.

Liebe Leticia,
tausend Mal Danke!!! Ja, ich will! Ich bin bereit, mein Leben zu ändern. Danke für deine Worte, deine Hilfe. Danke für dein großes Herz und deine Zuneigung!
Ich bleibe immer dein Leon.

P.S. Ich werde deinem Rat folgen und mich in die strenge Form der Bach-Partiten versenken und sie mit neuer Energie, mit neuem Leben füllen.

Vorerst erzähle ich meinen WG-Kameraden nichts. Aber vor beinahe zwei Wochen habe ich meinen Geschwistern ein Päckchen versprochen. Das schlechte Gewissen plagt mich. Für Pedro will ich ein T-Shirt besorgen, mit einem Aufdruck der besten Fußball-Mannschaft von Rio de Janeiro, weiß aber nicht, wo. Ich frage überall herum und tatsächlich hilft mir schließlich unser Pförtner. Seine Augen leuchten, als ich ihn um Rat frage. Sein Enkel ist auch Fußball-Fan.

In der Schneiderei, in der ich meine Seidenhemden nähen lasse, erkundige ich mich nach einem Stoffgeschäft. Ich glaube, Fee wird sich über Stoff für ein Samba-Kostüm freuen. Mama wird es ihr bestimmt nähen können. Laura mag ich deshalb nicht fragen. Ich habe mich immer noch nicht bei ihr gemeldet und will einen anderen Aufhänger finden, um mich von ihr zu verabschieden.

Frederico erfährt als Erster von meinen Zukunftsplänen.

»Was ist los mit dir, was brütest du aus?«

Nach kurzem Klopfen ist er in mein Zimmer gestürmt, und dann sprudelt alles aus mir heraus.

»Tolle Frau, diese Leticia. Sie scheint dich gut zu kennen. Klar, dass ein ernsthafter Musiker, der viel üben muss, vom turbulenten Leben hier in Rio stark abgelenkt wird. Für mich als Schriftsteller ist es einfacher. Ich kann erleben, kann verdrängen, kann es verkleiden, speichern, und wenn es mich drängt, schreibe ich. Das Leben hinterlässt in mir Spuren, ohne dass ich Schaden nehme, es sei denn, ich saufe oder kokse zu viel.«

Mirko und Rudolpho nehmen die Nachricht gelassen auf. »Alles ist im Wandel, auch das Leben.«

Silva zuckt mit den Schultern. »Meine Erinnerungen an dich kannst du mir nicht nehmen. Ich fand es toll, dich kennengelernt und ein paar aufregende Stunden mit dir erlebt zu haben.«

Sie küsst mich, zum Glück nicht allzu lange und nicht allzu leidenschaftlich.

Laura kommt mir zuvor. Der Pförtner überreicht mir einen weißen Umschlag aus feinstem Büttenpapier. »Für Leon Navarro«, steht in ihrer großen, steilen Schrift darauf.

Lieber Leon,
du musst nicht extra herkommen, um dich von mir zu verab-
schieden. Alles hat seine Zeit: Das Kommen, das Verweilen,
aber eben auch das Gehen. Ich habe die Zeit mit dir genossen.
Adeus, mein Zaubergeiger. Viel Glück!
Laura.

Ich kümmere mich um einen Flug nach New York. Mein Vorspiel-termin an der Elite-Hochschule steht fest und die verbleibenden zwei Monate werde ich gut nutzen, um mich vorzubereiten.

Mein Professor reagiert humorvoll und freut sich sogar, dass ich mich an der berühmten Schule für ein Stipendium beworben habe. »Das wird schon klappen. Gut, dass du beizei-ten die Kurve kriegst, dem künstlerischen Lotterleben zu entfliehen.«

Den Master-Abschluss in Philosophie zu machen, habe ich nicht mehr geschafft, aber einige Zeugnisse und Abschlussar-beiten kann ich ja vorweisen.

Ein Oneway Ticket nach New York ist gebucht. Ganz schön mutig! Was ist, wenn ich die Aufnahmeprüfung nicht bestehe? Zurück nach Rio? Auf keinen Fall. In New York bleiben? Nein, was soll ich dort ohne Stipendium? Nach Hause fliegen? Das geht schon gar nicht. Zweifel nagen an mir. Ich sitze im Flieger nach New York, hab' Zukunftsängste und fühle mich so hilflos. Wo ist meine Freude auf diesen Neubeginn, meine Lebensneugier geblieben?

Ankunft New York. Harter, grauer Beton. Unzählige Hochhäuser. Sie scheinen bis in den Himmel zu ragen, wirken wie eine Steinwüste. Manche bohren sich mit ihren letzten Stockwerken in die Wolken, wie abgebrochen sehen sie aus. Zwischen den Hochhäusern schnurgerade, breite Straßen, sechsspurig, staune ich, vollgestopft mit Autos. Genauso viel Verkehr wie in Rio, doch nicht so hektisch. Gelassen quälen sich Autos und Busse im Schneckentempo vorwärts. Hektisch dagegen die Fußgänger. »Busy, busy« scheint es aus ihren Köpfen zu rauchen. Mit großen, schnellen Schritten, den Blick aufs Handy gerichtet oder vor sich hinsprechend mit Knöpfen im Ohr, eilen Menschenmassen wie ferngesteuert auf breiten Gehwegen dahin und scheinen nicht wahrzunehmen, was um sie herum passiert. Fast alle tragen Turnschuhe, egal ob zur Freizeitkleidung, zum Anzug oder Kostüm.

Wo ist das Meer? Wo sind Bäume, grünes Gras, bunte Blumen? Ich drehe den Stadtplan hin und her, nehme die Metro zunächst in die falsche Richtung und fahre entnervt das letzte Stück mit einem Taxi.

»Hier ist ihre berühmte Schule, junger Mann. Macht 20 Dollar.«

»20 Dollar für so ein kurzes Stück«, staune ich.

Mehrere moderne Gebäude, verschachtelt in die Höhe oder Breite gebaut, mit spitzwinkligen Formen oder würfelartig versetzt, muten munter bewegt an, strahlen aber keine Würde aus, wie ich vermutet hatte. Wieder einmal verlaufe ich mich, frage nach dem Büro, wo ich mich zur Prüfung melden soll. Ganz entspannt, mit ruhigen Schritten begleitet mich ein

Student, blickt lächelnd auf meinen Geigenkasten und wünscht mir: »Viel Glück!«

Sechs Professoren-Augenpaare sind auf mich gerichtet. Eine Auswahl von Bach-Partiten und ein Mozart-Violinkonzert wollen sie hören. Leticia hatte es mal wieder geahnt. »Vielen Dank«, sagt der Vorsitzende, der vorher nach meinem Namen gefragt und meine Unterlagen überflogen hatte. »Warten Sie bitte draußen, Sie bekommen Bescheid.«

Die Wartezeit dehnt sich unerträglich. Die Zeit treibt wieder ihr unerklärliches Spiel mit mir. Wenn sie schnell vergehen soll, schleicht sie wie eine Schnecke, will ich sie festhalten, entwischt sie mir in höchster Eile, wie ein Kobold. Ich bin nicht der Einzige, der wartet und nervös hin und her geht. Zwei Namen werden aufgerufen. Meiner ist dabei. Erleichtert plumpst ein schwerer Felsbrocken von meinem Herzen. Enttäuschte Gesichter bei den anderen, vermischt mit Zornesröte oder Tränen. Mit mir hat es ein Cellist aus Frankreich geschafft. Die anderen fünf Bewerber müssen wieder nach Hause fahren. Gestern wurde nur einer angenommen. Eine zweite Chance bekommt niemand.

Mein Zimmer ist sehr einfach möbliert, man kann auch sagen, spartanisch: Bett, Schreibtisch, Stuhl, Schrank, Regal. Der Blick durchs Fenster entschädigt: Ein freier Blick zum Himmel oder auf spiegelnde Fensterflächen der Hochhäuser von gegenüber. Der Raum ist schallisoliert. Das ist super, denn dadurch kann ich meine Zeit zum Üben frei einteilen. Und ich kann mich ausbreiten, wie es mir gefällt.

Die Stille in den Gebäuden fällt auf. Eine Ruhe, die sich auf alle überträgt. Kein Rennen, keine Hektik. Fröhliches Geplapper und Lachen sprudeln wie eine Quelle. In heiterer Gelassenheit scheint nicht nur die Zeit zu fließen.

Ich lerne meinen Blick nach innen zu richten. Lerne, mich zu beobachten, auf mich zu hören und nicht den Blick auf andere zu werfen. Ich lerne mich nicht ablenken zu lassen. Vor allen Dingen begreife ich, dass ich kein Ausnahmetalent bin. Ich bin umgeben von hochbegabten, außergewöhnlichen jungen Musikern aus aller Welt, die sich der Musik verschrieben haben, der Musik und dem Leben auf die Spur kommen wollen.

Immer deutlicher wird mir bewusst, dass ich abbremsen muss. Noch glaube ich zwar, unbedingt auf der Überholspur vorwärts eilen zu müssen, je schneller, desto besser. Aber: Fehlanzeige! Um das In-Sich-Ruhen zu trainieren, belege ich einen Yoga-Kurs, erfahre aber schnell, dass die Übungen nichts mit irgendeinem Training zu tun haben. Yoga heißt, sich einzulassen auf die Stille, ein Bündnis mit dem Atmen einzugehen, um die eigene Mitte, den eigenen Herzschlag zu finden.

Im Geigenunterricht begleiten mich die Professoren auf meiner Suche nach den richtigen Pfaden. Finden muss ich sie allein und gehen sowieso. Es gibt kein Auffangnetz, kein an-die-Hand-nehmen. »Was glauben Sie, Leon, wie Sie den kostbaren Stoff der Partitur zum Leben erwecken können?« »Welche Motivation verfolgen Sie bei Ihrem Spiel? Welche Emotionen bewegen Sie?« »Horchen Sie in sich hinein! Ergründen Sie jeden Winkel!«

Ich übe konzentrierter als je zuvor, bemerke, dass in der Konzentration Tiefe steckt und konzentriertes Üben weniger Zeit verschlingt. Meine Zeit scheint sich in ein Energie-Konzentrat zu entwickeln. Ich habe Freude daran, ein Musikstück bis in die kleinsten Teile auseinanderzunehmen, um es wieder neu zusammenzusetzen. Wie fühlt sich die Musik an? Was macht sie mit mir? Ich übe im Dunkeln. Ein inneres Licht weist mir den Weg. Ich gewinne Sicherheit, Klarheit und vor allem auch wieder mehr Selbstvertrauen.

In dieser Zeit studiere ich Solo-Sonaten, Musik, für die ich mit meinem Spiel allein verantwortlich bin. Kein Begleiter unterstützt, keine Orchesterklänge tragen mich. »Legen Sie Ihre Seele, Ihre Fantasie, Ihre Liebe in die Musik.« Diese Worte schenken mir Vertrauen, für das, was vor mir liegt. »Jetzt beginnt Ihr Spiel zu leuchten«, ist das größte Lob von meinem Professor. Die Lehrer führen, indem sie Räume öffnen. Sie wollen uns zu eigenständigen Künstlerpersönlichkeiten formen. Ich belege Kurse in Harmonielehre und melde mich zum Klavierunterricht an. Akkordzusammenhänge erschließen sich mir, harmonische Verknüpfungen öffnen sich, Strukturen können mit Hilfe des Klaviers sichtbar werden.

Ich habe neue Freunde gefunden. Mit André, dem Cellisten aus Frankreich, Maria, einer Geigerin aus Deutschland und einem Kontrabassisten aus Kolumbien diskutiere ich nächtelang. Mit hochroten Köpfen tauschen wir unsere Gedanken aus, entweder in einem der Studienräume, oder auf der grünen Wiese im nahe gelegenen Central-Park. Es ist, wie zur Besinnung zu kommen. Auch ohne Alkohol und Zigaretten bewegen wir uns im Wechsel zwischen Rauschhaftem und Momenten des introvertiert Seins.

Wir singen die vierstimmigen Klavierfugen von Johann Sebastian Bach. Das ist eine echte Herausforderung. In den verschiedensten Konzertsälen harren wir auf Stehplätzen unermüdlich aus, um die interessantesten Musiker und Dirigenten zu hören und die neuesten Musikstücke, auch experimentelle, kennenzulernen. Wir schleichen in Generalproben, erwischen manchmal ein paar Gesprächsfetzen im Künstlercafé hinter der Bühne. In dieser Zeit sauge ich alles auf, was ich höre, was ich sehe und erlebe: Dramatisches und Rätselhaftes, Euphorie, aber auch Trugschlüsse. Trotzdem fühle ich den Boden unter meinen Füßen, habe nicht das Bedürfnis, abzuheben.

»Dieser Ort gibt mir das Gefühl, mich entfalten zu können. Er gibt mir Raum für meine Fantasie. Es ist der richtige Ort, zur richtigen Zeit«, schreibe ich an Leticia.

»Suchen Sie sich Kammermusikpartner, es ist Zeit für Zwiegespräche«, ermuntert mich mein Professor. Zusammen mit André, meinem französischen Cellisten-Freund, forsche ich in der Bibliothek nach Duos, und wir machen uns mit einem Paket Noten unter dem Arm an die Arbeit. Wir finden Vergnügen daran, ein Wechselspiel von Für und Wider als Dialog zu gestalten und zu einem Zwiegespräch wachsen zu lassen.

Nun wollen wir es zu dritt ausprobieren. Wir suchen einen Pianisten, nicht jemanden, der zu uns passen könnte oder sich unseren Ansichten fügt. Wir suchen die Herausforderung, einen individuellen Musiker, der uns mit Konflikten konfrontiert, einen solistischen Typ, mit dem wir zu einem Trio verschmelzen, mit dem wir gemeinsam einen Weg beschreiten wollen, ohne zu wissen, wohin er uns führt. Guido, ein hochtalentierter, temperamentvoller Pianist aus Italien, der uns aufgefallen ist, weil er mit hunderten von Farbnuancen sein Spiel belebt, hat Lust, mit uns auf Entdeckungsreise zu gehen. Wir schöpfen aus einem großen Fundus an Trio-Literatur, knien uns besonders gern in langsame Sätze, tauchen nach Kostbarkeiten, nach Einzigartigem, nach verzauberten Momenten. Besonders Guido hat eine Vielfalt von Bildern im Kopf, die uns inspirieren und Möglichkeiten aufzeigen.

Erste öffentliche Auftritte folgen. Das Interesse an uns wächst, ebenso unser Gespür für gute und weniger gute

Momente. Es gelingt nicht alles, was wir uns vornehmen, und das merken wir meistens schon vor den Kritikern. Manche von ihnen sind Meister in ihrem Fach. Sie nehmen uns ernst, loben und kritisieren so, dass wir uns verstanden und bereichert fühlen. Andere wollen mit ihrem Wissen imponieren, sie glauben vor allem an das Gewicht ihrer Worte. Dann gibt es Kritiker, die kein gutes Haar an uns lassen, aber auch solche, die anscheinend gar nicht anwesend waren. Wir lernen zu sortieren und picken uns das heraus, was uns weiter bringt.

Nach einem der Konzerte meldet sich eine Frau bei uns, die als Agentin Musiker vermittelt, bzw. ihre Konzertauftritte managt. Caroline, eine junge, selbstbewusste Amerikanerin mit hellblond gefärbten Haaren, macht keinen Hehl daraus, dass sie Interesse an uns hat.

»Ihr seid exzellente Musiker, ich kann euch bekannt machen, auch international. Ich helfe euch, Karriere zu machen, und wir alle verdienen gutes Geld.«

Caroline vermittelt uns zunächst ein paar Kammerkonzerte. Das Programm bestimmt sie. Das ist uns nicht recht und wir reagieren mürrisch.

»Ich weiß genau, was die Leute hören wollen, ich weiß, wie der Markt tickt. Es ist Zeit, dass wir einen Vertrag machen, damit alles reibungslos läuft. Als erstes braucht ihr einen Namen, griffig und klangvoll.«

Wir schauen uns an und sind uns einig: »Einen Vertrag wollen wir auf keinen Fall und einen aufgestülpten Namen auch nicht«, sagt Guido in bestimmtem, selbstbewussten Ton, für den ich ihn sehr bewundere.

Wir schieben unser Studium vor, die mangelnde Zeit, weshalb wir uns nicht festlegen wollen. Caroline scheint überhaupt nicht beleidigt zu sein. Sie lacht amüsiert. »No Problem.

Ich habe noch andere Künstler unter Vertrag. Ich warte, bis ihr eure Bindungsängste überwunden habt. Auch als Solist ist mir jeder von euch willkommen.«

Der von Caroline geplante Sprung auf internationale Bühnen macht uns ein wenig bange. Wir fühlen uns geborgen in kleineren Konzertsälen mit engerem Kontakt zu den Menschen, die uns zuhören. Werkstattkonzerte in Fabriken für Studenten und Musik-Enthusiasten begeistern uns. Wir gestalten unsere Programme nach eigenen Wünschen, können neue Musik und uns selbst ausprobieren. Jeder Abend ist ein neues Abenteuer, und das gefällt uns.

Das Studienjahr nähert sich dem Ende. Einerseits möchten wir gern als Trio zusammenbleiben, andererseits suchen André und ich eine Stelle im Orchester. Guido hat es als Pianist schwerer, auf eigenen Füßen zu stehen, um ein regelmäßiges Auskommen zu haben. Er muss die Konzertsäle allein füllen oder sich als Begleiter unentbehrlich machen.

»Sänger suchen immer gute Pianisten.«

»Das will ich im Augenblick aber nicht, da muss ich wohl noch älter werden«, grinst Guido. »Zur Kammermusik bin ich jederzeit bereit, aber einen Sänger begleiten, das ist schwierig. Meistens möchten sie auf der Bühne allein glänzen, dominante Klaviersoli sind nur bei den wenigstens von ihnen gefragt.«

»Jetzt übertreibst du aber ein wenig«, wage ich zu widersprechen.

»Aber ihr seht doch immer wieder, wie klein die Namen von uns Pianisten auf den Plakaten gedruckt sind: Der Sänger als Solist in riesengroßen Buchstaben, aber der Name des Begleiters ist kaum zu lesen.« Guido rollt seine Augen mit gespielter Empörung. »Vielleicht ist es das Los aller Pianisten. Aber dem

218

will ich mich noch nicht beugen und weiter in der Glückstrommel umherfliegen.«

Unser Trio wird eingeladen, zusammen mit einem Studentenorchester das Tripel-Konzert von Beethoven zu spielen. Wir haben das noch nicht im Repertoire und stürzen uns mit aller Energie in die Proben. Das ist unser letzter gemeinsamer Auftritt, und er ist geprägt von Feuer und Leidenschaft. Wir müssen uns trennen, und das tut ziemlich weh.

André geht zurück nach Frankreich. Er hat sich in Paris beworben. In einem renommierten Orchester ist die erste Solo-Cellisten-Stelle frei geworden. Guido lebt jetzt in London. Dort soll sich eine international berühmte Pianisten-Schmiede befinden. Ich bleibe in New York und bin in einem guten Sinfonieorchester gelandet, mit Solo-Aufgaben. Gleich das erste Probespiel hat geklappt. Ich fühle mich wohl, die Kollegen haben mich sofort akzeptiert, und ich beginne, das Musizieren im größeren Team schätzen zu lernen.

Die Stelle ist verbunden mit der Leihgabe einer wertvollen Stradivari, die eine große Bank für fünf Jahre zur Verfügung gestellt hat. Ein Entdeckungsspiel beginnt, wie bei der Liebe. Die Stradivari ist wie eine Diva: Manchmal launisch, oft von betörender Sinnlichkeit. Sie verschenkt nichts, und ich muss mich ihr langsam und geduldig nähern. Jeden Ton muss ich hervorlocken. Aber wenn ich ihn gefunden habe, werde ich unendlich belohnt mit einer Süße, mit einem Schmelz, der bis in meine Seele dringt. Noch wage ich nicht, meine so sehr vertraute und geliebte Geige zu vernachlässigen, geschweige denn, mich ganz von ihr zu trennen. Sie lässt mich nie im Stich, verlangt nichts und gibt alles. Wir kennen uns bis in jeden Winkel unserer Herzen.

Ich finde ein kleines Appartement in einem Hochhaus zu

einem einigermaßen erschwinglichen Preis. Es ist praktisch eingerichtet, mit einer Küchenzeile, die hinter einer Schiebetür verschwindet, und einem gekachelten Duschbad. Ein Schrank trennt die Schlafnische vom Wohnbereich, und das alles auf 25 Quadratmetern im 20. Stock. Das Fenster in Südlage lässt mich weit über Manhattan schauen. Die Aussicht ist schön, wenn auch nicht so spektakulär wie von Lauras Apartment in Rio, doch ich kann die Wolken beobachten und den Himmel sehen. Manchmal ist er grau oder Nebelverhangen, aber wenn die Sonne durchdringt, dann mit solch einer Wucht, dass ich jetzt weiß, warum man zusätzlich Jalousien zu den Gardinen angebracht hat. Vom ersten Gehalt kaufe ich ein Bett, vom zweiten ein Sofa und einen kleinen Tisch, den man ausklappen kann. Zwei Stühle finde ich auf dem Flohmarkt.

Ich treffe zwei wichtige Entscheidungen. Ich glaube, sie gehören zu den wichtigsten meines Lebens, zum Erwachsenwerden. Ich bin selbstständig und verdiene mein erstes eigenes Geld. Jeden Monat fließt eine recht große Summe auf mein Konto, über die ich frei verfügen kann. Ich beschließe, jeden Monat 250 Dollar meiner Familie zu schicken. Ich bin mir bewusst, dass der selbstlose Einsatz meiner Mutter, ihr Bestärken und Ermuntern in keinem Verhältnis steht zu irgendeiner Summe Geld. Aber ich habe das Bedürfnis, irgendetwas zurückzugeben, auch wenn es noch so wenig ist. Sie aber schreibt:

Danke, lieber Leon. Sehr lieb von dir. Aber wir kommen gut zurecht. Ich werde von deinem Geld eine Suppenküche am Rande der Favela einrichten, wo Straßenkinder dann zumindest einmal am Tag eine warme Mahlzeit erhalten. Und zwar jeden Tag. Marta will mir dabei helfen, und wir Frauen aus der Kirchengemeinde werden uns beim Kochen ablösen. Das ist doch bestimmt in deinem Sinne.

Wie Recht sie hat. Wieder einmal hat sie genau gespürt, was zu tun ist.

Die zweite Entscheidung betrifft meine Geige. Ich habe einen Kassensturz gemacht und die monatlichen Kosten zusammengestellt. Die Miete für mein kleines Appartement verschlingt 900 Dollar, für mich selbst verbrauche ich nicht so viel, und nach Abzug von Versicherungen und Nebenkosten bleiben noch 500 Dollar, die ich fest anlege, um in fünf Jahren einen Grundstock für eine eigene Geige zu haben. Für eine Stradivari wird es wohl nie reichen, aber ich will mir unbedingt eine eigene gute Geige selbst verdienen und hoffe, dann auch kreditwürdig zu sein. In einem Brief an Leticia erzähle ich ihr von diesem Plan. Sie versteht mich und antwortet:

Eine sehr gute Entscheidung! Ich höre wunderbare Zwischentöne. Aber lass dir Zeit, setze dich nicht unter Druck, bleibe immer auf der Suche nach dem, was wichtig erscheint und was dringend notwendig ist.

Ich werde eingeladen, mit einem Teil meiner Streicher-Kollegen die »Vier Jahreszeiten« von Vivaldi zu spielen. Ein Wechselbad von Emotionen durchfließt mich. Seit beinahe 15 Jahren mit Höhen und Tiefen begleitet mich diese Musik nun schon. Wir gehen mit Vivaldi auf Tournee, nach Los Angeles, Philadelphia und San Francisco. In New York spiele ich auf meiner vertrauten Geige, in den anderen Städten konzertiere ich mit der Stradivari. Neue Umgebung, neue Eindrücke, das will zur eigenwilligen Spielart meiner »Diva« passen. Für mich ist es jedes Mal ein Wagnis. Ich fühle mich lebendig wie nie zuvor.

Caroline meldet sich wieder. Nach dem Konzert in Los

Angeles empfängt sie mich hinter der Bühne. Sie umarmt mich überschwänglich, was mich ziemlich überrascht. »Komm, lass uns einen Wein trinken.« Sie hakt sich freundschaftlich bei mir unter und lacht übermütig. »Ich habe dich eine Weile aus der Ferne beobachtet, ein paar Konzerte besucht, ohne dass du es gemerkt hast. Ich kenne ja eine Menge Leute von der Presse und denke, dass die Zeit jetzt reif ist. Du hast Solisten-Qualitäten, und das schreit in die Welt hinaus.«

Caroline verblüfft mich erneut. Sie scheint nicht mehr so kühl, wie ich sie in Erinnerung habe, sie wirkt erfrischend und entwaffnend. Ein Dreivierteljahr ist vergangen, seit wir uns zuletzt begegnet sind. Ihre platinblonden Haare hat sie heute mit einer großen blauen Schleife zurückgebunden, passend zum Kleid. Aufgeregt wirkt sie und jung. Übermütig wippt die Schleife hin und her, immer, wenn Caroline ihren Kopf bewegt, oder sie sich weiter als früher üblich über den Tisch beugt. Keine Spur von geschäftsmäßiger Distanz ist zu spüren, wenn sie munter drauflos plappert und mich mit lebhaften Augen anschaut. Ich ertappe mich bei dem Wunsch, an der Schleife zu ziehen. Wie würde sie wohl reagieren? Als hätte sie es erraten, schweigt sie einen Augenblick und lacht spitzbübisch.

»Wenn du wieder in New York bist, setzen wir uns mal zusammen. Du bringst deinen Dienstplan mit, und wir schauen, wann deine Zeit Solo-Auftritte erlaubt. Mich interessiert dein Repertoire, ich biete dir Kontakte zu den besten Orchestern.« Das klingt nicht schlecht, und die zusätzlichen Honorar-Einnahmen würden mein Sparguthaben für die eigene Geige schneller wachsen lassen.

»Aber ich bestimme, welches Konzert ich spiele.«

»Natürlich, deshalb will ich ja dein Repertoire kennen.«

Verzieht sie ein wenig genervt ihre Miene? Oder bilde ich es mir ein?

Zunächst schleppt sie mich zu einem Fotografen, der professionelle Studioaufnahmen von mir macht. Er braucht dafür mehrere Stunden, was ziemlich lästig ist. »Bring mir bitte deine Studien-Unterlagen, Kritiken und Zeitungsausschnitte in mein Büro. Ich brauche wirklich alles, was du hast. Natürlich bekommst du das alles zurück, wenn ich es kopiert habe.«

Sie lässt eine Hochglanzbroschüre drucken mit Portraitfotos von mir und meiner Stradivari, und zwar in allen möglichen Positionen. Dazu Repertoire, Lebenslauf, Kritiken. Das macht richtig was her, und ich müsste schwindeln, wenn ich mich nicht ein wenig geschmeichelt fühlen würde. Caroline nimmt mich unter ihre Fittiche, und ich gebe zu, es gefällt mir.

Zunächst vermittelt Caroline mich sehr vorsichtig. Sie ist wirklich eine tolle Organisatorin und hat meine Zeit bald besser im Kopf als ich.

»Ich brauch ja kaum noch einen Kalender«, wundere ich mich.

»Das ist ja mein Job.«

Ein riesiger Kalender hängt in ihrem Büro neben einer Weltkarte, die mit verschieden farbigen Steckern gespickt ist. An der gegenüberliegenden Wand sind Fotografien aufgehängt von den Künstlern, die sie vermittelt.

»Jeder von mir betreute Künstler hat seine Farbe.« Caroline zeigt mit stolzer Miene auf eine Menge Ordner in diversen Farben. »Für dich habe ich Rot gewählt.«

Ich muss lachen.

»Was ist daran so komisch?«

»Gar nichts. Ich musste nur plötzlich an meinen ersten

Schultag denken, wo wir Kinder jeder einen anders farbigen Kakaobecher hatten, der immer ordentlich ins Regal gestellt werden musste.«

»Und die Farbe deines Bechers?«

»Rot, natürlich.«

Ich habe vier Wochen Orchesterferien, mein erster vertraglich zugesicherter Urlaub. Ich überlege, ob ich nach Hause fliegen soll.

»Hast du etwas Besonderes vor?« Caroline sitzt entspannt an ihrem Schreibtisch und hat ihre Arme verschränkt. Sie wartet meine Antwort nicht ab. »Ich habe für dich ein tolles Angebot. Du kannst mit dem Tschaikowsky-Violinkonzert in Europa auftreten. Ich weiß, es gehört zu deinen Lieblingskonzerten. Sechs Konzerte in vier Ländern mit bedeutenden Orchestern. Die Tournee dauert nur zwölf Tage. Es bleibt dir also genug Zeit für andere Sachen.«

Ich fühle mich etwas überrumpelt, und wieder verschlägt es mir die Sprache.

»Na, was sagst du? Klingt doch gut, und wir machen beide ein prima Geschäft.«

»In welchen Ländern, welchen Städten soll ich spielen? Ist auch Berlin dabei?«

»Berlin nicht, aber Dresden und München, danach Wien. In Italien ist es Mailand, und zum Abschluss gibt es zwei Konzerte in London.«

Ich fühle zum ersten Mal meine gerade gefundene Selbstständigkeit bedroht.

»Nun mach nicht solch ein Gesicht. Freu dich auf die Gelegenheit, lass sie nicht verstreichen.«

»Ja, doch eigentlich wollte ich …«, stottere ich.

»Was heißt eigentlich? Hin oder her? Sei nicht so wankelmütig.« Entschieden schaut Caroline mich an.

Meine Reiselust meldet sich in mir, meine Neugier auf andere Länder, auf Begegnungen mit anderen Menschen, auf neue Eindrücke. Ich bin jung und liebe das Tschaikowsky-Konzert.

»Caroline, du hast wie immer Recht.«

Caroline hat alles vorbildlich organisiert: Flüge, Hotels, Proben, etc. »Alles ist in trockenen Tüchern«, verkündet sie zehn Tage vor der Tournee. »Und ich werde dich begleiten.« Ich bin ein wenig irritiert, weil es nicht üblich ist, denke aber nicht viel darüber nach. Meine Gedanken kreisen um die Musik. Ich vertiefe mich in die Partitur, höre verschiedene Aufnahmen von bedeutenden Solisten, lege alles beiseite, höre mehr in mich hinein, probiere neu und entschließe mich, meiner Stradivari Vertrauen zu schenken. Ich werde mich mit Tschaikowsky und ihr gemeinsam auf den Weg machen, mich auf einen prickelnden Wechsel von Erregung und Stille einlassen.

Es wird eine wunderbare Reise. Mit großartigen Orchestern, basierend auf Vertrauen und Erfahrung, auf einer Welle zu gleiten, sind unwiederbringliche Momente des Glücks, manche so jungfräulich, wie beim ersten Mal. Caroline hat für den organisatorischen Ablauf allumfassend gesorgt. Sogar meine Konzertkleidung, meine Hemden sind auf geheimnisvolle Weise immer frisch gewaschen, gereinigt, gebügelt, die Schuhe blank geputzt. Ich muss mich um nichts kümmern, kann mich ganz auf die Musik konzentrieren. Und ich stelle fest, dass ich mich nicht ungern umsorgen lasse.

In London, nach dem letzten Konzert, schlafen wir zum ersten Mal miteinander. Caroline überrascht mich, als ich gerade unter der Dusche stehe und sie mir ein frisches Hemd bringen will. Ihre blonden Haare fallen bis auf ihre Schultern und umrahmen ihr Gesicht wie eine Madonna. Wie süß sie lächelt. Ich genieße, dass ich ihre kühle, weiße Haut zum Glühen bringen kann. Es erregt mich, in ihren sonst so kontrollierten Emotionen Chaos hervorzurufen. Und sie fügt sich mit Hingabe.

Im Flugzeug stiehlt sich manchmal ihre Hand unter meine Decke, in die ich mich eingehüllt habe. Es ist ein Nachtflug. Die Klimaanlage ist ziemlich kalt eingestellt und lässt sich nicht regulieren. Caroline hat eine Schlafmaske aufgesetzt, wirkt aber gar nicht schläfrig.

In New York ist erst einmal alles so wie immer, und ich bin eigentlich froh, dass Caroline sich ganz geschäftsmäßig ihren Aufgaben als Agentin widmet. Ab und zu schlafen wir miteinander, immer bei mir, in ihrer Wohnung war ich noch nie. Ich merke es nicht gleich, es kommt schleichend: Das Gefühl, von Caroline abhängig werden zu können. Es beginnt damit, dass sie mich in meinem Appartement überrascht. Ich bin nicht ganz unschuldig daran, hatte ich ihr doch einen Wohnungsschlüssel von mir gegeben. Wenn sie mir mal etwas vorbeibringen will, soll sie nicht im Treppenhaus warten müssen, falls ich mich verspäte.

Dann vermittelt sie für mich ein Konzert, ohne mich zu fragen. »Oh, sorry, hatte ich vergessen. Aber dein Kalender sagt ja«, versucht sie mich mit unschuldigem Blick zu besänftigen. »Man hat Interesse an einem Paganini-Abend mit dir, innerhalb einer Kammermusikreihe mit berühmten Künstlern. Da dürfen wir nicht absagen. Sonst wirst du nie wieder eingeladen.«

Leider finde ich auch keine Zeit mehr, um nach Hause zu

fliegen. Ich möchte so gern meine Familie wiedersehen, will Leticia auf der Stradivari vorspielen, möchte so gern, dass sie stolz auf mich ist.

Ich schicke Mama ein Flugticket und schreibe dazu:
Liebe Mama, wenn ich es schon nicht schaffe, nach Brasilien zu kommen, so hast du vielleicht Lust, deinen Sohn in der neuen Welt zu besuchen. Ich hoffe, das Datum ist dir recht, und es ist hoffentlich nicht zu spontan.
Alles Liebe, dein Leon

Und ihre Antwort kommt prompt.

Lieber Leon, ich komme! Ich muss weinen vor lauter Freude. Der Termin passt perfekt, und ich bin furchtbar aufgeregt und zappelig, wie ein Mädchen vor seiner ersten Verabredung mit einem Jungen.
Bis bald, deine Mama

Ich bin genauso aufgeregt. Mein Herz klopft wild, als ich meine Mutter vier Wochen später am Flughafen abhole. Ich sehe sie schon von weitem. Mit forschem Schritt und stolz erhobenem Kopf trägt sie ihren Koffer. Nur ihr Blick verrät, dass sie sich unsicher fühlt. Ihre Haare hat sie wieder mit einem Turban kunstvoll umwickelt, passend zu ihrem Kleid. Sie scheint ein bisschen rundlicher geworden zu sein. Es ist das geblümte Kleid, das sie bei meiner Abiturfeier getragen hat und das jetzt nicht ganz so locker ihre Hüften umspielt. Ihre Wangen sind gerötet und sie strahlt wie die Sonne, als sie mich erblickt. Ich eile auf sie zu, sie lässt ihren Koffer fallen und muss sich ganz schön hoch recken, um mein Gesicht mit

Küssen zu bedecken, obwohl ich mich weit herunter beuge, um sie zu umarmen.

»Wie groß du geworden bist! Mein lieber Leon, ein richtig erwachsener Mann!«

Wir fahren mit dem Taxi zu meinem Appartement. Mama schaut abwechselnd mit staunenden Augen nach draußen oder drückt und tätschelt meinen Arm, meine Hand, oder sie blickt mich glücklich strahlend an. Im Aufzug wird es ihr ein wenig mulmig.

»Hier kriegt man ja Atembeklemmung. Was ist, wenn er plötzlich stecken bleibt?«

»Dann drücken wir den Not-Knopf und dann kommt jemand und befreit uns.«

Sie schüttelt ungläubig den Kopf. »Im 20. Stockwerk wohnst du? Das würde ich nie zu Fuß schaffen, wenn der Aufzug mal kaputt ist, so, wie du von deinem Studentenwohnheim in Rio erzählt hast.«

»Die Aufzüge waren hier, soviel ich weiß, noch nie kaputt, jedenfalls nicht in der Zeit, seit ich hier wohne. Und wenn, dann klappt das mit einer Reparatur bestimmt schneller und besser als bei uns in Brasilien.«

Mama kommt aus dem Staunen nicht heraus. Sie lässt sich seufzend auf einen Stuhl fallen und streift die Schuhe ab.

»Entschuldige, meine guten Schuhe sind wohl doch ein wenig zu eng geworden.«

Ich beschließe, für sie gleich morgen einen Koffer mit Rollen zu besorgen, den sie hinter sich her ziehen kann. Und dann werden wir ein paar bequeme Schuhe kaufen, die trotzdem schick aussehen.

Mama lässt ihren Blick schweifen. »Was für eine schöne Wohnung du hast, so hell und so modern.« Ich überlasse ihr mein Appartement für ihre Zeit in New-York und ziehe in ein Hotel. Für die eine Woche geht das prima und für Mama ist es bequemer. Caroline hatte sogar angeboten, dass ich für die Zeit bei ihr wohnen kann, aber das habe ich abgebogen und damit erklärt, dass ich nicht weiß, wann meine Mutter mich braucht. Ich habe zwar normalen Orchesterdienst, aber nur zwei Konzerte in dieser Woche, und ich will mir meine Zeit selbst einteilen.

Ich beziehe das Bett mit neuer Bettwäsche. Ein paar Dinge von Caroline, die sie bei mir liegen gelassen hat, ich finde eine Bluse, einen Lippenstift und auch einen Slip, habe ich in der obersten Schrankschublade verstaut. Mama muss ja nicht gleich darüber stolpern.

»Ich hätte doch auf dem Sofa schlafen können, du musst doch nicht extra ins Hotel ziehen.« Mama schüttelt unwirsch ihren Kopf.

»Kommt gar nicht in Frage. Du sollst dich hier nach Lust und Laune ausbreiten können. Hier ist der Wohnungsschlüssel, damit du auch mal an die frische Luft kannst, wenn ich nicht da bin.«

Mama wiegt andächtig den Schlüssel hin und her.

»Getränke sind im Kühlschrank und Fertiggerichte im Gefrierfach. Wenn du Hunger hast, kannst du dir das ganz schnell in der Mikrowelle heiß machen. Komm, ich zeig dir wie die funktioniert. Das ist kinderleicht.«

Mama schaut sich alles an, strahlend, aber stumm. Ob ich mir den Funken Misstrauen, den ich in ihren Augen hervorblitzen sehe, nur einbilde?

»Ich muss jetzt zur Probe, bin in dreieinhalb Stunden wieder da. Heute Abend gehen wir schön essen und machen es uns so richtig gemütlich. Du musst mir ganz viel von zu Hause erzählen.« Als ich zurückkomme, sitzt Mama immer noch auf ihrem Stuhl. Sie hat ihn bis ans Fenster geschoben und schaut hinaus. Neben ihr auf dem Tisch steht ein halb gefülltes Glas mit Milch.

»Fantastisch diese Aussicht. So hoch oben glaubt man mit den Wolken zu schweben. Näher ans Fenster traue ich mich nicht ran. Ich habe versucht, hinunter zu schauen, aber da wurde mir ganz schwindelig.«

»Du hast ja gar nichts gegessen!«

»Ich bin mit der Mikrowelle nicht klar gekommen. Bei den neumodischen Sachen habe ich immer Angst, etwas kaputt zu machen. Und ich habe keinen Topf gefunden, um mir auf der Herdplatte etwas zu erhitzen.« Ihre Stimme klingt etwas kläglich, und sie schaut mich ratlos an. Doch sogleich bekommt ihre sonst so kräftige Stimme wieder Oberwasser. »Ich hatte sowieso keinen Hunger. Außerdem sollte ich auch etwas abnehmen.«

Ich bin zerknirscht, auch wegen des fehlenden Kochtopfes, den sie gar nicht hätte finden können, weil ich keinen besitze. »Kochen musst du hier nicht, Mama. Zum Frühstück gehen wir unten ins Bistro, mittags esse ich immer eine Kleinigkeit: Suppe, Salat oder einen Hot-Dog.«

»Hot Dog? Heißen Hund?« Entsetzt starrt sie mich an.

»Aber nein Mama, natürlich nicht. So nennt man die leckeren Würstchen mit Ketchup in einem Brötchen. Kannst du auch mal probieren.«

In der Nähe meiner Wohnung gibt es ein mexikanisches Restaurant. Wir essen Chili con Carne und Mama schmeckt es prima. Nach einem Glas Rotwein erzählt sie ganz ausgelassen und munter, wie in alten Zeiten.

»Du verwöhnst mich so sehr«, sagt Mama, als ich sie am

nächsten Tag zum Frühstück abhole. »Dein Bett ist herrlich, ich habe wunderbar geschlafen.«

Unten, im Bistro, sucht sie sich ein Sandwich mit Rührei aus und einen Milchkaffee, was ihr offensichtlich gut schmeckt. Sie lehnt auch ganz tapfer an der Theke, wie einige andere auch, die nicht mit einem »Coffee to go« hinaus eilen. Trotzdem werde ich morgen nach einem Sitzplatz Ausschau halten.

»Ich möchte für dich kochen«, sagt Mama ganz unvermittelt. »Wenn du abends nach Hause kommst, müssen wir nicht in ein Restaurant gehen. Das ist doch so teuer. Zeig mir den nächsten Supermarkt, und dann wird ein Kochtopf gekauft. Ohne Kochtopf, das geht gar nicht.«

»Nein, Mama, du meinst es gut, aber es ist wirklich nicht nötig.« Enttäuscht wendet sie sich ab.

Am nächsten Tag sitzt sie wieder am Fenster und schaut hinaus.

»Mama, warum gehst du nicht raus? Du kannst spazieren gehen, dich in ein Café setzen.« Ich mache mit ihr einen Rundgang durch den kleinen Park hinter unserem Hochhaus. Im Vergleich zu unseren Naturparks in Brasilien ist das hier ein winziges Stückchen Grün. Mama sagt aber nichts. Ich zeige ihr die Fußgänger-Ampel, wo sie die breite Straße überqueren kann. »Der Autoverkehr ist hier etwas heftiger als in Salvador da Bahia. Du musst gut aufpassen.«

Wir setzen uns in ein Café, essen ein Stück Torte, und sie scheint es zu genießen. Sie macht alles mit, was ich mache, läuft mit beschwingten Schritten neben mir her. Wir haben ein Paar Schuhe gekauft, die richtig bequem sind. Ihre Augen haben gestrahlt, doch ich musste sie ihr regelrecht aufschwatzen.

Aber alleine traut sie sich nicht vor die Tür. Sie sitzt in der Wohnung und wartet auf mich. Einmal hat sie meine Wäsche gewaschen und über die Stange des Duschvorhangs zum Trocknen aufgehängt.

»So eine moderne Wohnung und keine Möglichkeit zum Wäschewaschen oder zum Trocknen.«

Ich nehme sie in den Arm und bin ganz betrübt. »Ich wasche hier keine Wäsche, ich gehe in den Waschsalon, dort gibt es Maschinen.«

»Morgen komme ich früher nach Hause. Eine Probe fällt aus«, schwindle ich. »Wir unternehmen dann etwas ganz Schönes zusammen, ich habe einen Ausflug geplant.« In Wahrheit habe ich einen Kollegen gebeten, für mich einzuspringen. Als ich zur Tür herein komme, merke ich gleich, dass irgendetwas nicht stimmt. Mama sitzt am Fenster und hat verweinte Augen.

»Mama, was ist passiert?«

»Ach, nichts. Aber du hättest mir sagen können, dass du eine Freundin hast, die manchmal hier wohnt«, kommt es ganz gepresst aus ihr heraus.

»Hier wohnt keine Freundin.«

Ich ahne etwas und Wut kriecht in mir hoch.

»Aber sie hat einen Wohnungsschlüssel. Ich bin zwar etwas hinterwäldlerisch, mit den modernen Gepflogenheiten nicht auf dem neuesten Stand, aber ich bin nicht dumm.« Mamas Augen blitzen zornig. Hochrot ist sie geworden, und empört klingt ihre Stimme. »Caroline heißt sie, sagte, sie sei deine Freundin und freue sich, mich, Leons Mutter, kennenzulernen.«

Ich bin entsetzt. So wenig Taktgefühl hätte ich Caroline nicht zugetraut.

»Sie hat unaufhörlich auf mich eingeredet, aber natürlich

habe ich sehr, sehr viel nicht verstanden. Kaffee hat sie gekocht, und irgendetwas scheint sie gesucht zu haben. Jedenfalls hat sie den ganzen Schrank durchwühlt und triumphierend eine Bluse und sogar eine Unterhose herausgeholt. Diese peinliche Situation hättest du mir wirklich ersparen können, wenn du mir einfach von ihr erzählt hättest.«

Ich schäme mich furchtbar und bin gleichzeitig richtig wütend auf Caroline. Das ist keine gute Mischung.

»Entschuldige, Mama, ich dachte, es sei nicht wichtig. Ich mache es wieder gut. Morgen nehme ich dich zur Probe mit ins Konzerthaus, und abends wirst du bei meinem Konzert in der ersten Reihe sitzen.« Nun lächelt Mama wieder. Trotzdem haben die beiden letzten Tage mit Mama einen kleinen Sprung. Ich kann die Situation nicht rückgängig machen. Obwohl ich mich bemühe, sie noch an vielem teilhaben zu lassen, will sich unser altes Vertrauensverhältnis nicht wieder einstellen. Als wir uns verabschieden, bedankt sie sich tausend Mal, doch der Stolz in ihrem Blick, wenn sie mich anschaut, ist einem sorgenvollen Ausdruck gewichen. Am Flughafen umarmt sie mich und will mich gar nicht mehr loslassen. Wir haben beide Tränen in den Augen.

»Pass auf dich auf«, flüstert sie.

Ich fahre sofort zu Caroline ins Büro.

»Was fällt dir ein, meine Mutter zu überfallen. Was hast du dir dabei gedacht, einfach in meine Wohnung einzudringen?« Meine Stimme überschlägt sich beinahe. Und als ich sie regungslos, mit verschränkten Armen und hochgezogenen Augenbrauen vor ihrem Schreibtisch sitzen sehe, muss ich mich regelrecht beherrschen, um sie nicht zu rütteln und zu schütteln.

»Nun komm mal wieder runter. Was regst du dich so auf?

Ich habe schon etwas mit deinem Leben zu tun, und ich habe einen Schlüssel. Vergiss das nicht.«

Sie spricht ganz ruhig, während ich wütend herum brülle. Bevor ich die Tür zuknalle, schleudere ich ihr entgegen, dass sie mich in nächster Zeit einfach in Ruhe lassen soll.

IN AUFRUHR

Die Musik glättet mein aufgewühltes Innenleben und lenkt es in ein anderes Klangfeld. Die Orchesterproben beanspruchen meine ganze Energie, meine Gedanken und meine Hingabe. In dieser Saison bin ich als erster Konzertmeister verantwortlich für das Gelingen der Konzerte. Dafür wälze ich mich nachts hin und her, es brodelt und zerrt.

Ich versuche, mein Verhältnis zu Caroline zu hinterfragen und werde das Gefühl nicht los, einen großen Teil der diffusen Situation selbst verschuldet zu haben. Bequemlichkeit hat mich animiert, Dinge zu verschweigen, Unsicherheit hat mich verleitet, Probleme einfach wegzuschieben, so wie ich den Slip und die Bluse von Caroline in die oberste Schrankschublade gestopft habe, damit Mama nicht darüber stolpert. Ich ärgere mich, nicht vorher den Mumm gehabt zu haben, Caroline zu bitten, in dieser Woche ausnahmsweise auf einen Besuch bei mir zu verzichten. Auch hätte ich Mama einfach von Caroline erzählen können. Nun stolpere ich über mich selbst.

Nach drei Tagen Funkstille fahre ich in Carolines Büro und entschuldige mich für meinen Ausbruch. »Ist schon okay«, wehrt sie kühl ab. »Ich habe mich allmählich an dein aufbrausendes Temperament gewöhnt.«

Alles scheint wie immer. Routiniert vermittelt Caroline Konzerte. Dabei achtet sie penibel darauf, dass sie sich nicht mit meinen Orchesterterminen überschneiden. Allerdings verfügt sie auch über meine freie Zeit. Die Termine strickt sie ziemlich eng: Vier Konzerte in sechs Tagen in einem anderen

Teil der Welt. Skandinavien hat sie für mich ausgewählt: Stockholm, Kopenhagen, Oslo, Helsinki.

Dabei wechseln Flughäfen, Hotels, Konzertsäle und auch zeitliche Abläufe immer wieder, doch alles wiederholt sich in ähnlichen Mustern. Wie gern hätte ich mehr Zeit, um in den Städten ein paar Stunden zu bummeln, um mich von unvorhergesehenen Momenten überraschen zu lassen und so manchen Augenblick einfach nur zu genießen. Wie oft unterdrücke ich den Wunsch, mehr Zeit zum Proben genehmigt zu bekommen. Großartige Orchester mit tollen Musikern und Dirigenten und so wenig Möglichkeiten, jedes Konzert sich zu einem wirklichen Zwiegespräch entwickeln zu lassen.

»Könnte man die Konzerte zeitlich etwas weiter auseinander legen? Ich möchte so gern mit mehr Ruhe und Intensität auf die unterschiedlichen Konzertsituationen, auf die Menschen, die dort mit mir zusammen musizieren, eingehen.«

»Zeit ist Geld«, ist Carolines knappe Antwort. »Ich werde dir ein paar Sonatenabende vermitteln. Ich habe einen guten Pianisten unter Vertrag. Ihr könnt dann hier in New York so viel und oft proben wie ihr wollt, um dann mit eurem fertigen Programm auf Reisen zu gehen.«

»Aber das meine ich nicht.«

Enttäuscht wende ich mich ab. Ich weiß nicht, wie ich es ihr erklären soll. In der nächsten Zeit muss ich aufpassen, dass sich bei meiner täglichen Orchesterarbeit keine Routine einschleicht.

»Sei immer auf der Suche, bleibe neugierig, nur so bleibt die Musik lebendig«, höre ich Leticia sagen.

Caroline steht am Bühnenausgang. Sie erwartet mich mit einer Flasche Champagner. Ich bin total überrascht, hatte ich mich,

ziemlich erschöpft vom Konzert, doch nur auf mein Bett gefreut.

»Wir nehmen ein Taxi und machen uns einen gemütlichen
Abend. Das haben wir uns verdient. Bei dir oder bei mir?« Sie
lacht schelmisch und hakt sich bei mir unter.

Ich habe keine Lust, mich zu einer Entscheidung aufzuraf-
fen. Eigentlich ist es mir egal. Wie gewöhnlich landen wir in
meinem Appartement. Für ein paar Stunden scheint alle
Müdigkeit verflogen. Der Champagner versetzt mich in einen
Schwebezustand, Leichtigkeit trägt uns wie auf Wolken bis
zum nächsten Morgen, der uns allerdings mit seiner Hektik und
Ungeduld schon erwartet. Caroline hat ein wichtiges Dienstge-
spräch in ihrem Büro, ich bin mit dem Pianisten zu einer frühen
Probe verabredet. Ohne Frühstück, mit einem Coffee to go in
der Hand, eilen wir beide in entgegengesetzte Richtungen
davon.

»Hast du Beziehungen nach Südamerika? Ich würde so gern
in meiner Heimat ein Konzert geben: Mendelssohn, Mozart,
Tschaikowsky, Bartok, vielleicht in Rio de Janeiro oder Sao
Paulo. Und zum Abschluss ein Konzert in Salvador da Bahia,
das wäre mein Traum. Dort könnte ich den Kontakt herstel-
len.«

»In diesem Teil der Welt bin ich noch nicht als Agentin tätig.
Ich bin dabei, meine Fühler nach Japan auszustrecken. Ich
habe schon mit einer Agentur in Tokio erste Gespräche geführt.«

»Und warum nicht Brasilien oder Argentinien? Hat das
etwas mit der Sprache zu tun? Ich könnte übersetzen.« Caroline zieht ihre Augenbrauen hoch, die sie seit einiger Zeit
immer sorgfältig nachstrichelt.

»Unsere Bildungsschicht spricht meistens recht gut

Englisch.« Sofort möchte ich mir auf die Zunge beißen für diese dumme Bemerkung, die arrogant meine ganze Vergangenheit, meine Familie beiseite wischt. Ich sehe es Carolines Augen an, die sich misstrauisch zusammenziehen und mich kühl anblicken. Sie will nicht. Vielleicht fürchtet sie, dass dort ihr Einfluss auf mich schwinden und sie mich möglicherweise verlieren könnte. Innerlich rumort es in mir, doch wieder einmal sage ich nichts.

Immer enger knüpft Caroline das Netz für meine Konzerttermine.

»Ich brauche mal eine Verschnaufpause«, wage ich zu widersprechen.

»Ausruhen kannst du, wenn du alt bist. Willst du etwa, dass dir die Gelegenheiten davonlaufen?«

Das Geld lockt. Ich kann meinen Spar-Fond mächtig aufstocken, und damit rückt das Ziel, eine eigene Geige kaufen zu können, näher. Eine Europatournee mit meinem Orchester steht auf dem Programm. Es ist die erste große Reise, bei der Caroline ihre Finger nicht im Spiel hat.

»Ich bin großzügig und gebe dich frei, aber nur für diese beiden Wochen«, lacht sie und droht mir scherzhaft mit dem Finger. »Ich habe noch einiges mit dir vor.«

In Rom nimmt mich ein älterer Kollege mit zu seinem Geigenbauer. Er will einen kompletten Check für seine Geige und lässt nur diesen Fachmann an sein wertvolles Instrument. »Ich vertraue ihm seit beinahe 20 Jahren. Er ist für mich der beste Geigenbauer der Welt und außerdem ein guter Freund.«

Durch verwinkelte Straßen und Gassen laufen wir kreuz und quer, bis wir durch eine Toreinfahrt zu seiner Werkstatt im Hinterhaus gelangen. Neben der Eingangstür steht auf einem blank polierten Messingschild sein Name. Ich hätte das nie gefunden! Eine Fülle von Geigen, Bratschen und Celli, an den Wänden hängend, ordentlich aneinander gereiht, wirken mit ihren unterschiedlichen Holzmaserungen und Färbungen, mit ihren eigenen Gesichtern wie lebendige Wesen. Dazu strömt ein unbeschreiblicher Geruch nach Holz und Lack durch meine Nase. Fasziniert betrachte ich diese für mich neue Welt.

Ein kleiner Mann im grauen Kittel, mit lebhaften Augen hinter einer randlosen Brille, mit dünnen grauen Haaren, die er im Nacken zusammen gebunden hat, sitzt an seinem Werktisch. Konzentriert beugt er sich über eine Violine, sein Blick gleitet prüfend und liebevoll zugleich über das Instrument, seine Finger berühren behutsam, ja geradezu zärtlich den Corpus. Als er uns sieht, geht ein Leuchten über sein Gesicht. Die kleinen Augen funkeln, als er aufspringt und meinen Kollegen umarmt, bevor er mich begrüßt und dabei ein wenig kritisch mustert.

»Na, welchen Schatz bringst du mir heute mit?« Er blickt zuerst auf den Geigenkasten, den mein Kollege öffnet, bevor er sich mir zuwendet. »Ihnen, junger Mann, widme ich mich später. Schauen Sie sich derweil ruhig um.«

Auch mein Kollege hat sein Instrument in ein Seidentuch gehüllt, aber ihm fehlt der Farbenreichtum von Leticias Tuch, das meine erste Geige umhüllt. Meine geliehene Stradivari, die mich auf dieser Reise begleitet, ist in dunkelroten Samt verpackt. Ich zeige sie ihm.

»Sie ist eine Leihgabe.«

Er wiegt sie bedächtig hin und her. »Ein wundervolles Instrument, aus einer alten venezianischen Werkstatt. Ich werde immer ganz ehrfürchtig, wenn ich solch ein Instrument in den Händen halten kann.«

»Aber du hast hier in deiner Werkstatt auch viele wertvolle Instrumente, und die Geigen, die du baust, haben alle eine Seele. Das kann ich bestätigen. Ich würde meine, die du für mich vor 17 Jahren gebaut hast, nicht eintauschen wollen, für kein Instrument der Welt, auch nicht für eine Stradivari.«

So begeistert und leidenschaftlich habe ich meinen Kollegen noch nie erlebt. Ich bin ganz gefangen von der beeindruckenden Atmosphäre und wir müssen uns regelrecht losreißen, damit wir pünktlich zur Probe kommen.

»Ich komme wieder. Ich möchte mir von Ihnen ein eigenes Instrument bauen lassen. Ein paar Jahre muss ich aber noch sparen.« Ich bin wild entschlossen.

»Nichts überstürzen, junger Mann.« Besuchen Sie mich, wann immer es Ihre Zeit erlaubt. Sie sind immer willkommen, ob zum Schauen oder zum Ausprobieren.«

Diese Begegnung beflügelt alle meine nächsten Konzerte.

Ich erzähle Caroline nichts davon. Gleich nach meiner Ankunft in New York konfrontiert sie mich mit einer Situation, die mich sprachlos macht. In meiner Abwesenheit hat sie eine neue Werbebroschüre von mir zusammengestellt.

»Ich habe eine kleine Namensänderung vorgenommen. Leonardo klingt erwachsener als der jugendliche Leon. du bist ein großer Künstler, und das müssen wir auch so verkaufen.«

»Das kannst du nicht machen«, bricht es aus mir heraus. Ich bin empört, außer mir.

»Nun dramatisiere nicht wieder. Es ist erst einmal nur ein Probedruck. Schau, ich habe gar nicht viel geändert. Leonardo klingt italienischer. In deinen Lebenslauf habe ich auch italienische Wurzeln eingebaut.«

Ich bin wie betäubt. Ich glaube, eher afrikanische Wurzeln zu haben.

»In Brasilien stammen doch alle von irgendwelchen Einwanderern ab. Weißt du genau, ob dein Ur-Ur-Großvater nicht aus Italien stammt?«

Wie respektlos Caroline mit meinem Land und meinen Vorfahren umgeht.

»Lies' dir in Ruhe alles durch. Du wirst sehen, ich habe keine Lügenmärchen erfunden.«

Ich finde, dass alles viel zu dick aufgetragen ist. Sogar die Zeitungsnotizen aus Rio, die mich Teufelsgeiger nennen, hat sie mit eingebaut. Ich möchte durch meine Musik beeindrucken und mit nichts anderem glänzen.

»Ich habe nur ein bisschen Make-Up aufgetragen«, entgegnet Caroline entwaffnend.

»Das ist schon üblich«, beruhigt mich mein älterer Kollege. Die meisten Lebensläufe sind geschönt. Es ist ein Balance-Akt, eine gute Vita zu erstellen. Ein wenig Politur ist dabei schon erlaubt. Natürlich darf man sich keine Lügenmärchen ausdenken. Das ist unseriös. An und für sich versteht Caroline etwas von ihrem Job. Vertrau' ihr.«

Caroline organisiert eine sechstägige Italien-Tournee. Wie immer hat sie alles bis ins kleinste Detail vorbereitet. Ich nehme beide Violinen mit auf die Reise. Für die beiden Solo-Abende mit Paganini nehme ich die Stradivari, die beiden Bartok-Violinkonzerte mit Orchester in Mailand und Rom spiele ich auf meiner vertrauten Violine. Das kommt meinem Bedürfnis nach ausdrucksstarken Klangfarben entgegen, die von warm strömenden, singenden Melodien ebenso getragen werden sollen, wie von einem jugendlichen Feuer.

Natürlich besuche ich in Rom meinen künftigen Geigenbaumeister, dem ich unbedingt meine vertraute Violine zeigen möchte. In aller Ruhe schaut er sich mein Instrument an, studiert sie mit konzentriertem Blick und berührt sie behutsam. Danach soll ich ihm etwas vorspielen und er beobachtet mich dabei ganz genau.

»Wenn Sie möchten, kann ich für Sie eine Geige bauen, die Ihrem Instrument ähnlich ist, die sich Ihnen öffnet.«

Meine Augen glänzen. »Noch habe ich nicht genug Geld gespart, doch mein größter Traum würde sich erfüllen.«

»Vom Geld reden wir später. Ich benötige sehr viel Zeit, bis ich sie fertig gebaut habe. Ich will ihr eine Seele mitgeben. Das verstehen Sie sicherlich.«

Diese Vorfreude trage ich von nun an in meinem Herzen wie ein Feuer, das nie verlöscht, wie ein in der Dunkelheit leuchtendes Licht.

Caroline versucht Druck auszuüben. Zeitdruck, den sie vermischt mit finanziellen Anreizen, den sie verpackt mit einer perfekten Organisation, und den sie durch die Vermittlung großartiger Konzert-Möglichkeiten erklärt. Sie lockt mit diplomatischem Geschick, was die Auswahl meines Repertoires anbelangt. Und ich lasse mich immer wieder verführen, trotz meines aufkeimenden Widerstands.

Nach einer Orchester-Tournee durch Kanada holt mich Caroline vom Flughafen ab. Die Tournee war ziemlich anstrengend und wir alle sind ganz schön erschöpft. Wir freuen uns auf die angekündigte Woche Freizeit, die jeder nach Lust und Laune verbringen darf. Einige wollen mit ihren Familien Ausflüge machen, andere erst einmal ausschlafen. Ich möchte die Zeit zum Proben mit meinem Pianisten nutzen, um unseren Sonaten-Abend mit französischer Musik in aller Ruhe vorzubereiten.

»Ich habe für dich Paris buchen können: vier Konzerte in

sieben Tagen. Du siehst, ich habe großzügig geplant und auch Freizeit mit eingerechnet.«

»Ach, Caroline«, meine Stimme klingt überhaupt nicht begeistert. »Ich brauche dringend eine Ruhepause. Ich bin total kaputt.«

»Natürlich kannst du morgen erst einmal ausschlafen. Dein Flieger geht erst übermorgen. Ich bringe dir alle Unterlagen vorbei. Zweimal Bartok-Violinkonzerte und zwei Solo-Abende mit Lieblingsstücken, und all das in deiner europäischen Lieblingsstadt.«

Ich bin wütend, allerdings mehr auf mich als auf Caroline, weil sie es wieder geschafft hat, mich zu überrumpeln.

Die Stradivari lasse ich zu Hause. Zum ersten Mal fehlt mir die Lust auf Wechselspiele mit verschiedenen Farbnuancen. Glanzvolle Plakate empfangen mich am Eingang der Konzerthäuser, an Litfaßsäulen und den Wänden von Metro-Stationen. Natürlich mit dem ungewohnten Künstlernamen Leonardo und dem neuen, fremd wirkenden Foto. Ich erkenne mich selbst nicht wieder.

Aber etwas anderes lässt mein Herz höher schlagen und trägt mich seit der ersten Orchesterprobe auf Flügeln. Am ersten Pult der Cellisten sitzt André und strahlt mich an. Wir haben uns seit unserer gemeinsamen Zeit an der Juilliard-School nicht mehr gesehen. Wir liegen uns lachend in den Armen und freuen uns unbändig.

»Ich wollte dich überraschen«, sagt André mit übermütigem Grinsen.

»Das ist dir voll gelungen!«

»Und ich habe noch eine Überraschung: Bei einem Cellisten-Treffen habe ich vor ein paar Monaten Pierre kennengelernt, der mir erzählte, dass er vor zehn Jahren in Paris am

Konservatorium das Lalo-Cellokonzert zusammen mit einem brasilianischen Jugendorchester gespielt hat. Und wer führte das Orchester als Konzertmeister? Ein 14-jähriger Junge, der Leon hieß.«

Ich kann es nicht fassen und bin fast sprachlos. »Pierre, dieser tolle Cellist? Das kann doch nicht wahr sein!« Ich bin wieder 14 Jahre alt, und alle Ereignisse von damals springen lebendig in meinem Kopf herum, als sei es gestern gewesen.

»Nach einigen Auslandsaufenthalten lebt Pierre jetzt wieder in Paris. Ich habe ihn ausfindig gemacht, und wir Drei werden uns ein paar tolle Tage machen und die Nächte unsicher. Nach getaner Arbeit, selbstverständlich«, zwinkert André mir zu.

Wir freuen uns wie die Kinder, und die Zeit rast wieder einmal davon.

Mein Französisch sprudelt aus längst versiegt geglaubten Quellen und mischt sich fröhlich mit der englischen Sprache. Nachmittags lassen wir uns in den Bistros und Straßen vom quirligen Leben mitreißen, nachts von den funkelnden Lichtern einer niemals schlafenden Stadt.

Nach dem letzten Konzert schlafe ich nicht im Hotel. André hat uns in seine Wohnung eingeladen. »Ich habe einen guten Bordeaux, Käse und Baguette bereitgestellt. Viel Komfort habe ich nicht zu bieten: Ein Sofa für Pierre, für mich reicht die Luftmatratze, und unser großer Künstler Leonardo darf in meinem Bett schlafen.« André betont Leonardo ein wenig theatralisch, pufft mich aber kameradschaftlich und lachend in die Seite. Ich verstehe ihn und lache mit. Es wird eine lange Nacht mit lebhaften Gesprächen, viel Rotwein und dem gegenseitigem Versprechen, dass wir uns einmal im Jahr, egal an welchem Ort der Erde wir uns gerade befinden, in Paris treffen wollen. Ich schlafe so gut, wie schon lange nicht mehr.

Als ich erwache, blinzelt bereits die Mittagssonne durchs Fenster. Ich werde meinen Flug verpassen, wenn ich mich jetzt nicht spute. Während ich mich anziehe, blicke ich aus dem Fenster. Kleine Wölkchen ziehen gemächlich am blauen Himmel dahin, scheinen sich spielend zu umgarnen, mal ineinander verschlungen, mal auseinanderstrebend. Sie scheinen sich dem Wind zu fügen. Bei diesem Anblick erfassen mich ebenfalls Ruhe und Gelassenheit, und ich finde zu einem Entschluss: Ich werde einen Tag länger in Paris bleiben, meinen Flug verschieben.

Ich kaufe Buttercroissants und Eclairs, bereite den Kaffee vor und wecke André und Pierre, indem ich mit der Croissant-Tüte vor ihren Nasen wedele.

»Hm, wie das duftet. Aber müsstest du nicht schon längst auf dem Weg zum Flughafen sein?« André schaut erschreckt auf seine Uhr.

Ich schüttle lächelnd den Kopf. »Ich werde einen Tag stehlen, das heißt nicht stehlen, sondern mir diesen einen Tag schenken. Der Orchesterdienst beginnt für mich erst übermorgen, und Caroline, meine Agentin, wird es schlucken müssen. Ich werde den ganzen Tag vertrödeln, werde ziellos durch die Straßen schlendern. Kommt Ihr mit?«

»Lust hätten wir schon, aber die Termine …«

»Warum soll es euch anders gehen, als mir sonst.« Ich fahre ins Hotel, mein Verlängerungswunsch wird problemlos akzeptiert, die Flugstornierung kostet natürlich etwas.

»Bist du wahnsinnig?«, schreit Caroline durchs Telefon. »Du kannst doch nicht einfach wegbleiben! Das ist gegen unsere Vereinbarung.«

Ich bleibe ganz ruhig. »Doch, ich kann das. Ich brauche diesen einen Erholungstag ganz einfach. Ich brauche endlich einmal Zeit für mich.«

»Das hat Konsequenzen!« Abrupt unterbricht Caroline das Gespräch.

Mein Pianist hat nichts dagegen, dass wir mit den Proben einen Tag später beginnen. Ich spaziere durch den Jardin du Luxembourg, lege mich auf den Rasen, die Sonne streichelt mein Gesicht, der Wind spielt mit meinen Haaren. Ich beobachte die Wolken am Himmel, wie sie sich zu verschiedenen Figuren formen, und erlebe, wie eine Fülle von Augenblicken zur Ewigkeit verschmelzen.

In New York erwartet mich Caroline mit einer Miene, die ihren Ärger deutlich zeigt.

»Hallo, Caroline! Ist die Welt wegen dieses einen Tages Verspätung untergegangen?«

»Hab keine Zeit für Diskussionen. Ich hoffe, es bleibt bei diesem einmaligen Ausrutscher.« Ihr Blick ist eiskalt.

Ich ärgere mich über ihre Arroganz, wie sie das Problem einfach wegfegt.

»Hier sind meine Terminplanungen für das kommende Vierteljahr: Französischer Sonaten-Abend. Mit deinem Pianisten habe ich schon gesprochen. Schau rein, ob dir alles so passt«, sagt Caroline in reichlich schnippisch klingendem Ton. »Ich habe einen Tisch beim Italiener bestellt. Hast du Lust mitzukommen?« Sie versucht, ihrer Stimme einen versöhnlichen Klang zu geben.

»Was bleibt mir anderes übrig? Ich habe noch nicht gegessen und riesigen Hunger.«

Die Stimmung zwischen uns bleibt nicht nur an diesem Abend frostig. Privat sehen wir uns in der folgenden Zeit so gut wie gar nicht.

Die Proben mit meinem Pianisten laufen gut. Die Sonaten von César Franck, Ravel und Debussy nehmen Gestalt an. Wir fühlen uns sicher und freuen uns auf die Konzerte. Caroline hat wieder engmaschige Termine gesetzt, aber Konzerte in hervorragenden Kammermusiksälen vermittelt. Dieses Mal wieder in skandinavischen Ländern. Es ist November und im Norden Europas schon ziemlich kalt. Wir müssen uns warm einpacken. Ich habe die Stradivari mitgenommen und sie in dem gepolsterten Kasten zusätzlich zum Samt in einen warmen Wollpullover gehüllt. Marc und ich tragen draußen beide dicke Fellhandschuhe, und in den Proben spielen wir mit Fingerhandschuhen, denen wir die Finger abgeschnitten haben. Marc muss sich ja jedes Mal auf ein neues Instrument einstellen, aber das macht ihm nichts aus. Allerdings sind ihm die Steinway-Flügel am liebsten, und bei einem Bösendorfer strahlt er übers ganze Gesicht. Diese Freude wird ihm allerdings nur einmal in Stockholm gegönnt.

Das neue Foto von mir mit dem Namen Leonardo Navarro, New York, und dem Bildtext »Brasilianischer Geiger mit italienischen Wurzeln«, schaut uns von allen Plakaten an. Und darunter steht ganz klein, man kann es von weitem kaum lesen, am Flügel: Marc McTrouth, Australien. Auch das stört ihn nicht wirklich. Mich schon. »Bin ich gewohnt«, sagt mein verlässlicher, einfühlsamer Begleiter, und da könnte sein Name ruhig etwas größer plakatiert werden.

Wir bringen beide eine dicke Erkältung mit nach Hause. Ich muss mich tatsächlich krankschreiben lassen. Ich schniefe und huste den ganzen Tag und fühle mich schlapp. Sogar zum Geigenüben fehlt mir die Kraft. Caroline bringt Hühnerbrühe vorbei, was ich sehr nett finde. »Ich habe sie vom Chinesen an der Ecke. Er wünscht dir gute Besserung. Die Suppe wird dir gut tun. Ich kann nicht lange bleiben, Termine, du weißt. In zwei Wochen musst du aber spätestens wieder auf den Beinen sein.«

»Wird schon«, krächze ich.

Die Erkältung verflüchtigt sich langsam, aber etwas bleibt zurück. Irgendetwas sitzt fest. Eine Art Frosch im Hals breitet sich hartnäckig aus und knödelt vor sich hin. Zum Glück bin ich kein Sänger. Die Kollegen haben allerlei Tipps für mich, und ich schleppe tagaus, tagein eine Thermoskanne Pfefferminztee mit mir herum.

Die Orchesterferien nahen. Endlich eine längere zusammenhängende Zeit, die ich zur Erholung nutzen kann. Dachte ich. Caroline überfällt mich mit einem Stapel Unterlagen, und mir schwant Böses. »Ich habe dir zwei Konzert-Tourneen vermittelt: Eine in Europa und eine in Japan. Dazwischen hast du aber zehn Tage frei, in denen du machen kannst, was du willst. Vielleicht magst du in den Süden fliegen, Sonne tanken und Energie aufladen.«

»Langsam reicht es, Caroline! Du springst mit mir und meiner Zeit um, wie mit Pingpong-Bällen. Du nimmst überhaupt keine Rücksicht auf mich. Du bestimmst und setzt mich unter Druck. Ich bin keine Maschine. Du gießt Wasser auf mein inneres Feuer. Meine Flamme für die Musik ist dabei, zu erlöschen.«

Caroline starrt mich mit leicht geöffnetem Mund sprachlos an. Einen solchen Ausbruch hat sie von mir wohl nicht erwartet. Sie legt die Termin-Unterlagen auf den Tisch und rankt mit den Händen hilflos in der Luft herum. Sie atmet tief ein, hält die Luft kurz an, räuspert sich, schüttelt ihren Kopf und bemerkt trocken: »Alles halb so schlimm, wird schon wieder.« Wen oder was sie damit meint, kann ich im Augenblick nicht ergründen.

Rom und Paris sind dabei, wie ich feststelle, und das hebt meine Laune. Aber nach Japan zu fliegen, habe ich wenig Lust. Gleich fühle ich mich wieder matt und kraftlos. Caroline scheint Recht zu behalten. Während ich mein Repertoire auffrische und mich der Musik hingebe, löst sich mein inneres Aufbegehren. Meine Flamme züngelt wieder, ich brenne vor Neugierde und Vorfreude. Gelassen ordne ich meine Noten und bereite die erste Tournee vor. Ist es die Ruhe vor dem Sturm? Plötzlich werde ich nervös, unsicher. Was ist los mit mir? Auf einmal habe ich Flugangst. Ich versuche, mich auf die Musik zu konzentrieren, was einigermaßen gelingt. Ich freue mich auf ein Wiedersehen in Paris mit André und Pierre. Ich bin begierig zu erfahren, wie weit der Geigenbaumeister in Rom mit meiner Geige ist. Ob ich schon etwas entdecken kann? Ich bin ganz aufgeregt und überschlage schon mal meine Geldreserven.

In Frankfurt spiele ich das Tschaikowsky-Violinkonzert und in München stehen beide Bartok-Violinkonzerte auf dem Programm. Die Proben verlaufen routinemäßig, der Beifall ist groß, die Presse bescheinigt mir ein kraftvolles Musizieren, das aber in den lyrischen Passagen Leichtigkeit und Eleganz vermissen ließe. Das stimmt, das sehe ich genauso. Von den Städten sehe ich wenig, von Begegnungen mit Menschen ganz zu schweigen. Hundemüde sinke ich nach jedem Konzert in mein Hotelbett. Tagsüber bewege ich mich wie eine Marionette. Es folgt ein nächster Tag, ein nächster Flug in eine andere Stadt mit Tschaikowsky oder Bartok, abrufbereit und vorhersehbar. Ich spüre einen Stachel in mir. Einen Stachel des Widerstands.

Paris wird eine wunderbare Ausnahme. Die beglückenden Stunden mit meinen Freunden lenken mich ab und wirken sich auch erfrischend auf die Konzerte aus. Meine Empfindungen sind wieder geweckt.

Meine letzte Station ist Rom. Zwei Konzerte in zwei Tagen sind zu bewältigen, und am dritten Tag ist die Rückreise nach New York am späten Nachmittag geplant. Auf jeden Fall will ich vorher meinen Geigenbaumeister besuchen. Unbedingt!

»Ich freue mich, Sie zu sehen.« Sein Blick ruht besorgt auf meinem Gesicht. »Sie sehen ein wenig erschöpft aus. Geht es Ihnen nicht gut? Setzen Sie sich erst einmal hin.« Dankbar nehme ich das angebotene Glas Wasser und trinke es in einem Zug leer. Der Meister schiebt seinen Stuhl zu mir, setzt sich und nimmt meine Hände in seine.

Meine Worte müssen ihn wie ein Wasserfall überschwemmen. Alles sprudelt aus mir heraus: Mein Stress wegen der Konzert-Tourneen, die fehlende Zeit, um neue Energie zu tanken, die fehlenden Erholungspausen und meine Unzufriedenheit über Carolines festgezurrte Terminpläne. Wie ein Vulkanausbruch hört sich das wohl alles an. Zum einen fühle ich mich erleichtert, andererseits plagt mich ein schlechtes Gewissen, weil ich glaube, dass der Ausbruch sich an einem falschen Ort entlädt und einen Menschen trifft, der überhaupt nichts für meine Situation kann. Warum traue ich mich nicht, Caroline mit meiner Unzufriedenheit und meinem Zorn zu konfrontieren? Warum schafft sie es, mich immer wieder für ihre Pläne zurechtzubiegen?

»Leon, Sie sollten in sich hineinhorchen. Sie müssen wissen, was Sie wollen, müssen Stellung beziehen und sich entscheiden. Das ist sicherlich nicht einfach bei den vielen Angeboten und Möglichkeiten, die man Ihnen aufdrängt. Sie müssen Prioritäten setzen.«

Ich verschiebe meinen Flug um zwei weitere Tage und verlängere meinen Hotelaufenthalt. Caroline nimmt es überraschenderweise gelassen zur Kenntnis. »No Problem, bis zur Japan-Tournee bleiben dir dann immer noch sechs Tage Freizeit, die du natürlich gestalten kannst, wie du willst.«

Ich besuche meinen Geigenbauer. Hier fühle ich mich wohl. Ich schaue ihm bei seiner Arbeit über die Schulter, wir sprechen und schweigen, teilen unsere Gedanken und die Zeit miteinander, wie mit einem unsichtbaren Band verbunden. Etwas Geheimnisvolles geht von diesem Mann aus, etwas, was meine Gedanken warm umhüllt und mir Geborgenheit schenkt. Ich fühle mich beschützt. Gleichzeitig regt sich Widerstand in mir. Wenn ich an die Japan-Tournee denke, wird mir übel. Ich möchte noch eine Zeitlang in Rom bleiben. Im Schutz dieser Geborgenheit verströmenden Atmosphäre möchte ich zur Besinnung kommen. Die Geigenbauwerkstatt mit ihren Gerüchen nach Holz und Lack, das bedächtige Arbeiten des Meisters, der ein Jahrhunderte altes Handwerk ausübt, das Lebendige an der Tradition – all das fasziniert mich.

Noch einmal verschiebe ich meinen Flug. »Um Himmels Willen, jetzt wird es eng. Du darfst auf keinen Fall die Japan-Tournee platzen lassen.« Carolines Nervosität ist nicht zu überhören. Ich merke, sie verliert die Dinge aus dem Griff.

Die nächsten beiden Tage verbringe ich beinahe ausschließlich bei Orlando, meinem Geigenbauer. Wir sind, ohne es zu merken, zum vertrauten Du gewechselt. Er formt und feilt, er klebt, lackiert, und es entstehen Wunderdinge unter seinen Händen. Besonders bei der Lackierung bewundere ich, wie viel Mühe er sich mit dem Mischen und Ausprobieren macht. »Jeder Geigenbaumeister hat dafür sein eigenes, streng gehütetes Geheimrezept, eine Tradition seit mehreren hundert Jahren. Schon die Venezianer hatten ihre geheimen Mixturen, unerforscht, bis heute.«

Ich komme aus dem Staunen nicht mehr heraus. »Für mich ist es besonders wichtig, meinen Instrumenten eine Seele mitzugeben. Der Spieler muss sie finden, sie herauslocken und sie sich aneignen.« Ich muss an meine Stradivari denken, an die Diva, die sich mir anfangs so verschlossen zeigte.

Plötzlich steht mein Entschluss fest. Er wiegt schwer. »Caroline, ich komme vorerst nicht nach New York zurück.«

»Bist du verrückt geworden?« Caroline ist außer sich. »Das geht überhaupt nicht. Du kannst nicht einfach so die Japan-Tournee platzen lassen. Komm sofort zurück, und ich werde zusehen, wie ich das irgendwie hinbiege. Nimm den nächsten Flieger!«

»Nein, Caroline, tut mir leid, ich kann nicht mehr, ich brauche dringend eine Auszeit.«

»Das hat Konsequenzen«, brüllt sie ins Telefon. »Wo bist du zu erreichen?«

»Die Konsequenzen sind mir egal, und zu erreichen bin ich für dich nicht.« Aber das scheint sie schon gar nicht mehr zu hören. Caroline hat vorher aufgelegt.

Mein Orchester-Intendant reagiert verständnisvoll und ist mit einer Beurlaubung einverstanden.

»Wie viel Zeit werden Sie brauchen?«

»Zwei Wochen, denke ich.«

Mein Pianist sieht meine »Pause« ganz entspannt. »Wir legen unser Programm auf Eis. Ich werde mich in der Zeit einigen Sängern an der Oper widmen, die mich als Korrepetitor brauchen.«

Ich stehe auf einer Brücke, die den Tiber überspannt. Die Sonne leuchtet als prall gefüllter, glutroter Ball am Horizont.

Ich stütze beide Arme auf die Brüstung. Mein Blick folgt der Strömung des Flusses, schlängelt sich durch Windungen und verliert sich in dem inzwischen violett gefärbten Himmel. Voller Sehnsucht muss ich an zu Hause denken, an meine Heimat Brasilien, an meine Kindheit in der Favela, an meinen Fluss, an die Spiele mit Steinchen und kleinen Zweigen, und auch an den Tag, als mein kleiner Bruder beinahe ertrunken wäre. Vor meinen Augen läuft diese Zeit ab wie auf einer rasant rotierenden Filmspule.

Über mir schwirren Amseln und Finken. Sie singen und tirilieren. Und mir ist, als flöge mein kleiner Kolibri durch meine Gedanken. Mein Kolibri, der mir früher mit seinem Gesang so oft über trübe Stunden hinweg geholfen hat. Ich fühle mich schwerelos, wie von einer Wolke getragen. Gleichzeitig reift in mir ein Wunsch. Ich möchte nach Venedig reisen. Nicht mit dem Flugzeug, nein, ganz gemütlich mit dem Zug, der mich behaglich durch idyllische Landschaften führen soll. Und tatsächlich öffnen sich Landschaften von verschwenderischer Weite, die mir wie pulsierende Energiefelder vorkommen.

Zum ersten Mal reise ich inkognito, ohne Hochglanzbroschüre, ohne meine Stradivari, die Orlando in seiner Werkstatt hütet. Ich genieße das Loslassen. Keine Hetze mehr. Nur meine liebe alte Geige und einen Rucksack habe ich mitgenommen. Der Koffer liegt in einem Schließfach in Rom.

Ich quartiere mich in einem kleinen Hotel ein, in Bahnhofsnähe, aber abseits des Touristengetümmels. Ich schlendere durch die Gassen, lasse mich treiben und bei einer Gondelfahrt auf dem Canal Grande in eine Traumwelt entführen, verweile in Kirchen, lausche Orgelklängen oder lasse mich auf Stille und Andacht ein. Ich erlebe Momente der Innigkeit und Harmonie.

Aus dem geöffneten Portal einer Kirche trägt der Wind Vivaldis Jahreszeiten. Mein Vivaldi, meine erste leidenschaftliche Begegnung mit der Musik. Auf leisen Sohlen husche ich hinein und höre den vertrauten Klängen zu. Junge Musiker proben für ein Konzert. Als sie meinen Geigenkasten sehen, ermuntern sie mich zum Mitspielen. Eine beglückende Woche lang ziehe ich mit diesen jungen Musikern durch Kirchen und Plätze und fühle mich beschwingt und unbeschwert, wie als siebzehnjähriger Schüler. Sie staunen über mein Geigenspiel, ich bewundere ihren jugendlichen Überschwang, ihren Enthusiasmus.

Den Inhalt des Hutes, den wir vor jedem Spielen aufstellen, geben wir am Abend für Essen aus. Manchmal reicht es auch für eine Flasche Chianti. Einmal schummle ich einen größeren Geldschein in den Hut, ohne dass es jemand merkt. »Heute hatten wir aber einen großzügigen Zuhörer. Wahrscheinlich ein echter Musik-Fan«, jubeln sie. Das Leben als Straßenmusikant fängt an, mir zu gefallen und könnte ewig so weitergehen.

Trotzdem ruft die Pflicht. Die Verantwortung für mein Orchester, meine Kollegen und nicht zuletzt für die Musik und für mich selbst und mein Leben nagt an mir. Der Abschied fällt schwer, doch wir nehmen diese gemeinsame Zeit als Momente in unserem Leben, die sich tief ins Herz einnisten und die wir nie vergessen werden.

Ich fahre mit dem Zug nach Rom zurück. Orlando empfängt mich freudestrahlend.

»Das hat dir gut getan, Leon, das sehe ich sofort. Wunderbar, dass du dir diese Auszeit genommen hast.«

»Es war eine kleine Reise in die Vergangenheit. Jetzt fühle

ich mich gewappnet und stark genug, um mich mit Caroline auseinanderzusetzen, auch wenn sie noch so toben sollte.«

»Deine Geige ist übrigens bald fertig. Ich spüre, dass sie gut, nein, was sage ich, dass sie außergewöhnlich und besonders wird; so, wie ihr zukünftiger Spieler.« Ich bin ganz rot geworden, und meine Augen müssen geleuchtet haben, wie die Sonne. »Lass dich überraschen, wenn du das nächste Mal in Rom bist.« Wir umarmen uns lange und haben beide feuchte Augen. Beim Abschied begleitet er mich bis zur Haustür. »Lass mich deine Pläne wissen.« Er winkt mir zu, bis ich in die nächste Gasse einbiege.

LEUCHTFEUER

Auf einmal sehe ich meine Zukunft wie ein kristallklares Bild. Ich will mich von meiner Agentin Caroline trennen und mich aus dieser Art Musikgeschäft zurückziehen. Das aufschäumende Leben in der neuen Welt zermürbt mich, laugt mich aus und löscht in mir nicht nur das Feuer für die Musik, sondern auch meine Träume vom Glück. Ich werde die Orchestersaison ordentlich zu Ende bringen und die geliehene Stradivari zurückgeben. Ich werde nach Brasilien zurückkehren. In dieser Reihenfolge gehe ich zielstrebig an meine Pläne heran.

Eine frostige Atmosphäre herrscht in Carolines Büro. Sie sitzt hinter ihrem Schreibtisch und kommt mir nicht entgegen. »Hallo, Leon!« Mit kühlem Blick schiebt sie mir einen Bogen Papier zu. »Du hast die Japan-Tournee platzen lassen. Du bist vertragsbrüchig geworden. Vertragsgemäß mache ich nun Ansprüche geltend. Wie du siehst, ist ein stolzes Sümmchen zusammengekommen.«

Ein »es tut mir leid« bleibt mir im Halse stecken, als ich auf die Endsumme blicke.

Ich muss mich räuspern. »Natürlich werde ich deinen Gewinnverlust und die Ausfallgebühren bezahlen, aber diese Summe hier ist nicht fair. Du weißt, dass ich gegen eine solche Situation nicht versichert bin. Und ich weiß, dass du als Agentin nicht die gesamte Ausfallsumme auf mich als Künstler schieben musst.« Mich stimmen die Misstöne, die über unser Verhältnis hereinzubrechen drohen, unglaublich traurig.

»Wenn du wieder zur Vernunft gekommen bist, bin ich

bereit, einen Teil davon mit deinen nächsten Konzerten zu verrechnen.«

Ich blicke Caroline fest in die Augen, bin innerlich ganz ruhig, doch meine Stimme flackert: »Es wird keine nächsten Tourneen geben. Ich möchte, dass sich unsere Wege trennen, ich möchte unseren Vertrag kündigen. Die Frist beträgt, glaube ich, drei Monate. Ich mache diese Hetzjagd nach Ruhm und Geld nicht mehr mit.«

Caroline ist zunächst sprachlos. Ihre Miene verrät Entsetzen und Zorn gleichzeitig. Sie sucht nach Worten, um mich zu überreden, dabei hat sie ihre Stimme nicht mehr unter Kontrolle und wird laut, zu laut. »Du machst eine riesengroße Dummheit, einen furchtbaren Fehler, der dein Leben nachhaltig beeinflussen wird.«

Plötzlich scheint sich etwas in ihr zu regen, etwas, was ihren Blick verschleiert, ihre Stimme brüchig klingen lässt. Caroline ist krampfhaft bemüht, ihre Tränen zurückzuhalten. »Du bist ein außerordentlicher Künstler. Ich habe dir großartige Konzerte in der ganzen Welt vermittelt. Ich bin dabei, einen Star aus dir zu machen. Wir sind ein tolles Team. Zusammen haben wir viel Geld verdient und können das auch noch viele Jahre fortsetzen. Das alles willst du jetzt auf einen Schlag wegwerfen?«

»Mein Entschluss steht fest. Natürlich hast du mir geholfen, mein Geigenspiel in die Welt hinauszutragen. Dafür war und bin ich dir auch heute noch sehr dankbar, aber jetzt ist es für mich kein passender Weg mehr. Es ist nicht mehr das Leben, das mich zufrieden macht. Ich fühle mich unfrei und eingeengt, wie in einem Panzer. Diese Art von Leben zerstört meine Spontanität. Widerstand ist an die Stelle von Leidenschaft gerückt und dabei, meine Flamme für die Musik zu löschen.«

Allmählich begreift Caroline, dass jeder Widerspruch zwecklos ist, sie spürt, dass ich es ernst meine. Nervös fahren ihre Hände über Papiere und Prospekte auf ihrem Schreibtisch und versuchen, sie zu ordnen. Ich kann lächeln, und darüber bin ich froh.

»Ich wünschte, wir könnten uns möglichst ohne Dissonanzen trennen.« Ihre Augen verengen sich.

»Wir werden sehen. Du wirst von mir hören.« Fast tonlos presst sie die Worte aus schmalen Lippen heraus.

Der Abschied vom Orchester fällt mir schwer. In dieser Gemeinschaft habe ich mich wohl gefühlt, die Zusammenarbeit hat mir so viel bedeutet und mir Sicherheit gegeben. Mit Menschen auf gleicher Wellenlänge gemeinsam eine Klangsprache zu finden, einem Klangzauber nachzuspüren und ihn zu entfachen, wird immer ein wichtiger Teil meines Lebens bleiben. »Wir, das Orchester, sind glücklich, dass wir mit dir als Konzertmeister eine so gute Zeit hatten. Wo immer dich das Leben hin spült, wo immer du landen wirst, wir sind sicher, du findest deinen Weg.« Ich bin ganz gerührt.

Und wieder werde ich vom Schicksal überrascht. Mein Kollege, der mich in Rom mit seinem Freund, dem Geigenbauer Orlando, bekannt machte, kommt mit strahlendem Gesicht und einem Heft unter dem Arm auf mich zu. »Hier, in dem neuen Orchester-Magazin, habe ich doch tatsächlich eine Anzeige gefunden, die für dich maßgeschneidert zu sein scheint.« Zwischen all den Artikeln, Werbekampagnen, Fotos und Nachrichten springt mir eine grün umrandete Stellenanzeige entgegen:

In Südbrasilien ist in dem renommierten Philharmonischen Orchester von Porto Alegre die erste Konzertmeisterstelle frei

geworden. Kontaktaufnahme bis Ende Oktober, Vorspiel-
termine unter folgender Adresse nachfragen.

»Das ist ja in einem Monat!«, juble ich und springe vor Freude in die Luft. Ein Traum wird sich erfüllen. Er leuchtet nicht wie ein ferner Abendstern am Himmel, sondern wie ein Weg, der sich gradlinig vor meinen Augen abzeichnet. Der Abschied von der neuen Welt fällt nun noch leichter. Unbeschwert ordne ich meine Dinge und kündige mein Appartement, das ein Kollege mit allen Möbeln übernehmen will. Caroline und ich umarmen uns beim Abschied sogar und können uns bei einem gemeinsamen Essen auch an gute Zeiten erinnern. Ich gebe die geliehene Stradivari zurück. Eine Trennung, die mehr schmerzt, als ich dachte. Dieses Instrument hat sich mir nach und nach geöffnet und viel in mir bewegt, hat mich zu Höhenflügen getragen. Ich wünsche mir, dass sie zu einem jungen Menschen kommt, der sich ihr liebevoll nähert, der sie schätzen lernt und ihr mit Würde begegnet.

Obwohl meine Unterlagen, die ich nach Porto Alegre schicke, viel Eindruck machen, rät man mir, den Vorspieltermin für die Konzertmeisterstelle trotzdem wahrzunehmen. Das sehe ich natürlich ein. Ich will nicht bevorzugt werden oder von irgendeiner Protektion Nutzen haben.

Ich werde also nach Brasilien zurückkehren. Dort sind meine Wurzeln. Jetzt bin ich 25 Jahre alt und es ist Zeit, anzukommen. Ich bin mir so sicher, wie nie zuvor in meinem Leben. New York entlässt mich an einem trüben, grauen Novembertag. Die Luft ist nebelverhangen und von Smog belastet. Porto Alegre liegt zwar 2300 Kilometer von meiner Heimatstadt Salvador da Bahia entfernt, doch man erreicht es mit dem Flugzeug in knapp drei Stunden, und in meinen Gedanken liegen beide Orte ganz nahe beieinander.

Als ich auf Brasiliens Boden lande, begrüßen mich der Himmel mit seinem tiefsten Blau und die Sonne mit ihrem so strahlenden Licht. Die Palmen wedeln mir zu, die Vögel singen ihre schönsten Melodien, die Luft riecht frisch, eine leichte Brise streichelt zärtlich meine Haut. Ich lasse einen glockenhellen Jauchzer erklingen. Die Menschen um mich herum bleiben stehen, schauen zunächst ein wenig verwundert, dann lachen auch sie, oder gehen lächelnd weiter. Was für ein Empfang!

Obwohl ich noch nie in Porto Alegre war, kommt mir das Straßenbild bekannt vor, die Atmosphäre vertraut. Ich fühle mich heimisch. Als ich die ersten Schritte ins Teatro São Pedro setze, werde ich von meinen Gefühlen überwältigt. Wärme strömt durch meinen Körper, mein Herz schlägt schneller, meine Haut scheint zu knistern. Obwohl Porto Alegre viel kleiner ist als Rio und die Hochhäuser nicht in den Himmel ragen wie in New York, ist es doch genauso lebendig. Alt und Neu scheinen sich in harmonischer Weise zu vermischen. Stuckverzierte, Würde ausstrahlende Häuser und moderne Wohntürme begegnen sich in einem farbenfreudigen Miteinander. Und das Licht, das ich so gern beobachte, das leuchtende Licht, scheint sich überall seinen Weg zu bahnen. Es kriecht über Mauern, wandert über morbide Häuserwände, tanzt mit dem Schatten, der von hohen Baumkronen fällt.

Die erste Woche vergeht wie im Fluge. Ich habe sofort Kontakt zu meinen Kollegen aus dem Orchester. Sie helfen bei der Wohnungssuche und überraschen mich mit einer Begrüßungsparty. Der Dirigent lädt mich zu sich nach Hause ein. Ich entdecke, dass er von ähnlichem Enthusiasmus, von der gleichen Liebe zur Musik geprägt ist wie ich.

Und wieder öffnet sich ein neuer Raum voller Überraschungen in meinem Leben. Ist es zuerst ihr Blick, der mich trifft wie ein Sonnenstrahl und tief in mich hinein leuchtet? Oder ist es ihre warme Stimme, die mich berührt wie Samt und Seide? Oder sind es die Töne, die sie zaubergleich aus dem Flügel schwirren lässt? Wir proben das Chopin Klavierkonzert f-Moll, und ihr Spiel ist himmlisch. Wie mächtige Orgelchoräle schwingt die Musik durch meinen Körper oder verwandelt sich in harmonisch hüpfende Dreiklänge.

Als ich es ihr später erzähle, legt sie liebevoll ihre Arme um meinen Hals. »Vielleicht war Chopin der Amor-Schütze, vielleicht unsere Begegnung ein vorher bestimmtes Schicksal«, meint Marcia und erinnert sich. »Bei mir war es genauso, nur in einer anderen Reihenfolge. Zuerst war es dein Mund, dein Lachen, das mich umfing wie ein Kuss. Sofort danach berührte mich deine Art, Geige zu spielen, sehr heftig. Deine leidenschaftliche Liebe zur Musik umarmte mich wie eine Glut. Erst dann sah ich in deine Augen und glaubte, in einem Meer zu versinken, tief, bis auf den Grund. Doch ganz am Anfang, als wir zusammen mit dem Dirigenten die erste Probe besprachen und sich deine Hand wie zufällig auf meinen Arm legte, deine Finger mich kurz berührten, begann meine Haut zu prickeln. Hast du das nicht bemerkt?« Ihr lächelnder Blick dringt bis in mein Herz.

Nach dem Chopin-Konzert müssen wir uns aber zunächst trennen. Marcia fliegt nach Buenos Aires. Sie folgt einer Einladung für zwei Konzerte in Argentinien. Diese sieben Tage dehnen sich unendlich, scheinen auf der Stelle zu kleben. In mir toben Sehnsuchtsgedanken wie ein Orkan und mein Herz schlägt Purzelbäume. Es ist früher Nachmittag, als ich Marcia am Flughafen abhole. Wir fliegen aufeinander zu und wollen uns gar nicht mehr loslassen. Ganz selbstverständlich fügen sich unsere Lebenswege zueinander. Ich fühle mich getragen von ihrer Ernsthaftigkeit, von ihrer bedingungslosen Liebe bei all ihrem Tun, von ihrem Herzblut.

»Es ist dein Temperament, das mich mitreißt, mir Flügel schenkt und mein Spiel zur Leichtigkeit anregt. Du entflammst meine Fantasie mit deiner Glut«, sagt Marcia. Wir proben für unseren ersten gemeinsamen Duo-Abend. Die César Franck-Sonate, die ich als Schüler und Student gespielt habe, plätscherte damals an der Oberfläche. Mit Marcia zusammen hat sie ein ganz anderes Gewicht, strömt aus der Tiefe, vermittelt Spannung und sprudelt trotzdem in einer verführerischen Ursprünglichkeit. Ich stehe, wie sonst nicht üblich, an der Stelle, wo der Flügel seitlich ausgebuchtet ist, nicht versetzt hinter Marcia. Wir spielen beide auswendig und verstehen uns ohne Worte. Unsere Blicke begegnen sich über dem halb geöffneten Flügeldeckel, manchmal ist es nur ein Wimpernschlag, der eine Empfindung überträgt, manchmal ein Atemhauch, der Intensität vermittelt. Die Klänge unserer beiden Instrumente verschmelzen miteinander, vielschichtig und transparent zugleich.

Der neue Konzertmeister unseres Philharmonischen Orchesters, Leon Navarro, in einem beeindruckenden Duo-Abend mit der Pianistin Marcia Brandão. Ein besonderes Ereignis, geprägt von Enthusiasmus und einem innigen Zwiegespräch zweier seelenverwandter junger Künstler ...

Die Zeitungsredakteure überschlagen sich mit ihren Lobeshymnen.

Noch leben wir in getrennten Wohnungen. Unsere Tagesabläufe sind zu verschieden. Marcia übt für ihre Solo-Auftritte, meine Zeit ist geregelt durch den Dienstplan, dem ich meinem Orchester als Konzertmeister verpflichtet bin. Marcias Konzertorte wechseln. Wenn wir gemeinsam proben, treffen wir uns meistens im Konzertsaal. Trotzdem sind wir uns so nah, wie wir es beide zuvor noch nicht erlebt haben.

Manchmal necken wir uns ein wenig damit, dass wir uns nicht einig sind, wer wen zuerst verführt hat. Ich bin felsenfest davon überzeugt, dass ich es war. Ich weiß es deshalb so genau, weil ich zum ersten Mal in meinem Leben den ersten, entscheidenden Schritt, um mit einer Frau zu schlafen, gewagt und auch bewusst herbeigeführt habe. Die Liebe hat mich geleitet. »Nein«, widerspricht Marcia lächelnd und schmiegt sich zärtlich an mich. »Ich war's, du hast es nur nicht gemerkt.«

Die körperliche Liebe ist für uns das Selbstverständlichste auf der Welt und trotzdem jedes Mal etwas Besonderes, etwas Einzigartiges. Wir machen daraus ein Fest, abwechselnd bei mir oder bei ihr. Die Nacht hat etwas Rauschhaftes, das gemeinsame Aufwachen etwas Friedliches. Und wir frühstücken zusammen, jedes Mal und immer ausführlich, am liebsten im Bett.

Ich erzähle Marcia von Leticia, meiner wunderbaren Lehrerin. Ich erzähle von meiner Mutter, von meiner Familie. »Ich möchte sie unbedingt kennenlernen, zuerst deine Mutter, dann Leticia. Sie haben wesentlich dazu beigetragen, dass du der Mensch geworden bist, dem meine ganze Liebe gehört, der fähig ist, sie anzunehmen und mit gleicher Intensität zu erwidern.« Wie glücklich ich bin!

Vier Monate später fliegen wir nach Salvador da Bahia. Wir haben zwei Konzertprogramme mit im Gepäck. Ein Konzert wird im Konservatorium stattfinden, ein weiteres wollen wir der Kirche meiner Kinderzeit als ein Wohltätigkeitskonzert anbieten. Marcia hat es sich gewünscht. Sie möchte unbedingt meine Initiative für die Suppenküche und das Engagement meiner Mutter für Straßenkinder unterstützen. Alles fühlt sich wunderbar an, so wunderbar richtig, Ruhe durchströmt mich, trotzdem hüpft mein Herz aufgeregt hin und her.

Was für ein schönes Paar! Mein Leon und seine Marcia. Ich muss aufpassen, dass ich vor lauter Rührung nicht anfange zu weinen. Sie halten sich an den Händen, mit gleichgroßen Schritten kommen sie auf mich zu, ihre strahlenden Blicke sind auf mich gerichtet. Jetzt zieht Marcia sich aus Leons Hand heraus, lässt ihm die letzten Schritte zu mir allein. Er nimmt sie im Sturm, und ich bin überglücklich, meinen Sohn in den Armen zu halten. Marcia hat sich mit einem stillen Lächeln neben uns gestellt: Eine schlanke junge Frau, beinahe so groß wie mein Leon, mit schwarzbraunen Locken, die ihr bis auf die Schulter fallen. Ihre Haut ist heller als seine, aber ihre dunklen Augen sind von gleicher Leuchtkraft, wie bei ihm.

»Mama, ich möchte dir Marcia vorstellen, meine große Liebe.«

Sie erwidert meine spontane Umarmung und es fühlt sich warm und vertraut an. »Herzlich Willkommen. Ihr seht, wie ich mich freue. Ich habe Moqueca vorbereitet, einen Fischeintopf mit Garnelen und Kokosmilch. Ich hoffe, Sie mögen Fisch, Marcia.«

»Hm, dieser herrliche Fischeintopf aus Bahia, ein Leibgericht aus meiner Kindheit. Ich bin in Florianópolis aufgewachsen. Dort wird viel Fisch gegessen, in allen Variationen. Meine Mutter hat dieses Gericht gern gekocht, bevor sie krank wurde. Leider ist sie gestorben, als ich erst fünfzehn Jahre alt war.«

»Das tut mir aufrichtig leid.« Mama drückt fürsorglich Marcias Arm.

»Und Ihr Vater, lebt er noch in Florianópolis?«

»Er ist vor fünf Jahren bei einem Flugzeugabsturz ums Leben gekommen.«

Jetzt bin auch ich ganz erschrocken. Das wusste ich nicht. Marcia hat mir nur erzählt, dass ihr Vater sie nach dem Tod der Mutter auf ein Internat nach London geschickt hat, weil er geschäftlich viel unterwegs war. Ich wusste, dass sie mit gleichaltrigen Jugendlichen, die als Teenager mit anderen Dingen beschäftigt waren, wenig Kontakt hatte. Für Marcia war die Musik und das Klavier das Wichtigste und, wenn sie traurig war, immer ihr einziger Trost.

»Ich habe viele Jahre in London gelebt und hatte immer schreckliches Heimweh.« Mama drückt Marcias Hand und umfasst zärtlich meinen Arm, bevor sie die Haustür öffnet.

»Nun kommt erst einmal herein. Leon hat bestimmt erzählt, dass es bei uns ein wenig eng und bescheiden ist.«

»Aber nein, er hat immer nur von seinem liebevollen Zuhause gesprochen, von seiner fürsorglichen Mama und den lebhaften kleinen Geschwistern.«

»Du wirst staunen, Leon, wie groß sie geworden sind. Pedro wird bald zwanzig, und er trainiert in seiner Freizeit die Fußball-Jugend in der Favela. Er kommt heute erst später nach Hause. Aber Fee ist da. Sie deckt schon den Tisch.«

Fee, meine kleine Schwester, ein hübsches 17-jähriges Mädchen fällt mir in die Arme und springt doch tatsächlich an mir hoch, wie früher. Ihre kupferfarbenen Locken, die wild herum wirbeln, scheinen Funken zu sprühen. Der Tisch ist festlich gedeckt. Fee hat Kerzen angezündet und Blütenblätter auf der weißen Tischdecke verstreut. Der Fischeintopf schmeckt so gut, dass wir anschließend kaum Platz für das herrliche Mango-Dessert finden. Und dann präsentiert Mama auch noch eine fabelhaft duftende Bananentorte. »Mama, wir platzen gleich. Aber es schmeckt einfach himmlisch.« Ein gemütlicher Abend mit lebhaften Gesprächen lässt die Zeit im Nu vergehen, und Marcia fühlt sich überhaupt nicht fremd.

»Ihr seid ja eine fröhliche Gesellschaft. Ich hoffe, ihr habt mir etwas von Mamas Köstlichkeiten übrig gelassen, ich habe einen Bärenhunger.« Wie erwachsen Pedro geworden ist! Immer noch kraftstrotzend, bewegt er sich trotzdem viel ruhiger. Er ist nicht mehr so hektisch und wirkt ausgeglichener. »Die Jungs haben mich heute echt gefordert, aber sie machen das ganz toll. Ich glaube, dass folgender Schlüssel für den Umgang mit ihnen und ihren Problemen passen könnte: Gib ihnen einen Ball und eine Perspektive.«

In der Wohnung hat sich nicht viel verändert. Die Nähmaschine steht in der Ecke, aber anstelle der Liege steht nun ein Sofa mit bunten Kissen an der Wand. Mama bemerkt meine Blicke. »Das Sofa ist mein Schlafsofa. Ich habe in der Gemeinde bei einer Wohnungsauflösung geholfen, und ich durfte es behalten. Die Kissen habe ich aus Stoffresten genäht. Pedro und Fee teilen sich seit einiger Zeit das Schlafzimmer. Du musst dir nachher unbedingt anschauen, wie geschickt und originell jeder seine Hälfte eingerichtet hat.«

»Du hast eine wunderbare Familie. So etwas habe ich lange nicht erlebt.« Marcia und ich sind auf dem Weg zu unserem Hotel. Arm in Arm laufen wir durch die frische Nachtluft. Die Menschen scheinen noch wach zu sein, denn die meisten Fenster sind hell erleuchtet. Auf den Straßen ist es dunkel und kaum jemand zu sehen. Über uns funkelt nur der Sternenhimmel, der uns beschützt.

»Deine Mutter verströmt so viel Wärme und Liebe. Sie schaut mit dem Herzen. Ich habe mich sehr wohl gefühlt und fühle mich angenommen. *Man sieht nur mit dem Herzen gut,* habe ich als Jugendliche in einem Buch gelesen. Es hieß *Der kleine Prinz*, glaube ich.«

»Meine Mama hat dich in ihr Herz geschlossen, das habe ich sofort gemerkt.«

Nun bin ich gespannt, wie sich wohl das Zusammentreffen von Leticia und Marcia gestalten wird.

»Wenn Ihr wollt, kommt gegen 18 Uhr ins Konservatorium. Du kennst ja meinen Unterrichtsraum. Wir lassen den Abend dann auf uns zukommen. Mal sehen, was er mit uns vorhat.«

Typisch Leticia: Frei von Effekthascherei, ohne Umschweife, herzlich und ein wenig neugierig. Sie eilt uns schon entgegen, kaum dass wir die Tür erreicht haben. »Ich habe deinen Schritt erkannt, Leon, und dazu einen zweiten, ähnlichen Rhythmus gehört.« Sie begrüßt zuerst Marcia, indem sie ihre beiden Hände umfasst. »Ich freue mich so sehr, Sie kennenzulernen!« Bevor sie mich umarmt, gleitet ihr Blick liebevoll forschend über mein Gesicht und verfängt sich einen Moment in meinen Augen.

»Du glaubst nicht, wie froh ich bin, zu sehen, wie du dich entwickelt hast, wie du deinem Leben begegnest. Die Umwege waren wohl nötig, das sehe ich jetzt auch. Sie haben dich reifen lassen. Du hast dir Zeit genommen, das Ungezügelte in für dich richtige Bahnen zu lenken. Deine Ungeduld konntest du zähmen und deine Leidenschaft mit echtem Herzblut füllen. Du strahlst Zuversicht aus.« Dann umfasst sie lachend beide Schultern von Marcia. »Ich kann mir vorstellen, dass das sicherlich auch Ihr Einfluss ist, Marcia.«

Und zu mir gewandt: »Wie schön, dass du deine Geige mitgebracht hast. Auch Noten?«

»Marcia und ich spielen auswendig.« Wir spielen den langsamen Satz aus der César-Franck-Sonate. Leticia lauscht mit geschlossenen Augen. Ihre Lippen bewegen sich leicht, als ob sie mitsummen möchte. Sie öffnet ihre Augen erst wieder, als wir den Satz beendet haben, kommt auf uns zu und umarmt uns beide innig.

»Die Saat ist aufgegangen. Ich hatte eine Vision von dir, Leon, und deinem Geigenspiel. Sie hat sich erfüllt. Ich bin stolz auf dich und dankbar, dass mein Beitrag auf fruchtbaren Boden fallen konnte. Besonders freue ich mich, dass du in Marcia wohl die Liebe deines Lebens gefunden hast, die dich weiterhin beflügeln wird.«

»Marcia, haben Sie Lust, ein Stück mit Leons alter Lehrerin zu spielen?«

»Natürlich, sehr gern!«

Leticia nimmt ihre Geige aus dem Kasten und stimmt kurz die Saiten. »Wie wäre es mit dem Final-Satz aus der Franck-Sonate?« Leticia lacht schalkhaft. Wie jung sie wirkt.

Das Musizieren der beiden Frauen fängt mich ein wie ein Lasso. Mit weit geöffneten Augen und großen Ohren, auf der vordersten Stuhlkante hockend, verfolge ich gespannt ihr leidenschaftliches Spiel. Sie scheinen sich gut zu verstehen.

»Nun haben wir uns mit der Musik unterhalten, jetzt gehen wir zu mir nach Hause, trinken ein Fläschchen Wein und plaudern. Ich will ganz viel von euch wissen. Ihr müsst mir alles erzählen. Ich habe auch Pasteten vorbereitet.«

Es ist das erste Mal, dass Leticia mich in ihre Wohnung einlädt. Zum ersten Mal werde ich sehen, wie sie lebt, mit welchen Dingen sie sich umgibt. Ihre Wohnung ist geräumig, die schlichten, hellen Möbel wirken großzügig, ohne den Raum auszufüllen. Alt und neu scheinen sich auf harmonische Weise zu verbinden. In einer Nische steht ein alter Ledersessel.

Eine bunt gewebte Decke verhüllt den verschlissenen Bezug. Eine altmodische Stehlampe schenkt warmes Licht. Ob sich Leticia in diese gemütliche Ecke zum Lesen zurückzieht? Ein schwarzes Klavier mit blank geputzten Messing-Kerzenhaltern steht schräg im Raum. An den Wänden hängen eine Menge eindrucksvoller Ölgemälde, die neben und übereinander angeordnet sind. Landschaftsbilder, Stillleben, aber auch moderne Farbkompositionen, die mich an die Vernissagen in Rio erinnern. Diese Bilder hier wirken aber ruhiger, wärmer, doch sie fordern Aufmerksamkeit.

»Mein Vater war Maler«, erklärt Leticia. Sie betont es nicht besonders, es klingt wie eine Feststellung.

Offensichtlich lebt sie allein, aber sie wirkt auf keinen Fall einsam. Gutgelaunt verteilt Leticia mit leichter Hand Schüsseln, Teller und Gläser auf dem Tisch. Ihre Pasteten schmecken fantastisch, und der Salat ist raffiniert gewürzt.

»Ich wusste gar nicht, dass du so gut kochen kannst.«

Leticia lächelt. »Ein kleines Geheimnis muss immer bleiben.«

Sie entkorkt eine zweite Flasche Wein. Ich will es ihr abnehmen, aber sie winkt lächelnd ab. »Das kann ich gut allein.« Die Wangen der beiden Frauen haben einen rötlichen Schimmer angenommen und ihre Augen blitzen im Schein des kristallenen Kronleuchters, der über uns hängt. Bei mir fallen die geröteten Wangen nicht so auf wegen meiner dunklen Hautfarbe, aber meine Augen blitzen sicherlich genauso. Wir reden und lachen gleichzeitig, erzählen aus Kinder- und Jugendtagen, von unserem jetzigen Leben in Porto Alegre und von unseren Plänen für die Zukunft. Plötzlich schaut Leticias uns ganz ernst an. »Ich spüre die tiefe Zuneigung, die euch verbindet, und ich bin glücklich, dass ihr mich daran teilhaben lasst und mich in eure Herzen aufgenommen habt.«

Es ist schon Mitternacht. Marcia hat sich bei mir eingehängt. Wir bleiben einen Augenblick stehen. Die funkelnden Sterne am Himmel scheinen nur für uns zu leuchten. Wir entdecken das Kreuz des Südens und viele andere Sternbilder.

»Leon, sieh nur, eine Sternschnuppe!«

»Jetzt dürfen wir uns etwas wünschen.« Ein nicht enden wollender Kuss besiegelt ein Versprechen.

Die folgenden Tage sind angefüllt mit Proben und jeder Menge neuer Ideen. Nach unserem Konzert im Konservatorium, das mit Jubel und Bravo-Rufen beklatscht wurde, bittet uns Leticia spontan, eine Matinee für die Studenten zu geben.

»Wir werden ein facettenreiches Programm zusammenstellen. Die Zuhörer sollen staunen.« Zu dritt feilen wir an allen möglichen Besetzungsvarianten: Zuerst soll ein Stück aus der Barock-Zeit für zwei Violinen und Klavier erklingen, danach spielen Marcia und ich die Debussy-Sonate. Und anschließend bringen Leticia und Marcia eine zeitgenössische Komposition des brasilianischen Komponisten Villa-Lobos. Den Abschluss bilden zwei feurige Geigen-Duos, die ich zuletzt mit meinem allerersten Geigenlehrer Ricardo als kleiner Junge gespielt habe.

Der Saal ist proppenvoll. Die Studenten sitzen auf Fensterbänken, auf dem Fußboden und umringen uns auf der Bühne. Ricardo kommt mit breitem Grinsen auf mich zu. »Na Kollege, was habe ich gesagt! Nun hast du mich also doch weit überflügelt. Großartig, was aus dir geworden ist!«

In die Kirche, in der wir am folgenden Nachmittag unser Konzert geben, sind noch nie so viele Zuhörer gekommen. Die Menschen sitzen nicht nur drinnen dicht aneinander gedrängt, sondern auch auf dem Kirchenvorplatz, so dass man das große Eingangs-Portal weit öffnen muss, damit die Musik auch hier draußen gehört werden kann. Eiligst wurden Stühle aus der benachbarten Schule herbeigeschafft und in und vor der Kirche aufgestellt. Marcia muss mit dem alten Klavier, das noch aus meiner Kinderzeit stammt, vorlieb nehmen. »Das macht gar nichts«, lacht Marcia. »Es ist gut gestimmt und alle Tasten sind vorhanden.« Während unseres Spiels ist es mucksmäuschenstill. Bei den leisen Stellen glaubt man sogar das Singen der Vögel auf den Bäumen vor der Kirche zu hören. Ich bin sicher, auch mein Kolibri ist dabei.

Die Einnahmen sollen ausschließlich der Suppenküche zugutekommen. Man muss mehrere Hüte durch die Reihen gehen lassen, sie sind immer wieder randvoll.

Sogar mein alter Schuldirektor ist gekommen. Seine Haare sind ganz weiß und er muss sich beim Gehen auf einen Stock stützen. »Der Rücken ist ein wenig krumm geworden und meine Beine wollen nicht mehr so wie früher.« Er umarmt mich lange, und ich merke, dass seine Hände zittern. Tränen laufen über sein Gesicht, er wischt sie nicht weg, aber er lächelt. »Wie glücklich bin ich, dass ich meinen kleinen Schüler Leon als großen Künstler erleben darf!«

»Darf ich Sie morgen besuchen?« Ich muss es laut wiederholen, weil wahrscheinlich auch seine Ohren nicht mehr so gut sind. Nun strahlt er mich aber an. Seine Augen verlieren für einen Moment den matten Glanz und leuchten wie früher.

»Bring ein bisschen Zeit mit für den alten Mann. Ich werde meine Haushälterin bitten, einen Kuchen zu backen«, schmunzelt er.

»Weißt du noch, wie wir zusammen die Schulbank für den Deutschkurs gedrückt haben?«

»Natürlich, und noch vieles mehr. Ich erinnere mich an so viele Dinge, die ich von Ihnen gelernt habe.«

Als ich beim Abschied das alte Gartentor vor seinem Haus

hinter mir schließen will, quietscht es und schabt über den Boden. Mein alter Schuldirektor hat sich mit beiden Händen auf seinen Stock gestützt, schaut ein wenig hilflos und flüstert: »Was soll's, eine Reparatur lohnt nicht mehr.« Und mehr zu sich selbst, doch mit einem zufriedenen Lächeln auf seinen Lippen: »Alles hat ein Ende, aber ich hatte ein reiches, glückliches Leben.«

In der Zwischenzeit haben sich Marcia und Leticia verabredet, um ein paar Musikstücke auszuprobieren. »Du musst sie mir mal für ein paar Stunden ausleihen«, lacht Leticia und umfasst freundschaftlich Marcias Arm. »So eine gute Pianistin steht mir nicht alle Tage zur Verfügung.«

Wir haben noch ein paar Stunden Zeit, bis uns der Flieger wieder zurück nach Porto Alegre bringt. »Lass uns einen Spaziergang zu deinem Fluss machen, von dem du mir erzählt hast. Ich habe auf dieser Reise so viele Räume aus deiner Kindheit betreten dürfen. Zeig mir noch deinen Fluss, deine Bäume, und lass deine Steine mindestens dreimal über das Wasser hüpfen. Ich möchte mit dir auf dem moosbedeckten Waldboden liegen und die Wolken beobachten.«

Ich finde den kleinen Weg nicht mehr. Ich suche überall, aber es ist vergeblich. Der schmale Pfad, der mich früher zwischen Farnen und Sträuchern zum Fluss hinab führte, ist zugewachsen. Rankendes Gestrüpp hat ihn überwuchert. Ich bin ein wenig enttäuscht und traurig.

Plötzlich bleibe ich wie angewurzelt stehen. Verwundert folgt Marcia meinem Blick, der suchend am Himmel entlang schweift. Über uns kreist ein tirilierender kleiner Vogel.

»Marcia, schau, ein Kolibri, mein Kolibri!«

Magisch angezogen, folgen wir seinem Flug zum Fluss und

lauschen seinem Gesang. Doch unvermittelt dreht er einen Bogen in unsere Richtung, setzt sich auf einen hohen Ast, der mit seinen silbrig schimmernden Blättern im Wind leicht hin und her schwingt, und lässt aus voller Kehle seine Melodien erklingen.

Ich umarme Marcia zärtlich. »Nun singt mein Kolibri für uns beide!«

Am Rande der Favela kommt uns eine johlende Gruppe von Kindern entgegen, die aus einem in frischem Blau angestrichenen Haus stürmen. Unsere Suppenküche. »Leon, Leon«, rufen sie, während sie uns umringen und vorsichtig nach unseren Händen greifen, die wir ihnen entgegen strecken. Dann rennen sie weiter. Mama steht mit zwei Frauen in der Eingangstür, winkt uns zu und strahlt.

»Kommt herein, wir haben noch einen Teller Fejoada übrig.« Wir setzen uns an einen der langen Holztische und schnuppern an dem dampfenden Topf mit dem köstlichen Bohnengericht.

»Es ist großartig, wie engagiert sich deine Mutter für die Straßenkinder einsetzt, auch mit deiner finanziellen Hilfe.« Marcia schaut mir lächelnd nach, als ich aufspringe, um meine Mama zu umarmen und ihr einen Kuss auf die Stirn zu drücken. »Es kommt nicht so sehr darauf an, was man macht, sondern wie man etwas macht, ist bedeutungsvoll.« Wieder einmal findet Marcia die richtigen Worte.

»Ich möchte mit dir zusammenziehen«, überrasche ich Marcia während unseres Rückfluges nach Porto Alegre. Hoch über den Wolken fühle ich mich dem Himmel ganz nah. Sie legt ihren Kopf auf meine Schulter, drückt meinen Arm, ihr inniger, liebevoller Blick sagt hundertmal Ja und dringt tief in mein Herz.

»Und ich möchte mit dir ein Nest bauen.«

»Wir werden in aller Ruhe nach einem passenden Haus suchen.«

»Ich bin mir sicher, wir werden etwas finden und bei der Suche auch unseren gemeinsamen Lebensrhythmus entdecken.«

Ich küsse sie zärtlich.

Zuerst schmieden wir aber Pläne für ein Duo-Konzert. Wir entwerfen ein Plakat. *Duo Brasil* wollen wir uns nennen, und das soll mit großen Buchstaben auf weißem Untergrund stehen. Unsere Namen: Marcia Brandão, Klavier, und Leon Navarro, Violine, werden in gleichgroßer Schrift direkt darunter stehen. Nur über die Farbe und Schriftart der Buchstaben sind wir uns noch nicht ganz einig.

Wir bereiten zwei Konzertprogramme vor, mit Musik aus Italien, Frankreich und Deutschland, wobei moderne brasilianische Kompositionen jeweils einen Kontrast bilden sollen.

Für die Reihenfolge der Konzertorte haben wir schon Kontakte geknüpft. Florianópolis wird unser Auftakt sein. Danach wollen wir über Rio de Janeiro nach Europa fliegen. Dort wird Paris unsere erste Station sein, danach können wir in Berlin auftreten. Zum Finale geht's nach Rom, das habe ich mir sehnlichst gewünscht. Orlando wird meine Geige fertig gebaut haben. Marcia war noch nicht in Rom. Sie ist ebenso aufgeregt und neugierig wie ich. Vielleicht überrasche ich sie mit einem Ausflug nach Venedig. Genügend Zeit haben wir in allen Städten eingeplant. Der Epilog unserer Tournee wird in Salvador da Bahia über die Bühne gehen.

»Habt ihr etwa Porto Alegre, euren musikalischen Hafen vergessen?« Unser Dirigent droht mit gespieltem Entsetzen. »Entweder ihr macht hier eine öffentliche Generalprobe, oder ihr versprecht, ein Konzert als Zugabe im Anschluss an eure Tournee zu geben.«

Wir proben so oft wie möglich in Marcias Wohnung. Ich spüre, wie sehr sich Marcia mit ihrem Flügel verbunden fühlt. »Mein Vater hat ihn mir zum Konzertexamen geschenkt. Es war mein 24. Geburtstag, und er ist extra dafür zu mir nach London gereist. Genau ein Jahr später ereignete sich in Amerika das tragische Flugzeugunglück, bei dem mein Vater ums Leben gekommen ist.«

Marcias Blick verdunkelt sich, und ihre Augen füllen sich mit Tränen. Ich halte sie in meinen Armen und wiege sie tröstend wie ein Kind. Der wunderbare Bösendorfer Flügel hat auch mich in den Bann gezogen. Natürlich ist es nicht das Instrument allein, sondern der einzigartige, weiche Klang, der durch Marcias Spiel, ihren zauberhaften, singenden Anschlag zu mir herüberfliegt und sich mit den Klängen meiner Geige vereinigt.

Immer wieder spüre ich den Sog eines Leuchtfeuers. Ich erlebe, wie sich dieses Leuchten in unser Leben einnistet, wie ein Feuer, dass keine gierig lodernden Flammen schürt, sondern uns in einen beständigen, stabilen Rhythmus leiten will, unseren Lebensrhythmus.

Hoch oben
In den Wipfeln der
Araukarien
Singt der Kolibri.
Seine Lieder
Schwingen bis zum
Horizont.

Mein besonderer Dank gilt
meinem Ehemann Klaus-Ewald
und meiner Freundin Maria
für liebevolle Begleitung und
tatkräftige Unterstützung.